本书受到西北师范大学外国语言文学省级重点学科、校级优势学科资助

赵秀兰 ◎ 著

后现代语境中的超验主义思想

索尔·贝娄小说研究

中国社会科学出版社

图书在版编目(CIP)数据

后现代语境中的超验主义思想：索尔·贝娄小说研究／赵秀兰著．—北京：中国社会科学出版社，2018.10

ISBN 978-7-5203-2949-1

Ⅰ.①后…　Ⅱ.①赵…　Ⅲ.①索尔·贝娄-小说研究　Ⅳ.①I712.074

中国版本图书馆 CIP 数据核字(2018)第 179019 号

出 版 人　赵剑英
责任编辑　曲弘梅
责任校对　夏慧萍
责任印制　戴　宽

出　　版　中国社会科学出版社
社　　址　北京鼓楼西大街甲 158 号
邮　　编　100720
网　　址　http：//www.csspw.cn
发 行 部　010-84083685
门 市 部　010-84029450
经　　销　新华书店及其他书店

印刷装订　北京君升印刷有限公司
版　　次　2018 年 10 月第 1 版
印　　次　2018 年 10 月第 1 次印刷

开　　本　710×1000　1/16
印　　张　15
插　　页　2
字　　数　210 千字
定　　价　58.00 元

目　录

导　论

美国犹太裔作家索尔·贝娄（Saul Bellow，1915—2005）置身于美国后现代社会，但一生怀着文学济世的情怀醉心于文学创作。他主张通过直觉和想象力，使艺术秩序独立，并超越于物质的现实，以拯救混乱无序、充满不确定性的世界，使其呈现出一种内在秩序，揭示出其在碎片化的日常生活中构建整体性秩序的乌托邦倾向。在创作中，贝娄秉承浪漫主义和现实主义作家的创作传统，真实地再现后现代社会中人们的生活困境，持续地言说美国公众的精神需求，展现处于精神困境中的人们对生存意义的求索。贝娄批判后现代社会道德沦丧、主体丧失和异化现象，试图通过小说进行道德教谕，用精神追求来救赎道德崩溃、价值真空的后现代社会。贝娄的小说对爱默生（Ralph Waldo Emerson，1803—1882）等超验主义者所提出的关于愿景、启示和生命价值等方面的观念的探讨，对物质对精神世界的摧残、主人公对个体的独立自由和超越于物质之上的精神生活的追求及其伦理道德观念的表征，使得其小说满溢超验主义色彩。“他的资源明显地深入到美国文学——可以追溯到他经常在作品中提及的爱默生等超验主义者及他所赞赏的德莱塞等自然主义者，同时，他也汲取了欧洲现代主义经典作品中的养分。”①

虽然索尔·贝娄的创作始于20世纪40—50年代，与美国超验主义运动相隔近百年之久，但贝娄是爱默生式的精神探索者。作为犹太移民

① Malcolm Bradbury, “Saul Bellow and Changing History,” Harold Bloom Ed., *Saul Bellow* (Modern Critical Views), New York: Chelsea House, 1986, p. 130.

的后裔，第二次世界大战、排犹运动、精神流亡和身份危机等遭遇使贝娄的境界高出消费社会中的普遍大众，更加贴近爱默生等美国思想先驱的超验观，即崇尚先验、膜拜自然、追寻自由、力主社会和谐、价值中庸以及道德救赎。贝娄长达 60 年的文学创作就是一条漫长的精神探索之旅，他笔下的主人公都注重精神追求，依靠自己的道德直觉和善良本性超脱尘世的俗念，从异化走向归化，重新融入社会。可以说，贝娄继承了 19 世纪美国超验主义者未竟的启蒙事业，通过小说创作，以精神追求和人的善良本性为依托，启迪行走在“荒原”上的人们如何自我拯救。菲利普·罗斯在《重读索尔·贝娄》一文中赞叹贝娄是“真正意义上的哥伦布，我们追随他成为美国作家。”①

爱默生等超验主义思想家活跃于美国民主大革命时期，在杰弗逊时代的农业理想的土壤中孕育自己的思想。他们认为，人与自然是有机的整体，上帝就在人的心中，将神性赋予人类。爱默生主张，人应该独立思考，追求独立自主之精神。而梭罗更是以实际行动践行了物质极简主义思想，要求人们简化物质生活，回归自然。这无疑给当时以物质利益为价值取向的人们当头棒喝。爱默生等人的超验主义思想对美国民族性格和文化的形成产生了极为重要的影响。然而，由于爱默生只关注精神，不在意头脑以外的社会现实；梭罗号召人们归隐山林，这使得他们的思想具有消极的遁世色彩。

贝娄的创作背景是后现代社会，科学技术的巨大革命销蚀了现有的社会关系、权力结构和文化价值，美国从以生产为主导的社会转型为以享乐主义为核心、以符号化和象征化为表现形式的消费社会。符号和商品逻辑一统天下，致使物欲横流，自我丧失和人的物化，甚至是人际关系也被物化为一种伪关系。文化和社会方面的断裂、突变和无规范的异质性，使得一切约定俗成的规范、准则丧失了其合法性，历史感失落了，中心消解了，传统价值观受到了挑战，生活原有的、确定的意义消失了，取而代之的是非线性、无政府主义、价值空白、

① 菲利普·罗斯：《重读索尔·贝娄》，武月明译，载《外国文艺》2001 年第 5 期。

不确定性、断裂和多元化，后现代主义成为文化的主导因素。道德崩溃和价值真空使得贝娄这位追求精神、以艺术拯救世界的作家回眸启蒙时期的爱默生思想，将积极入世的犹太文化因素融入超验主义思想，为后现代社会勾勒田园式、超验的乌托邦愿景。可见，贝娄对社会道德危机的想象与道德重构，寄寓了其道德济世的情怀。

在贝娄创作时期，美国文学已经处于反经典、反阐释、反文化、反精英的后现代主义时期，同时代的作家们纷纷开始对小说创作形式和技巧进行探索、试验和创新。后现代主义小说家用各种幻象、超小说、体裁杂糅、戏仿、拼贴、语言游戏、蒙太奇等形式，来表现不确定性、零散叙事、零度写作、语言主体等特征，以超越纯文学与大众文学的界限，打通高雅文学与通俗文学的壁垒。但是以当一名“社会历史学家”为己任的贝娄却偏离了当时的创作主流，他没有采用后现代主义的实验手法，而是继承了现实主义和浪漫主义的优良传统，来展现后现代社会中人们的生活困境和精神状况，既保持了其小说的独特性，又对后现代社会的自我迷失、道德沦丧、价值真空进行了批判。由于其小说对“当代文化富于人性的理解和精妙的分析”，贝娄于 1976 年荣膺诺贝尔文学奖。

贝娄在物质至上的后现代社会的创作背景下，重提爱默生等超验主义者的思想要旨，以启蒙思想为主导，用浪漫主义和现实主义手法表现主人公的精神追求，批判后现代社会的各种物化现象和精神暗淡化。由此，贝娄将自己的创作置于一个很大的文学传统中，兼收并蓄浪漫主义与现实主义传统，以及现代主义小说的艺术技巧（内心独白、象征主义、自由联想、时空错位等），想象出童话般的、田园式的乌托邦愿景，对后现代社会进行批判。

本书以贝娄缘何坚持在后现代主义时期以启蒙思想为指导，用现实主义和现代主义手法创作以浪漫主义为主调、具有乌托邦倾向的小说这个问题为出发点，选取贝娄创作中期的五部小说《奥吉·马奇历险记》《雨王亨德森》《赫索格》《赛姆勒先生的行星》和《洪堡的礼物》，集中探究贝娄小说中所传达的超验主义思想及其在小说主题和形式层面的表现方式，从历史语境的差异性角度辨析这一思想主题与传统的超验主义之间的思想渊源关系，阐述贝娄小说中的社会伦理维度，以期揭示贝娄的文学济世情怀，以及作为哲学和文化思想的超验主义在以浪漫主义为主调的文学作品中的展现方式。本书用后现代语境中的超验主义来指称贝娄作品所传达的超验主义思想，目的在于辨析、理清超验主义思想在贝娄小说中的特殊性，辨析贝娄的文艺思想与传统超验主义思想之间的历史关联。

一　国内外贝娄研究现状

（一）国外研究综述

1976 年诺贝尔文学奖得主索尔·贝娄被认为是美国继福克纳和海明威之后最有名的作家之一，曾多次蟾宫折桂、荣誉加身。[①] 贝娄是“第一位占据美国文学中心位置的犹太作家”[②]，他的作品被视为“美国城市犹太小说的一颗璀璨的明珠”[③]。英国评论家布拉德布里德认为，贝娄是一个人文主义喜剧作家，其小说探索了当代人的焦虑及其与生活环境的斗争[④]。莱文森（J. C. Levenson）认为，贝娄作品中的人物总是晃来晃去的人，是美国传统英雄在新时代和新条件下的再生[⑤]。巴赫（Gerhard Bach）认为贝娄是 20 世纪美国最好作家之一，在他长达 50 多年的创作生涯中，索尔·贝娄坚持记录美国人对自我

① 《奥吉·马奇历险记》获得 1954 年国家图书奖；《赫索格》获得 1964 年国家图书奖；1965 年获国际文学奖；1968 年获得犹太遗产奖，同年获法国政府授予的“文学艺术骑士勋章”；《赛姆勒先生的行星》获得 1971 年国家图书奖；1975 年因《洪堡的礼物》获普利策文学奖；1976 年获诺贝尔文学奖；1990 年获得美国全国图书基金会颁发的终身成就奖；另外，哈佛大学和耶鲁大学都授予他荣誉博士学位。

② Leslie A. Fiedler, “Saul Bellow,” Irving Malin Ed., *Saul Bellow and the Critics*, New York: New York University Press, 1967, p. 3.

③ Victor A. Kramer, “Prefatory Note,” Eugene Hollahan Ed., *Saul Bellow and the Struggle at the Center*, New York: AMS PRESS, 1996, p. ix.

④ Malcolm Bradbury, *Saul Bellow*, New York: Methuen, 1982, p. 12.

⑤ J. C. Levenson, “Bellow's Dangling Men,” Irving Malin Ed., *Saul Bellow and the Critics*, New York: New York University Press, 1967, p. 40.

的不懈探寻，他明确地、持续地言说美国的公众需求和社会弊端，同代作家无人能及[①]。

自第一部作品问世以来，贝娄创作了一部部脍炙人口的作品。当贝娄的第一部小说《晃来晃去的人》发表后，美国《党派评论》和《肯庸评论》的评论家们就盛赞该小说表现了在军事和平民世界之间进退维谷的现代人的不确定性，其中的道德教益是不容置疑的[②]。威尔逊（Edmond Wilson）认为，该小说是经济恐慌时代和战争中成长起来的那一代人心理的最忠实的证明[③]。到20世纪50年代时，贝娄已经是美国知识分子最喜欢的作家了。贝娄虽没有享有像他之前的诺贝尔文学奖得主福克纳、海明威和斯坦贝克那样高的声望，也没有像诺曼·梅勒那样成为美国人的偶像，但他却打破了诺贝尔奖终结创作才华的"神话"。1976年获得诺贝尔文学奖之后，他的创作势头依然不减。贝娄的创作具有极大的丰富性，突出地反映了美国"熔炉文化"的特性，从犹太知识分子的视角入手，雄辩地展示了美国的社会和文化，其中后期作品更深入地揭示了"丰裕社会"中美国中产阶级的精神危机。

贝娄荣膺诺贝尔文学奖以来，作为第一位进入美国主流文学的犹太作家，更是成为评论热点。依据克罗宁（Gloria L. Cronin）和霍尔（Blaine H. Hall）主编的《索尔·贝娄：文献书目提要》（*Saul Bellow: An Annotated Bibliography*, Second Edition, 1987），截至1987年，研究贝娄的英文著作已有46部，评论性文章有1200多篇。1987年之后，贝娄研究发展更快。到1995年，仅发表的评论性文章、访谈和书评就有近4000篇之多[④]。

---

① Gerhard Bach Ed., *The Critical Response to Saul Bellow*, London: Greenwood Press, 1995, p. 1.

② Geismar Maxwell, "Saul Bellow: Novelist of the Intellectual," Irving Malin Ed., *Saul Bellow and the Critics*, New York: New York University Press, 1967, p. 10.

③ Ibid..

④ Gerhard Bach Ed., *The Critical Response to Saul Bellow*, London: Greenwood Press, 1995, p. 357.

从时间维度上看，国外对贝娄的评论研究主要有三次热潮[①]。第一次浪潮出现于20世纪60年代晚期，第一批批评家立足于贝娄对现代主义文化虚无主义的否定立场，称其为“肯定的人文主义者”[②]。第二次浪潮大体出现在20世纪70年代，随着贝娄国际影响的扩大，贝娄研究已经发展为一个国际团体。在这期间第一代批评家们开始稍稍修正早期观点，并拓宽了研究思路，但仍然沿袭了“肯定的人文主义”的论断。第三次浪潮出现在20世纪80年代以后，第三代批评家们采用了新的理论进路，拓宽了研究主题范围，对贝娄作品进行了更深入的研究，有些评论家，如威尔逊（Jonathan Wilson）和格兰迪（Michael K. Glenday），开始挑战“肯定的人文主义”这一论断，而海兰德（Peter Hyland）则提出贝娄对其所涉及的20世纪传统和思想观念持有折中主义态度，有力地表明贝娄已经意识到了当代美国社会的多元化特征。

就研究主题来看，评论家已经对贝娄的作品进行了广泛的研究，研究视角和路径主要有：人物形象分析[③]、道德分析[④]、贝娄式幽默[⑤]、异化主题[⑥]、肯定问题[⑦]、贝娄与欧洲浪漫主义的关系[⑧]、历史

---

① Bach Gerhard ed. “Introduction,” *The Critical Response to Saul Bellow*. London: Greenwood Press, 1995, p. 7.

② Glorial L. Cronin, “Introduction,” Glorial L. Cronin and L. H. Goldman Ed., *Saul Bellow in the 1980s: A Collection of Critical Essays*, Michigan: Michigan State University Press, 1989, p. 1.

③ Robert R. Dutton, *Saul Bellow*. Boston: Twayne Publishers, 1971. Revised edition 1982.

④ Nathan A. Scott, Jr. *Three American Moralists: Mailer, Bellow, Trilling*. Indiana: University of Notre Dame Press, 1973.

⑤ Sarah Blacher Cohen, *Saul Bellow's Enigmatic Laughter*. London: University of Illinois Press, 1974.

⑥ Peter Bischoff, *Saul Bellow's Novels: Alienation and Exploration*. Bonn: H. Bouvier und H. Grundmann, 1975.

⑦ Chirantan Kulshesta, *Saul Bellow: the Problem of Affirmation*. New Delhi: Arnold-Heinemann, 1978.

⑧ Malcolm Bradbury, *Saul Bellow*. London & New York: Methuen, 1982.

主题[①]、犹太经历研究[②]、宗教观[③]、性别问题[④]、人物关系、主题思想和情节结构分析[⑤]、人文主义思想分析[⑥]，以及运用形式主义理论对贝娄作品的解读[⑦]，还有对贝娄作品不同版本的分析[⑧]等。

英国文学史家坦纳（Tony Tanner）对贝娄的创作手法与美国现代主义传统进行了比较，详细梳理了贝娄与欧洲传统的关系，并率先将贝娄界定为“肯定的人文主义者”。[⑨] 俄普代尔（Keith Opdahl）进一步系统地论述了贝娄的肯定主义立场，他认为贝娄的作品“基本上是形而上的和宗教的，从历史事实转向更大的普遍性问题”。[⑩] 克莱顿（John J. Clayton）也论述了贝娄肯定的人文主义立场，并厘清了贝娄所反对的现代主义者对当下所做的三个论断，即文化虚无主义、异化与对个人价值的贬低。[⑪] 然而，库尔舍斯塔（Chirantan Kulshrestha）

---

① Judie Newman, *Saul Bellow and History*. London: MacMillan Press, 1984.

② Liela Goldman, *Saul Bellow's Moral Vision: A Critical Study of the Jewish Experience*. New York: Irvington Publisher, Inc., 1983.

③ Ellen Pifer, *Saul Bellow Against the Grain*. Philadelphia: University of Pennsylvania Press, 1990.

④ Gloria L. Cronin, *A Room of His Own: In Search of the Feminine in the Novels of Saul Bellow*. New York: Syracuse University Press, 2001.

⑤ Keith Opdahl, *The Novels of Saul Bellow: An Introduction*. London: Pennsylvania State U. P., 1967.

⑥ Michael K. Glenday, *Saul Bellow and the Decline of Humanism*. London: MacMillan Press Ltd., 1990; Jonathan Wilson. *Herzog: The Limits of Ideas*. Boston: Twayne Publishers, 1990; John Clayton. *Saul Bellow: In Defense of Man* (2nd ed.). London: U of Illinios P. 1974.

⑦ M. Gilbert Porter, *Whence the Power? The Artistry and Humanity of Saul Bellow*, Missouri; University of Missouri Press, 1974.

⑧ Daniel Fuchs, *Saul Bellow: Vision and Revision*. Durham, N. C.: Duke University Press, 1984.

⑨ Tony Tanner, *Saul Bellow*, Edinburgh: Liver and Boyd, 1965.

⑩ Keith Opdahl, *The Novels of Saul Bellow: An Introduction*, London: Pennsylvania State University Press, 1967.

⑪ John Clayton, *Saul Bellow: In Defense of Man* (2nd ed.), Bloomington and London: Indiana University Press, 1979.

却认为，“肯定问题”是贝娄作品中人物持续性焦虑的来源①。布拉德伯里（Malcolm Bradbury）在《索尔·贝娄》（*Saul Bellow*，1982）中重新检视了索尔·贝娄与欧美思想传统及浪漫主义的关系，并将贝娄重新定位为“创造型或想象型作家”，认为贝娄的“历史自我”超越了上述传统。布拉德伯里认为，虽然第二次世界大战后的社会环境不利于新人文主义思想的形成，但贝娄作为美国犹太作家从边缘化走向中心的过程中最主要的力量，肩负着人文主义的重任，他也认为贝娄是一位“肯定的人文主义者”。② 福克斯（Daniel Fuchs）在《索尔·贝娄：修订与再修订》（*Saul Bellow*：*Vision and Revision*，1984）给贝娄批评设定了一个新标准。该书通过贝娄每部作品手稿的不同版本的对比，分析了贝娄的创作过程，展示出贝娄的创作就是一个不断地在形式、风格和思想艺术等方面精益求精的过程。福克斯将贝娄的小说描述为人文主义者对普通人的尊严的追寻，并认为贝娄的人文主义是一种关于文明的可能性的人文主义③，将贝娄稳稳地放置在人文主义传统中。施尔-舍瓦兹勒（Brigitte Sheer-Schäzler）在其发表于《索尔·贝娄学刊》上的文章（“Saul Bellow and the Values of the Western World”，1989）中重申了约翰·克莱顿的观点，将贝娄的肯定人文主义思想归纳为：“他［贝娄］提出生活是有意义的，我们可通过艺术发现生活的意义，并以此来反对文化虚无主义；主张用人与人之间的兄弟情谊的坚定信念来对抗异化；对于个人价值的贬低，他坚信个人可以通过痛苦和受难变得高贵，获得体面。”④

以上这些评论家似乎已经牢牢地将贝娄放置在人文主义的传统之

① Chirantan Kulshrestha and Saul Bellow，“A Conversation with Saul Bellow，” *Chicago Review* Vol. 23/24，no. 4-Vol. 24，no. 1，1972.

② Malcolm Bradbury，*Saul Bellow*，New York：Methuen，1982.

③ Daniel Fuchs，*Saul Bellow*：*Vision and Revision*，Durham，N. C.：Duke University Press，1984.

④ Gerhard Bach（Ed.），*The Critical Response to Saul Bellow*，London：Greenwood Press，1995.

下，但也有一些批评家对此论断提出质疑。首先提出质疑的是威尔逊(Jonathan Wilson)。威尔逊在其专著《来自黑暗方的解读》（*On Bellow's Planet*：*Readings From the Dark Side*，1985）中，试图解释大多数评论家将贝娄视为小说创作中吹响人文主义美德号角的唯一声音的原因，指出那些认为贝娄的小说体现了社区价值的主张犯了一个严重的错误。威尔逊认为，贝娄的人物在人文主义梦想与其遭受迫害的现实之间晃来晃去，这些受虐狂式的人物不断地追求自己的目标，然而他们的行为又与其理想相冲突，不能够在现实生活中实现肯定生命的人文主义思想，因而，贝娄笔下的人物只能依赖他们的才智和想象。[①] 可见，求而不得的人文主义只是贝娄小说的人物逃避现实的一个安全阀。威尔逊对贝娄是人文主义者这一权威论断的挑战很快得到了格兰迪（Michael K. Glenday）的响应。格兰迪在《贝娄与人文主义的衰落》(*Saul Bellow and the Decline of Humanism*，1990）中指出，他认同威尔逊的观点，但不认同威尔逊对贝娄作品的解读。他指出，贝娄的确放弃了人文主义伦理，美国社会拒绝满足贝娄笔下人物的基本需求，使得他们被迫逃避现实生活、人性的卑劣和精神的匮乏。格兰迪认为，贝娄的人物与外界的斗争体现了光明与黑暗之间的争夺；自《赫索格》问世之后，贝娄其实是在否定人文主义。[②] 贝娄对1960年之后的美国社会的描写，表征了社会上普遍存在的道德堕落和精神崩溃，人们深受物质利益的驱使，他笔下的人物被迫失望地逃避这种庸俗的社会现实。海兰德（Peter Hyland）在《索尔·贝娄》（*Saul Bellow*，1992）在分析20世纪40—80年代的贝娄小说时指出，贝娄对其作品中所涉及的20世纪传统和思想观念的折中主义态度，有力地表明贝娄已经意识到当代美国社会的多元化特征。[③]

---

① Wilson Jonathan：*On Bellow's Planet Readings from the Dark Side*，Rutherford：Farleigh Dickinson UP，1985.

② Michael K. Glenday，*Saul Bellow and the Decline of Humanism*，London：THE MACMILLAN PRESS LTD.，1990.

③ Peter Hyland，*Saul Bellow*，London：Macmillan Ltd.，1992.

此外，杜登（Robert R. Dutton）在其著作《索尔·贝娄》（*Saul Bellow*，1971）分析了贝娄九部作品中人物形象，并指出他们与传统人物的区别，即他们就像天使一般，以类似于上帝的形象出现在宇宙万物链中。①

司各特（Nathan Scott）在《三位美国道德家：梅勒、贝娄和特里林》（*Three American Moralists：Mailer，Bellow，Trilling*，1973）中梅勒、贝娄和特里林作品中的道德观。他指出，梅勒、贝娄和特里林这三位犹太裔作家发现了日常生活中的优雅和荣耀，他们的作品不仅是时代的一面镜子，而且从不同的角度表达了他们对人性的坚定信念②。在《索尔·贝娄的道德观：犹太人的经历研究》（*Saul Bellow's Moral Vision：A Critical Study of the Jewish Experience*，1983）中，戈德曼（Liela H. Goldman）揭示了犹太传统对贝娄的影响，指出贝娄是一个笃信犹太教的作家，其创作深深地根植于犹太文化，犹太文化对贝娄小说创作的影响远比他所承认得深远。③

科恩（Sarah Blacher Cohen）探讨了贝娄式的幽默，她在其专著《索尔·贝娄的神秘笑声》（*Saul Bellow's Enigmatic Laughter*，1974）中探讨了贝娄作品把幽默作为直面绝望时自我拯救的方法。④

纽曼（Judie Newman）对贝娄小说中的历史观进行了分析。她在其专著《索尔·贝娄与历史》（*Saul Bellow and History*，1984）中主张，一种历史感渗透并主宰着贝娄小说的情节发展、人物和主题，主人公完全处于一个历史和经验的连续体中，他们内在的压力和焦虑反映出由瞬间与永恒两极对立造成的外部压力。⑤

---

① Robert R. Dutton，*Saul Bellow*，Boston：Twayne Publishers，1982.

② Nathan Scott，*Three American Moralists*，Notre Dame，Ind.：University of Notre Dame Press，1973.

③ Liela H. Goldman，*Saul Bellow's Moral Vision：A Critical Study of the Jewish Experience*，New York：Irvington Publishers，Inc.，1983.

④ Sarah Blacher Cohen，*Saul Bellow's Enigmatic Laughter*，London：University of Illinois Press，1974.

⑤ Judie Newman，*Saul Bellow and History*，London：MacMillan Press，1984.

毕肖夫（Peter Bischoff）分析了贝娄小说中的异化主题。他在其专著《索尔·贝娄的小说：异化与探索》（*Saul Bellow's Novels：Alienation and Exploration*，1975）中研究了贝娄作品中主人公在边缘化状态和寻找中心这个框架内的异化和对自我的探索。①

皮佛（Ellen Pifer）则分析了贝娄的宗教观。她在《格格不入的索尔·贝娄》（*Saul Bellow Against the Grain*，1990）中较为温和地解读了贝娄小产中所体现的宗教观。她指出，由于贝娄的创作总是背离了当代文化中广为接受的观点，而且置当时的文学创作的正统于不顾，坚持书写人的精神本质，因而贝娄的创作立场基本上是激进的。②

克罗宁（Gloria L. Cronin）中，从女性主义视角分析了贝娄的小说。她在《他自己的房间：寻找索尔·贝娄小说中的女性主义》（*A Room of His Own：In Search of the Feminine in the Novels of Saul Bellow*，2001）中，从女性主义视角讨论了性别问题，分析了贝娄小说中的女性类型，指出以男性为中心的贝娄小说表征了对缺席的母亲、恋人、姐妹、女性好友、女性心理和灵魂的找寻。③

而马林（Irving Malin）则从主题、人物、意象、风格特点对贝娄第一篇短篇到《赫索格》等作品进行了分析，他指出存在主义对贝娄创作的影响及其创作风格的变化。④

另外，评论家也注重对贝娄作品中的心理因素的考量。俄普代尔、杜登和哈珀等评论家认为贝娄作品中存在超验性。伐普代尔（Keith Opdahl）认为，贝娄的想象基本上是超验的和宗教的，从历史事实上升到更大的普遍问题，贝娄作品中的人物都在罪恶的精神力量

---

① Peter Bischoff，*Saul Bellow's Novels：Alienation and Exploration*，Bonn：Bouvier，1975.

② Ellen Pifer，*Saul Bellow Against the Grain*，Philadelphia：University of Pennsylvania Press，1990.

③ Gloria L. Cronin，*A Room of His Own：In Search of the Feminine in the Novels of Saul Bellow*，New York：Syracuse University Press，2001.

④ Irving Malin，*Saul Bellow's Fiction*，Carbondale：Southern Illinois University Press，1969.

主宰的世界里追寻着宗教的超验性。[①] 在分析《赛姆勒先生的行星》时，杜登（Robert R. Dutton）指出，贝娄对汤因比和斯宾格勒的历史循环论的运用赋予历史感以一种超验的解读。[②] 哈珀（Howard Harper）提出贝娄的作品表现了两个世界，侧重在人游荡在永远无法取得成功的世界上和人对于超验力量的渴望这两个主题。[③] 哈珀在分析《雨王亨德森》时指出，贝娄的主人公们都在毫无意义的世界中寻求意义，并最终认识到，生活的全部意义应该从“此时此地”获得，人可以通过理性超越生命的局限性。[④] 克莱顿（John Clayton）在其文章《〈洪堡的礼物〉：超验性与逃离死亡》（“*Humboldt's Gift*：Transcendence and the Flight from Death”）中认为，《洪堡的礼物》在追问人类是否能被拯救的问题，贝娄的人物都被柏拉图式的家园放逐并被困于喧嚣的世界里。克莱顿提出，《洪堡的礼物》比贝娄之前的小说更充分地展示了人们对超验性的渴求。[⑤] 施拉艾潘（Edmond Schraepen）在题为《赫索格：断裂与链接》（“Herzog：Disconnection and Connection”）的文章中分析了《赫索格》中的意象模式，他提出，具体的意象有助于赫索格超验地融合入世界，赫索格对往事的回忆是面对其思想焦虑的策略。[⑥] 俄普代尔在文章《印象：索尔·贝娄的现实主义风格》（“‘Impressions’：Saul Bellow's Realistic Style”）

---

① Keith Opdahl, *The Novels of Saul Bellow*: *An Introduction*, London: Pennsylvania State University Press, 1967.

② Robert R. Dutton, *Saul Bellow*, Boston: Twayne Publishers, 1982.

③ Howard M. Harper, *Desperate Faith*, Chapel Hill: University of North Carolina Press, 1967, p. 7.

④ Ibid., p. 50.

⑤ John Clayton, “Humboldt's Gift: Transcendence and the Flight from Death,” Edmond Schraepen (Ed.), *Saul Bellow and His Work*, Brussels: Centrum voor taal - en literatuurwetenschap, Vrije Universiteit, 1978, p. 43.

⑥ Edmond Schraepen, “Herzog: Disconnection and Connection,” *Saul Bellow and His Work*, Brussels: Centrum voor taal-en literatuurwetenschap, Vrije Universiteit, 1978, p. 125.

中提出，贝娄“用现实生活中的细节描绘了一个超验的现实”[1]，超验性赋予具体细节以价值，强化了深度幻觉，而且其宗教主题使作品更加生动形象。皮佛（Ellen Pifer）也注意到贝娄小说对内在自我或超验精神的关注，认为贝娄的小说主人公总在寻找隐藏在表面之下的一种超验的现实。[2] 皮佛还进一步指出，“在贝娄小说研究中，虽然评论界不断地暗示贝娄对超验性的渴望，但除得出‘贝娄作品中宗教意义的重要性’这样的草率结论外，至今还没人进一步论述贝娄作品中的超验性”。[3] 由此可见，这几位学者所说的“超验性”是从宗教意义上来讲的。这不同于本书讨论的主旨——贝娄小说中的超验主义思想。

然而，也有一些评论家对贝娄作品中的超验观持保留态度，如坦纳（Tony Tanner）和纽曼（Judie Newman）。坦纳认为，贝娄作品中存在着超验性，但不占主导地位。他指出，贝娄小说中缺乏真正意义上的对话，贝娄用超验性替代了人与社会之间的冲突，使其作品的情节不连贯，缺乏戏剧性，影响了事件之间的连续性。[4] 纽曼在阐释贝娄作品中的历史观时，承认贝娄作品中的超验性和宗教思想的重要性，但她认为一种历史感弥漫并主宰着贝娄的小说。[5] 也有一些论者认为贝娄对超验性的过分强调是贝娄创作艺术的瑕疵。

就贝娄小说与超验主义思想之间的关系的研究而言，一些重要的评论家如坦纳（Tony Tanner）、俄普代尔（Keith Opdahl）、布拉德伯里（Malcolm Bradbury）和波特（M. Gilbert Porter）都曾指出，贝娄

---

① Keith Opdahl, "'True Impressions': Saul Bellow's Realistic Style," Edmond Schraepen (Ed.), *Saul Bellow and His Work*, Brussels: Centrum voor taal-en literatuurwetenschap, Vrije Universiteit, 1978, p. 62.

② Ellen Pifer, *Saul Bellow Against the Grain*, Philadelphia: University of Pennsylvania Press, 1990., p. 2.

③ Ibid., p. 3.

④ Tony Tanner, *Saul Bellow*, Edinburgh: Liver and Boyd, 1965.

⑤ Judie Newman, *Saul Bellow and History*, London: MacMillan Press, 1984, p. 1.

的小说在某种意义上继承了爱默生和惠特曼的超验主义传统。相关文献的述评详见导论第二部分贝娄与超验主义思想研究状况。以上批评家的观点或研究方法为本研究奠定了基础，关于贝娄小说中的超验性及贝娄小说与超验主义思想之间的关系方面的研究对本书的撰写很有启发。

(二) 国内研究综述

国内对索尔·贝娄的译介和研究始于改革开放之后。20 世纪 90 年代之前，贝娄研究主要是对贝娄小说的评介，如陆凡、陈焜和刘象愚的评介性文章。1995 年之后，贝娄研究开始逐步成长，自 2000 年始，随着贝娄的小说《拉威尔斯坦》的发表，贝娄研究蓬勃发展起来，研究路径和视角越来越丰富。以下从人物形象、主题思想、犹太文化和创作技巧四个方面对国内贝娄研究的主要评论性文章进行综述。

人物形象：人物塑造是国内贝娄研究的一个热点。在犹太传统中父亲在家庭中占有主导地位，已有论者分析了贝娄小说中的父亲形象。由于贝娄作品中女性人物形象单薄，国外评论界认为他有“厌女症”，国内研究却比较关注其作品中的女性形象、女性意识和两性关系的分析。因贝娄作品主要以纽约和芝加哥等大城市为背景，塑造了众多异化的知识分子形象，也有论者注重贝娄作品中的犹太知识分子形象的分析。

主题：国内贝娄研究中，分析贝娄作品的主题思想的文章最多，主要集中在“父与子”主题、荒原主题、历史主题、流浪主题、存在主义思想和人文主义思想等。乔国强、孙筱珍等人都写过此类文章。

犹太文化：尽管贝娄不愿意被贴上犹太作家的标签，但他的犹太背景深深地影响着他的创作。贝娄作品中的主人公坚持不懈地寻找着自我的民族家园，犹太教就是他们的伦理道德规范，对贝娄作品中的犹太文化的探讨是国内研究的又一个热点。祝平和江宁康等人曾撰文探讨贝娄作品中的犹太文化。

形式研究：贝娄在创作中不断地探索小说的艺术技巧，巧妙地将现代主义创作手法和现实主义传统糅合在一起，影响了后代作家的创作。他的艺术特色、创作技巧和创作倾向也是国内研究的一个热点，李知、陈世丹、蓝仁哲等曾撰文分析了索尔·贝娄小说的叙述信息密度、《洪堡的礼物》中的意识流、象征、黑色幽默、蒙太奇等艺术手法、《赫索格》中现实主义与现代主义交融的创作技法、贝娄小说中传统的流浪汉叙述模式与现代的意识流手法的结合、《赫索格》对书信技巧的挖掘与创新、贝娄作品中的浪漫主义倾向、《赫索格》中的戏仿手法、犹太知识分子的心理流变过程等。

除了上述期刊论文外，截至2014年9月，国内专门研究贝娄作品的博士学位论文和某些章节涉及贝娄作品的博士学位论文共有16篇，其中13篇主要以贝娄作品为研究对象。这些论文分别分析了贝娄小说中的权力关系及其女性表征、女性形象和两性关系、受难意识与犹太伦理取向、早期小说思想命题的一致性和艺术性的螺旋式发展、贝娄小说（1944—1975）的伦理指向、男主人公的受害特征、贝娄小说的文化渊源、贝娄中后期五部小说对后工业社会人类生存困境的揭示、贝娄成长小说中引路人的影响作用、女性观的演进、城市小说、早期小说中家族伦理与丛林生存法则的冲突，以及为被承认而斗争的主题。这些博士论文虽从不同视角分析了贝娄小说，但没有一篇涉及贝娄的文学创作与超验主义传统之间的渊源关系，也没有论及贝娄小说中的超验主义思想。

从上述国内贝娄研究的代表性成果来看，我国对贝娄作品的研究已经取得了一定的成果，但这些成果主要集中在对贝娄作品中的人文主义精神和存在主义主题，人物形象、犹太性、存在主义思想的影响、道德观、心理模式及写作技巧和艺术特色等方面。对贝娄小说中的鲜明特色——超验主义思想，却鲜有涉及。

二　贝娄与超验主义思想研究状况

贝娄的创作受到了超验主义作家的影响并非新鲜话题。贝娄在访谈中多次提到爱默生、梭罗和惠特曼等超验主义者，并在作品中经常引用他们的作品，表明美国超验主义在一定程度上影响了贝娄的文学创作。有些论者曾提出贝娄作品与爱默生等人的超验主义传统之间存在联系，如蔡斯（Richard Chase）分析《雨王亨德森》和《奥吉·玛奇历险记》中的自我死亡、现实和想象主题时，指出贝娄具有朦胧的超验主义思想，贝娄一方面继承了自然主义作家的传统，把人物视为由遗传和环境所决定的产物；另一方面又继承了惠特曼的传统，相信人物是一个自主的自我，这样一个既定的先验事实是自然条件难以从根本上改变的。[①] 一些重要的评论家，如坦纳（Tony Tanner）、俄普代尔（Keith Opdahl）、布拉德伯利（Malcolm Bradbury）、布鲁姆（Harold Bloom）、波特（M. Gilbert Porter）和哈桑（Ihab Hassan）等都曾指出，贝娄的小说在某种意义上与爱默生和惠特曼的超验主义传统有关系，但除波特曾撰文就此进行过探究外，其他人只是在其研究中附带提及，并没有发表相关研究成果。而且，波特的观点是通过一部专著和一篇文章体现出来的。他在《力量何在？索尔·贝娄的艺术性和人性》（1974）一书中，采用"新批评"的方法，细读了贝娄从《晃来晃去的人》到《赛姆勒先生的行星》七部小说，在分析《赫索格》时，发现赫索格从异化走向归化的过程中经历了从存在主义向超验主义的转变，并在该书结论中指出，贝娄是一位"新超验主义者"。[②] 波特在其分析"贝娄的超验观"的文章中指出，贝娄在民主、死亡、永生和艺术的功用等方面的见解与超验主义者相同。波特认为，贝娄的人物明白，"知识是超验的、直觉的，对永生的认识来自于自然和人类的内心，这样一种认识论是逻辑所不能分析的"。[③] 波特在其专著中对贝娄小说中的细节进行的解读，有助于读者很好地理

---

① Richard Chase, "The Adventures of Saul Bellow: Progress of a Novelist," Irving Malin (Ed.) *Saul Bellow and the Critics*, New York: New York University Press, 1967, p. 30.

② M. Gilbert Porter, *Whence the Power? The Artistry and Humanity of Saul Bellow*, Missouri: University of Missouri Press, 1974.

③ M. Gilbert Porter, "Hitch Your Agony to a Star: Bellow's Transcendental Vision," Edmond Schraepen (Ed.), *Saul Bellow and His Work*, Brussels: Vrije Universiteit, 1978, p. 85.

解作品的形式和内容，但其文章由于篇幅所限，对贝娄的小说与超验主义者的作品中存在的共同主题（如民主、死亡、永生和艺术的功用）的解析并不深入。更令人遗憾的是，波特之后并没有发表就这些思想对贝娄小说主题的影响方面的进一步研究成果。此后，关于贝娄与超验主义之间的联系的研究几乎归于沉寂。

贝娄与超验主义思想之间的渊源的最新研究成果是印度学者归亚姆（M. A. Quayum）的博士学位论文。归亚姆在 1989 年到 1996 年发表的四篇文章中，分别探讨了贝娄的小说《赛姆勒先生的行星》与爱默生的哲学联系（即两者均持有中庸之道的思想），《洪堡的礼物》中的人物“洪堡”（Von Humboldt Fleisher）与爱默生在随笔《洪堡》中描写的历史人物“洪堡”（Alexander von Humboldt，一位普鲁斯伯爵）之间的渊源关系，《洪堡的礼物》所表征的现代诗人的式微，以及《赫索格》中追求平衡的超验主义思想。归亚姆首先从爱默生的作品中抽取大量的段落、陈述和事件片段，并从中归纳出爱默生所倡导的节制、统一或平衡的超验主义思想，再从贝娄的小说中抽取相应的例证，表明贝娄在创作中继承了超验主义思想。后来，归亚姆以这几篇文章为基础，撰写了博士学位论文《索尔·贝娄与美国超验主义》（*Saul Bellow and American Transcendentalism*，2004）。在该文中，归亚姆运用同样的研究思路，解析了贝娄的小说《雨王亨德森》《赫索格》《赛姆勒先生的行星》《洪堡的礼物》和《院长的十二月》，论述了这几部作品中的主人公所持有的生活观——即反对现代人对生活的极端化态度，提倡一种和解与团结或秩序与平衡的生活观——与美国超验主义作家，尤其是爱默生和惠特曼的道德哲学存在着一致性，并以此表明，贝娄继承了爱默生-惠特曼传统，是一位“新超验主义作家”。[1] 除此之外，鲜见从超验主义视角对贝娄作品进行的研究成果。

---

① M. A. Quayum，*Saul Bellow and American Transcendentalism*，New York：Peter Lang Publishing，Inc.，2004.

从以上可见，国外贝娄研究已有研究成果中，只有归亚姆对贝娄作品与超验主义传统的渊源进行了系统分析，但是，他只侧重于分析这些作家作品在调和精神追求与物质享受的“双重意识”方面的一致性，而忽略了对贝娄小说中展现的超验主义思想的其他核心命题，例如：追求独立自主之人格，固守传统道德标准，对灵魂的信念，以及精神追求和人性诉求等的分析。而这些正是本研究的着力点。

虽然国内对贝娄作品的研究也已经取得了非常丰硕的成果，但研究者的视野大多局限于对贝娄作品中的人文主义精神、存在主义思想、“父与子”主题、异化主题、人物形象、叙事技巧等方面，鲜见对贝娄小说与超验主义思想之间的渊源、贝娄的超验主义思想及其在小说中的文学展现方面的研究成果。本研究认为，对贝娄小说中的主题思想与爱默生等人的超验主义思想之间的渊源、贝娄的超验主义思想及其在小说中的文学展现方式进行研究，可以揭示出爱默生等人的超验主义思想在后现代语境中的断裂、变异及其文学展现方式。

三　超验主义：传统与超越

传统的超验主义思想是指19世纪30年代在美国新英格兰地区以康科德为中心兴起的一次重要的思想解放运动，被称为“新英格兰超验主义”或“美国超验主义”。美国超验主义既是哲学思潮，也是文学、文化和宗教运动。它在哲学上是康德式的唯心主义；在宗教上是后唯一神教（post-Unitarian）的自由思想；在文学上，体现为浪漫主义和个人主义。正如米勒（Perry Miller）所说：“超验主义是各种思想角逐和交锋的产物，超验主义运动是美国历史上最富有活力的文化启蒙运动之一。”①

19世纪初，随着美国社会的工业化和城市化，洛克的物质主义和休姆的怀疑论主宰着人们的意识形态，美国人由“上帝的人”变

① Perry Miller, *The Transcendentalists: An Anthology*, Cambridge, Mass: Harvard University Press, 1978, p. 14.

为"行动的人"，整个社会以物质利益为价值取向，道德标准遭到践踏。爱默生提出，宇宙是由自然和精神组成的，并指出，物质乃现象，精神才是更高的真实。这对当时沉迷于物质主义的人们来说，无异于当头棒喝。爱默生宣称，存在一种人可以超越经验和理性、通过直觉得以把握的理想的精神实体。他崇尚个人灵魂，主张人应该自由地表达自己的思想，做自助、自主的人。他还倡扬精神高于物质，尊崇个人能力，主张用个人的活的灵魂取代理性，作为衡量一切的新尺度，号召人们与自然有机地融合，过一种田园生活，以对抗不断的工业化造成的物质主义、个性和人性的丧失以及人与自然的疏离。

作为美国思想、文化和文学传统，美国超验主义思想对美国文学产生的深远影响早已是不争的事实。就文学成就而言，爱默生、梭罗和惠特曼被视为超验主义最重要的代表。爱默生的文艺创作观、梭罗的自然书写和惠特曼的自由体诗歌均影响了之后的美国文学运动。布衣尔（Lawrence Buell）在探讨超验主义与现代主义在风格上的相似性时，写道："新英格兰文学史作为美国的母体优越于其他地区，美国诗歌传统就是从这个母体上发展起来的，单从它预示了现代主义风格和形式主义对超验性的强烈要求而言，就可被视为是美国诗歌的精粹。"[①] 西蒙（Myron Simon）和帕森斯（Thornton H. Parsons）指出，超验主义有极强的渗透力，"不仅影响了其后互不关联的运动，如自然主义和新人文主义，也影响了诸如巴比特（Irving Babbit）和奥尼尔（Eugene O'Neill）这样的创作观念截然对立的作家"。[②] 马西森（F. O. Matthiessen）提出，超验主义和现代主义之间存在一定的联系，"爱默生对内在生活意义的拓展，将他与从霍桑经亨利·詹姆斯到普鲁斯特、从坡经由象征主义者到艾略特

① Lawrence Buell, *New England Literary Culture*, Cambridge: Cambridge University Press, 1986, p. 106.

② Myron Simon and Thorton H. Parsons, *Transcendentalism and Its Legacy*, Ann Arbor: University of Michigan Press, 1966, p. viii.

的现代艺术的主线联系了起来”。[1] 马西森高度评价了爱默生对美国文学的影响，他认为，爱默生通过创作检验了美国文学的发展潜力，“他是一头供他人挤奶的奶牛”。[2] 布鲁姆如是总结了爱默生对美国文学的影响：爱默生是美国文学不可回避的理论家，从他那个时代一直到今天，美国作家或者属于他的传统，或者属于与他相对立的反传统。在最近二十余年里，爱默生又卷土重来，埋葬了他的掘墓人，现在超验主义哲学对美国文学批评的影响力更胜于以往。[3] 布鲁姆称爱默生为“美国文化氛围中的心灵，美国特色的诗歌、批评和实用主义后哲学的主要源泉”“纯洁权力的信仰者和道德法则的预言家”，并认为，由于爱默生的影响，美国文学（包括诗歌、批评和小说）区别于别国文学，爱默生过去是现在还是美国文学的主要影响者，爱默生传统即为美国文学传统。[4] 布鲁姆还预言，爱默生必将成为美国想象性文学和批评的精神指南，爱默生的个人至高无上的理论立场和智慧也是尼采、佩特、王尔德以及弗洛伊德等人的理论立场和智慧，个人主义永远都是想象性生活唯一的希望。[5]

从美国思想史的角度来看，爱默生的重要性主要在于，他表征了新民族形成时期主张自己身份的努力和欲望，很多论者将爱默生看作美国本土哲学实用主义的先驱。波特（Joel Porte）认为，美国超验主义者不仅确立了他们自己在美国的地位，而且确立了在现代社会竞争激烈的自我意识中发出独特声音的美国身份。[6] 布鲁姆在《爱默生：美国宗教》（“Emerson：The American Religion”）一文中更是宣称，

---

① F. O. Matthiessen, *American Renaissance*: *Art and Expression in the Age of Emerson and Whitman*, Oxford: Oxford University Press, 1941, p. 10.

② Ibid., p. xii.

③ Harold Bloom (Ed.), *Ralph Waldo Emerson* (Modern Critical Views, Updated Edition), New York: Chelsea House, 2007, pp. 1-3.

④ Ibid., pp. 11-12.

⑤ Ibid., p. 12.

⑥ Joel Porte, *In Retrospect to Egotism*: *Studies in American Romantic Writing*, Cambridge: Cambridge University Press, 1991, p. xii.

爱默生思想就是美国思想，爱默生思想的核心——自助——就是美国的宗教。[①] 美国重要的爱默生研究专家卡维尔（Stanley Cavell）则将爱默生与海德格尔及尼采联系起来，认为爱默生是一位哲学家式的作家，为形成中的美国创立了哲学，并称爱默生为“美国思想之父”，称爱默生的道德生活观为“爱默生式的完美主义”。[②] 鉴于超验主义对美国社会文化的持久影响，历史学家弗洛森海姆（O. B. Frothingham）说：“尽管超验主义运动是区域性的，持续时间较短，参加人数较少，却对美国思想和习俗产生了广泛而深远的影响。它影响了思想家，左右了政治家，指引了道德家，启发了慈善家，创造了改革家”。[③]

由于超验主义者作为一个团体，没有达成共识的行动纲领或信条，也没有构建逻辑严密的思想体系，超验主义运动又是发展变化的，包孕了复杂的哲学和宗教思想。因而，美国学者布衣尔说：“宣扬超验主义的影响比给它下定义要容易得多，这是因为这个运动并无严密的组织，它的界限模糊不清。”[④] 一般认为，超验主义思想含纳的观点有：人们依靠自己的直觉，而非逻辑推理，直接理解现实；宇宙是一个有机体，自然体现了精神，人们可以通过沉思默想领会宇宙中的一切，宗教是鲜活的，所有奇迹都是自然发生的；人具有神性，因此，人不需要救赎，道德观应该取代物质利益成为个人的行为准则；自我完善是完善社会的主要途径。

---

① Harold Bloom (Ed.), “Emerson: The American Religion,” Harold Bloom (Ed.), *Ralph Waldo Emerson* (Modern Critical Views, Updated Edition), New York: Chelsea House, 2007, pp. 33-61.

② Stanley Carvell, “Emerson’s Constitutional Amending: Reading ‘Fate’,” Harold Bloom (Ed.), *Ralph Waldo Emerson* (Modern Critical Views, Updated Edition), New York: Chelsea House, 2007, p. 207.

③ qtd. in Philip F. Gura, *American Transcendentalism: A History*. New York: Hill and Wang, 2007, pp. v-vi.

④ Lawrence Buell, “The Transcendentalists,” Emory Elliott (Ed.), *Columbia Literary History of the United States*, New York: Columbia University Press, 1988, p. 364.

爱默生于1841年在波士顿共济会教堂所做之演讲《超验主义者》（“The Transcendentalist”）中指出，人类作为思想者，始终分裂为唯物主义和唯心主义两个派别。唯物主义者以经验为基础进行思考和判断事物，而唯心主义者则注重意识，强调思想意志的力量、灵感、奇迹及个人文化。遂如是厘定超验主义为：“如今我们通常所称的超验主义，实际上是唯心主义，自它在1842年诞生起，它就是一种唯心主义。”[①] 随后，爱默生又提出：“超验主义是信仰的狂欢或纵欲形式。”（198）爱默生坚持精神至上和自我中心主义，主张人应该依赖感官体会真理，对心灵做直觉的探索，拒绝外在权威，并将创作当作教谕工具，将布道变成一种艺术形式，美学和说教相结合。散见于爱默生的散文作品、演说词和诗歌中的超验主义思想可概述为：

第一，崇尚精神价值，贬低物质财富。爱默生提出，超灵是宇宙万物的集合体，它将人、自然和上帝统一起来。人可以自由地用心灵和直觉与上帝直接交流，与自然融为一体，从大自然中获得道德感。超灵在自然和人的灵魂中的在场，使人直接与上帝和自然界建立联系成为理解自我的途径。在爱默生看来，物质世界是现象，精神才是更高的真实。物质世界昭示着精神的存在，自然是精神的外衣、宗教的盟友。伦理精神深深地根植于大自然中，成为大自然存在的目的，每一种自然过程都是一篇道德箴言，道德法则存在于大自然的核心之中，是一切物质、联系和过程的精髓部分。[②] 换言之，大自然与人类心灵之间存在一种对应关系，自然是宇宙的缩影，包含宇宙的普遍法则和意义，人可以通过与大自然融为一体，洞悉正义与真理的绝对本质。因此，超验主义者对自然表现出极大的热情和诚挚的热爱，他们

---

① R. W. Emerson, “The Transcendentalist,” *Ralph Waldo Emerson*: *Essays & Lectures*, Ed. Joel Porte, New York: The Library of America, 1983, p. 193. 本书中所引爱默生作品中的内容，若不做其他说明，均出自该版本。

② R. W. Emerson, “Nature,” Joel Porte (Ed.), *Ralph Waldo Emerson*: *Essays & Lectures*, New York: The Library of America, 1983, p. 28.

强烈地渴人与自然和谐统一，对自然的热爱达到了宗教般的虔诚。在他们看来，人与自然是息息相关的，人只有在大自然中才能找回自我、获得新生，只有回归自然，在自然状态下观察自我和生活，才能使人洞察更高真实——精神世界。可以说，爱默生对精神的崇尚，对内在生活意义的拓展，对自然和个人力量歌颂，对人与自然之间关系的探讨，向世人昭示了理想的生活方式——回归自然，简化生活，影响了美国20世纪60年代的民权运动和反文化运动。

第二，反对权威，主张极端的个人主义。爱默生相信，人性本善，他强调人的独立思考、自助和道德上的自我完善。他认为，人是按照上帝的形象创造的，上帝是善良仁慈的，那么人也是绝对善良的，恶只不过是善的缺席，作恶者的恶行必会反作用于自身。人只要自信自助，潜心修养，就一定能成为一个人“完整的”或“完全的”人。爱默生所推崇的“完整的人”或“思索的人”均以人的可完善性为哲学基础。他认为，所谓的“人”知识部分地存在于所有的个人之中，每个人都好比是从躯体上锯下来的一部分，从来都不是完整的人，只有在观察整个社会时，才能获得完整的人的印象。① 基于此，爱默生提出其个人主义思想：每个人都可以摆脱传统、政府、社会和宗教的影响，不断地反省检视自我，提高自我修养，保存并充分表达其内在良知良能，不断地完善自我，寻求内心的和谐与平静，从而找到属于他自己的“真实”。可见，自立是爱默生个人主义理论付诸实践的途径和体现。爱默生的个人主义后来直接影响到美国本土哲学——实用主义哲学的产生，詹姆斯和杜威都从爱默生的思想中找到了实用主义的萌芽。爱默生关于人与社会之间关系的主张，使得爱默生的作品在19世纪美国传诵一时，成为美国自由传统的一部分。事实上，超验主义对美国文化所产生的重要影响之一，就是超验主义思想崇尚个人灵魂，这从理论上完成了美国从宗教向世俗的转变，从观

① R. W. Emerson, “The American Scholar,” Joel Porte (Ed.), *Ralph Waldo Emerson: Essays & Lectures*, New York: The Library of America, 1983, pp. 53-54.

念上实现了由以上帝为中心到以人为中心、从依赖上帝到自我依赖的转变。正是在此意义上，布鲁姆认为，爱默生相信纯洁的力量，宣扬道德法则，创立了真正属于美国本土的宗教——自助宗教。[①] 将爱默生思想提升到宗教的地位，充分说明了爱默生对美国思想、文化、生活等方面的持久影响。

第三，爱默生强调作家的求实精神、创作灵感与文学的道德功能。依爱默生之见，艺术品是世界的抽象或撮要表现，是微缩的大自然的结晶或表现。[②] 作家能通过直觉和想象，超越现实获取灵感，使心灵与宇宙合一来获取知识，并反映到文学艺术中，因此，文学能在陶冶情操，推动道德和文化发展的同时，针砭时弊，警醒世人，指出现实世界的弊病。爱默生认为，作家应该依据自己的经历创作真实的作品，“能讲出、写出永不过时的东西的诀窍就是讲得真诚，写得真诚”，“谁在对自己写作，谁就对永恒的读者大众写作。只有你设法满足自己的好奇心时所得到的说法，才配公之于众”[③]。爱默生的这种见解可以从经典作品之所以能流芳百世，是因为它们重在表现永恒的人性这一事实得到印证。爱默生提出，每代人都应该有反映其历史时空的文学，美国文学应该产生于美国赖以立国的道德原则和普遍真理，具有揭示人类真实本性的潜力，而不是描摹或再现欧洲思想和生活。事实证明，凡是立足于其所处时代的社会文化，揭示普遍真理与人性，并有道德教诲的作品，都会成为经典，流传于世。在所有的作家中，爱默生首推诗人，并赋予诗人以牧师的职能，将审美与精神结合起来，将艺术家的创作视为宗教事业[④]，因为诗人能洞见事物之间

---

① Harold Bloom (Ed.), *Ralph Waldo Emerson* (Modern Critical Views, Updated Edition), New York: Chelsea House, 2007, p. 8.

② R. W. Emerson, "Nature," Joel Porte (Ed.), *Ralph Waldo Emerson*: *Essays & Lectures*, New York: The Library of America, 1983, p. 18.

③ R. W. Emerson, "Spiritual Laws," Joel Porte (Ed.), *Ralph Waldo Emerson*: *Essays & Lectures*, New York: The Library of America, 1983, pp. 316-317.

④ R. W. Emerson, "Nature," Joel Porte (Ed.), *Ralph Waldo Emerson*: *Essays & Lectures*, New York: The Library of America, 1983, pp. 34-36.

的真正联系，从真实事物中看出理想的关联，让事物服从他的思想，用想象力和创造力表现他思绪的变化，使大自然完全服从于他的艺术表现，坚持心灵至上的原则，以美为目的，用其情思为大自然增添活力。爱默生还在神学院毕业班的演讲中称诗人为美德、智慧和力量的朋友，并在《论诗人》中指出，诗人是人类的代表和“完全的人”，因为诗人不同于常人，不会受困于感觉事实的桎梏中；只有那些懂得精神真理，并讲述精神真理的人才配称为“诗人”；真正的诗人是自由神，他们思想活跃，打破既定的信念，追求理想。①

以上所述超验主义思想不仅影响了美国的社会与文化，也对文学创作产生了持久的影响。这在索尔·贝娄的作品中体现得尤为明显。贝娄虽然生活在后现代社会，却经常在作品中谈及爱默生、梭罗和惠特曼等超验主义者，并引用他们的作品，这表明贝娄的创作在一定程度上受到了美国文学传统（也即传统的超验主义思想）的影响。贝娄曾坦言，爱默生的超验主义思想影响了其文学创作。在谈及《赫索格》的创作情形时，贝娄说：“有两种张力贯穿20世纪：一者重申个人的重要性，一者认为个人微不足道。极权运动当然贬低个人的价值，努力表明个人从身体方面来讲是毫无价值的，可以被摧毁，很容易化为灰烬或肥皂泡，等等。当我想到这种事情时，自然会好奇地求助于爱默生这位美国自由主义哲学家，而这就是美国生活的希望。”②可见，贝娄和以布鲁姆为代表的知识分子一样，将爱默生视为精神之父。但贝娄也清楚地认识到，传统意义上的超验主义思想并不能完全适用于现代社会，爱默生的自我至上的个人主义思想在现代社会里已经失去了存在的根基。“在美国及所有的文明国度里，个人生活已经成为一种可耻的或屈辱的事情。人们认为自己是个傻瓜，个人卑微荒

① R. W. Emerson, “The Poet,” Joel Porte (Ed.), *Ralph Waldo Emerson: Essays & Lectures*, New York: The Library of America, 1983, pp. 445-468.

② Saul Bellow and Robert Robinson, “Saul Bellow at 60—talking to Robert Robinson,” *Listener* 93: 2393 (February 13, 1975), p. 218.

谬，个人的存在毫无意义。”[1] 在这种大背景下，贝娄试图探究个人的生存方式和个体生活的意义。从贝娄的作品可见，由于历史语境的差异性，贝娄对超验主义思想进行了扬弃，他在继承爱默生思想的同时，放弃了爱默生的个人主义思想中的自我至高无上的观点，使之能适于表现20世纪知识分子对自我的坚持、对精神生活的追求和对伦理道德的坚守。作为犹太后裔，贝娄还将犹太文化中积极入世的思想因素融入超验主义，以消解爱默生不关注头脑以外的社会现实和梭罗极简主义的出世思想。因而，可以说，贝娄意义上的超验主义是一种超验主义转义下的新人文主义，即主张个人保持自我和独立，强调对精神层面的生活意义的追求和在有限的可能性中寻找个体的生存价值和尊严。这与白璧德等人倡导的新人文主义思想既有共同之处又有殊异。白璧德等人强调“适度”或“中庸”，而贝娄则更强调个人的独立主义，以及对精神生活的追求。

实际上，时代和社会背景的不同，决定了贝娄意义上的超验主义与传统的超验主义的根本差异，这主要表现在以下几个方面。第一，按照爱默生的思想，人可以直接与上帝交流，自然是人与上帝交流从而进行道德完善、获得再生的场域。但在后世俗主义时代，达尔文的理论早已摧毁了西方人信仰的大厦，因此，贝娄笔下的主人公虽然偶尔也会向上帝祈祷，但在贝娄的小说中，上帝是隐蔽的或缺席的存在。由于上帝的缺席，这些主人公只能依靠自己，依赖其未成为社会人之前的善良本性自我救赎。贝娄坦言，在他所有作品中总有“一个原初的人”[2]。这个人不是经过教育、文化或历史环境塑造的社会人，而是先于文化和历史的，他拥有一些不变的、不能被灌输的、灵魂本身的东西。贝娄相信灵魂——现象流动背后的永恒的自我和人性——的存在，并对此直言不讳。他在诺贝尔文学奖获奖演说中说：“‘存

---

① Saul Bellow and Robert Robinson, “Saul Bellow at 60—talking to Robert Robinson,” *Listener* 93: 2393 (February 13, 1975), p. 218.

② Matthew C. Roudané and Saul Bellow, “An Interview with Saul Bellow,” *Contemporary Literature* Vol. 25, No. 3 (Autumn, 1984), p. 276.

在着精神’，但这是禁忌。尽管几乎每个人都意识到它的存在，但几乎人人都对此保持缄默。”① 后来他在访谈中多次提到人有灵魂，人的精神独立于物质和环境。② 可见，贝娄所强调的个人是道德意义上的人，而非生物或物理学意义上的人。

其二，爱默生主张，个人是独立自主的，可自我完善的，并将个人抬升至神的地位，认为人活着不是为了取悦别人，而是在于自我实现，因而抗拒一切挟制人、剥削人的自由权利的权威。贝娄也肯定认识自我和独立自主（主要是精神独立）对现代人的重要性，但20世纪血腥的战争和屠杀使贝娄抛弃了个人全能（即至高无上之自我）的观点。然而，他也不认同普遍流行的一个观点：人的个性被抹杀。在他看来，20世纪居于中心地位的是，人类在混乱与默默无闻中决定究竟是坚持生存下去还是走向毁灭的问题。贝娄说，我们要轻装上阵，放弃教育、心理和政治观念等灌输给我们陈词滥调，作出独立判断，采取独立行动，在各种学说的废墟里，着意寻找我们的天赋，认识自我，弄清楚我们究竟信奉什么，而别人又究竟信奉些什么，使我们变得既简单又真实，以个性为武器，为做自己灵魂的主人而与非人化斗争。在一切探求中，个性既是手段，又是目的。③ 可见，贝娄扬弃了爱默生的超验主义思想中的极端个人主义和人的神性的成分，但汲取了超验主义思想的核心内容之一——对个体的独立自由和道德标准的强调，主张通过想象力和直觉来认识价值虚无的现实世界中个体存在的精神意义，赋予碎片化、混乱的个人生活以秩序。他认为在强大的外部世界里，依然存在着个人保持自我、保持善良本性及追求有

① Saul Bellow, “Nobel Lecture,” *It All Adds Up*, New York: Penguin Books, 1994, pp. 88-97.

② Matthew C. Roudané and Saul Bellow, “An Interview with Saul Bellow,” *Contemporary Literature* Vol. 25, No. 3 (Autumn, 1984), p. 267; Saul Bellow and Norman Manea, “‘Before I Go’——A Conversation with NormanManea,” *Salmagundi* 131/266 (Summer 2007, p. 183.

③ Saul Bellow, “Nobel Lecture,” *It All Adds Up*, New York: Penguin Books, 1994, pp. 88-97.

意义的生活的可能性。因而，贝娄在创作中关注人的精神状况，关切人的精神需求。由于现代社会中，人们普遍崇尚物质，追求享乐，他将小说视为庇护精神的小屋，想通过小说创作在现实生活中找出人们内心深处并未失去联系的本质，以坚定人们对真理、和谐以及正义的希望。而这种本质就是人性或人的灵魂。由此，贝娄塑造了一系列有个性和同情心的受难者，让他们在与他人和社会的冲突与摩擦中，不断地认识自我，反思自我，为了保持精神独立和自然本性，为做自己灵魂的主人而与外界的非人化力量斗争。

其三，贝娄因梭罗能坚持在孤寂中与自然交流而赞美梭罗。在他看来，只有承认自己的弱点和孤独，才能深入到自己的内心世界。贝娄认同康拉德的艺术观，“艺术是给可视世界以最高公正的一种尝试：它试图在那个世界上、在事物中和现实生活中，找到基本的、持久的、本质的东西”。[①] 为了获得本质的东西，艺术家要深入到自己的内心深处，在这个孤寂的领域里找到感人的表达方式。[②] 但贝娄不认同梭罗的后继者克鲁亚克（Jack Kerouac）的离群索居，因为他认为“只有在群体中才能实现个人价值”。[③] 与超验主义者一样，贝娄在创作中将自然物体与人的心灵对应起来，赋予自然涤荡心灵、补充精神能量的作用。他笔下的主人公，如赫索格、洪堡、西特林、贝恩等，都会逃离令人窒息的城市生活，到令人神清气爽的乡野待一段时间。但他们并非消极遁世的隐逸派，他们逃离的目的是为了休养生息，以便能再次回归城市生活。显而易见，作为知识分子，贝娄倾向于褒扬自身文化资本的优势，不计物质享受，追求审美愉悦。

其四，贝娄认同爱默生文以载道的思想。贝娄有强烈的社会责任感。他坚信，文学最根本、最重要的目的就是提出道德问题，主张作

---

① Saul Bellow, "Nobel Lecture," *It All Adds Up*, New York: Penguin Books, 1994, p. 88.

② Ibid., pp. 88-89.

③ Saul Bellow, "Distractions of a Fiction Writer," Granville Hicks (Ed.), *The Living Novel: A Symposium*, New York: Macmillan, 1957, p. 11.

家应该用想象力来表现美德。贝娄在《作家作为道德家》一文中指出，20世纪社会秩序如此混乱，作家“应该肩负起道德责任”“文学应该强化其道德教谕的功能”。[①] 他说，早在19世纪，爱默生就告诉人们应该为爱付出一切；梭罗则从自然事实中抽取出道德意义；惠特曼更是在《民主远景》中提出，牧师离去，神圣文学登场，民主诗人应该创造美国公民的原型和形象，肩负起最崇高的道德责任。然而，20世纪美国的主流意识形态却传播着别样的思想——人必须调和高尚原则与低俗现实。由于现代社会严重践踏了道德标准，文学要在道德危机中求生存，就必须加强道德说教的功能。[②] 这表明，超验主义思想中的道德审美观直接影响了贝娄的小说创作。贝娄也倡导，作家应该听从其内在的声音，在小说中记录自己内心对社会生活和时代的真实印象，而不是在文学陈规与文学传统框架内蹒跚而行。贝娄主张，作家们应该先体验，再创作，以个人经历赋予文学价值和力量。贝娄在创作中以乐观主义的态度来表现人性，以对抗知识分子和现代文学中的荒原和异化之声。“为了提高纯粹肯定的标准，人们不得不乐观到低能的程度，并在一片‘不，不’的深沉背景中，激动地大喊‘是的，是的’……在这个世界上，我们能成为的唯一东西，就是人性的东西。”[③] 因此，贝娄在创作时总是听从其内心深处的一个原始评论员，并为这个评论员发表评论清理场地。“我们大多数人都在内心深处有个原始的提词员或评论员，从我们小时候起，这个人就不断地给我们建议，告诉我们真正的世界是什么样子。”[④] 贝娄不断地探索、改变其创作风格就是为了能尽量靠近他心中的评论员，贝娄称这个原始的评论员或来自内心的声音为“灵魂”。可见，贝娄是

① Saul Bellow, "The Writer as Moralist," *Atlantic* Mar., 1963, p. 58.

② Ibid., pp. 58-59.

③ Saul Bellow, "The Sealed Treasure," *It All Adds Up*, New York: Penguin Eooks, 1994, pp. 62-63.

④ Gordon Lloyd Harper and Saul Bellow, "Saul Bellow: An Interview," Earl Rovit (Ed.), *Saul Bellow: A Collection of Critical Essays*, New Jersey: Prentice-Hall, Inc., 1975, pp. 9-10.

个出色的道德理论家，其笔下的人物对现代社会中人与自我、人与他人、人与社会、人与自然之间的关系的哲理性沉思是他们人性的活水源头。“小说是关于非常滑稽、充满活力的人物，以及人物与人物之间、人物与美国大都市之间有趣的关系的。但人物都是这样的一些角色，他们最基本的兴趣是哲理化，而贝娄先生似乎觉得，这才是他们人性的真正源泉。”①

从上述可见，由于超验主义思想对贝娄的影响，在后现代主义作家纷纷对小说的创作形式和手法进行试验和探索的时期，贝娄却偏离了实验创新的创作主流，以启蒙思想为指导，坚持用浪漫主义和现实主义手法进行创作。但由于历史语境的差异性，贝娄小说中所传达的超验主义思想有其殊异性。

同时，贝娄的这种做法与他的创作主张有着莫大的联系。贝娄开始创作时，在西方社会，尤其是知识分子和作家中，第一次世界大战后的幻灭感——价值观断裂、理想破灭、道德沉沦、精神空虚，以及对西方文明的怀疑导致的悲观失望情绪还在蔓延。美国现代文化生活打碎了真实自我的意象和作家的权威，“荒原”和“异化”成为文化分析中的关键词，作家们接受了哲学家所宣扬的痛苦，嘲弄当代生活，他们继承了艾略特和乔伊斯挽歌式的语调，用他们从未体会过的绝望和可怕进行创作。贝娄拒绝这种悲观主义和虚无主义，他主张作家应该依靠其对生活的亲身体验，在作品中表现人性美好的一面。自兰波和马拉美以降，作家们已经预言了文明的毁灭，但贝娄却对这种主流思想氛围抱持怀疑态度，对用小说阐释历史的做法进行诟病。“文明还在，预言并没有应验，小说家将艺术创作置于历史阐释之上是错误的。小说家最好应该信赖自己对生活的感受。”② 在他看来，

---

① Nathan Scott, *Three American Moralists*, Notre Dame, Ind.: University of Notre Dame Press, 1973, p. 107.

② Saul Bellow, “Some Notes on Recent American Fiction,” Marcus Klein (Ed.), *The American Novel Since World War II* (Literature and Ideas Series), Greenwich, Conn.: Fawcett, 1969, p. 172.

这类作品对生活的描写缺乏深度，缺失了对人性的关切，而且，作家若用小说和剧本的创作来检验某种科学思想或哲学理论的话，他的作品就缺失了关于人性的内容。①

此外，贝娄对文化工业和艺术的通俗化持批评态度。他反对文化工业将文学贬为商品符号，等同于其他消费品，不认同美国的先锋派艺术家过于激进、阉割了文学并使情感低俗化的做法。贝娄对那些试图消除高雅艺术和通俗艺术之间的界限的作家也持批判态度，认为他们的做法令他们无法接近人性的内核。② 他悲叹美国人沉迷于“当下”，以当代享乐主义生活方式为荣，视爱默生、梭罗和德莱赛的传统为无用的过往，弃若敝履。③ 由此，贝娄主张作家应该具有批判意识，肩负起道德教谕的责任。科塞（Lewis Coser）、雅各比（Russell Jacoby）和萨义德（Edward Said）等人均将社会批判性和道德情怀看作是知识分子的基本特质。但当今的知识分子却把自己的道德权威让渡给了阶级利益、民族主义、宗派观念。其结果是，作家们被强行拽入社会、政治行动和权力斗争的竞技场，从而偏废了文学的审美功能。④ 贝娄认为，作家独立思考是发挥想象力的必要条件，过于依赖某种科学理论、哲学思想或意识形态，会令作家丧失其美学独立性。因此，贝娄宁愿从哲学家们那里获取自己的哲学。⑤ 这种信念使得贝娄在创作中博采众家之长，加以变形后写入作品。基于此，贝娄用比较传统的文学创作方式来表现19世纪美国的启蒙思想，试图在以孤独、异化的荒原观为主调的文学创作背景中，恢复个人生活的内在秩序，在碎片上建构整体与和谐，展现出一幅崇尚精神和人性，顺应伦

---

① Saul Bellow, “Literature,” Mortimer Adler and Robert M. Hutchins (Ed.), *The Great Ideas of Today*, Chicago: The Encyclopedia Britannica, 1963, p. 155.

② Saul Bellow, “Culture Now,” *Intellectual Digest* 3 (September, 1971), p. 79.

③ Ibid., p. 75.

④ Ibid..

⑤ John Enck and Saul Bellow, “Saul Bellow: An Interview,” *Winsconsin Studies in Contemporary Literature* 6 (Summer, 1965), p. 156.

理道德、良心法则等理性原则的乌托邦图景。

四 基本思路与框架结构

如上所述，贝娄经常在其作品中谈到爱默生等超验主义者，甚至引用他们作品中的话语。他的小说所传达的思想与爱默生等人的超验主义思想之间存在着共性，说明他有意无意地继承了爱默生等人的超验主义思想。但是，由于时代和社会的变迁，作为贝娄文艺思想的超验主义又有别于美国超验主义者的思想。贝娄的作品凸显了后现代社会生活中诸如公共领域对私人领域的入侵，现代人的错位、边缘化和受难，商业社会中艺术的贬值和没落，两性冲突，启蒙思想的败落，传统价值标准的崩溃等现象。为了探究被万千景象蒙上了一层神秘面纱的人类或生活场景，贝娄以启蒙思想为指导，兼收并蓄传统的现实主义与现代主义的手法，创作以浪漫主义为主调的小说。他在创作中不断地探索写作方式，从不同的角度解读现代人与现代社会，将每部小说中人物设置在新的社会环境中，令其面对新的困境，以探索混乱无序的现代社会中人应该如何认识自我，独立思考，并做出道德选择。这使得贝娄的作品包含了丰富的社会内容和深邃的哲理思辨。因此，本书试图将审美与道德、价值判断相结合，来探究贝娄在后现代时期依然坚持用浪漫主义和现实主义为主的手法进行小说创作的缘由，以期揭示作为哲学和文化思想的超验主义如何以文学形式体现在以浪漫主义为主调的文学作品中，超验主义哲学思想在文学上的展现手法，贝娄对超验主义思想的继承与超越，以及贝娄的超验主义思想在其小说主题方面的展演和表现方式。有鉴于此，本书在美国超验主义思想的观照下，以文学社会学为理论路径，将社会原因与个人原因纳入分析视野，以社会学、哲学、伦理学、心理学和叙事学等为理论依据，以贝娄的非小说（包括访谈、评论性文章、传记等）为佐证，从作品主题、文类、人物形象等方面，解析贝娄带有超验主义色彩的作品，探究其叙事主题和形式背后的文艺思想，并由此阐释浪漫主义和现实主义并用的手法在贝娄作品中的指导意义，辨析美国超验主义思想在贝娄小说主题方面的展演和表现方式，以及贝娄对超验主义思想的扬弃。

贝娄很善于把握时代的脉搏。贝娄曾在布朗斯（Jo Brans）所做的访谈中说：“每个小说家都是历史学家，是其所处时代的记录者”①，并将这种观念贯穿于其小说创作。贝娄的每部小说都在审视一个具体的历史时期，从主题到人物塑造，都与当时的社会背景密切相关，但聚焦点并非当时的社会图景，而是发生在人物内宇宙中的斗争——人如何逐渐认识自我、接受社会现实，在外部世界和内在世界之间的冲突中，找寻和识别个体的价值和生活的意义。因而，个人与社会的对立、自我和历史环境之间的相互影响，既构成贝娄小说的形式，也是其小说的重要内容。贝娄将人类生存状况和第二次世界大战后充满焦虑、精神空虚和道德沦丧的时代特征联系起来，描写现代社会的腐败、个人的非人化、对金钱和权力的渴望，以及对感官享受的追求对个人生活的影响，表征现代人在充满异化、物化力量的环境和令人窒息的氛围中求生存的焦虑。正如法国文学社会学理论家戈德曼（Lucien Goldmann）的“发生结构主义”（structuralisme génétique）文学社会学所示，文学艺术具有主动的、塑造意识的功能，文学艺术作品中的想象世界同特定群体所追求的精神结构相互关联，各种文学结构从属于更大的社会和历史结构，体现出历史发展的关联性；作家创作最能体现其对社会关联性的追求。在戈德曼看来，文学创作属于社会精神生活，是整个社会生活的一部分，文学作品和文学现象描写现实世界和社会生活，反映社会生活的整体思想和实践，表征社会生活的整体性结构，并促进社会现实的历史化进程。因此，“研究者只有把一部作品重新置于历史演变的整体中，把作品与整个社会生活联系起来，才能从中得出客观意义”。② 基于此，本书将贝娄的小说放置

---

① Jo Brans and Saul Bellow, “Common Needs, Common Preoccupations,” *Southwest Review* 62 (Winter 1977), p. 14.

② Lucien Goldmann, *The Hidden God: A Study of Tragic Vision in the Pensées of Pascal and the Tragedies of Racine*, Trans. Philip Thody. London & Henley: Routledge & Kegan Paul, 1964, p. 8.

在20世纪中、后期的社会背景中，以爱默生的超验主义思想为观照，将贝娄小说中描写和反映的社会、个人生活状况与其发生的场域联系起来，以小说的“意义结构”为基础，以文学与社会之间的关联性为理论路径，分析贝娄小说所传达的超验主义思想。

随着科学技术的发展和现代化进程的加快，从20世纪50—60年代开始，西方社会进入了一个新的社会时期——后现代社会（亦称为后工业社会、晚期资本主义、信息社会、景观社会、传播媒体社会、消费社会等）。“后现代”（postmodern）与“现代”（modern）相对，后现代之“后”（post）有积极主动地与之前的现代阶段决裂，从旧的限制和压迫中解放出来，进入一个新领域之意，也可否定地理解为可悲的倒退，传统价值、确定性和稳定性的丧失。由于后现代主义的跨学科性及其在文化、文学和艺术上的表现形式不同，早在20世纪50年代末，美国文化界和文学界就已率先开始了关于后现代主义的理论争鸣，兴起于欧洲思想界的利奥塔-哈贝马斯之争起到了推波助澜的作用。贝尔（Daniel Bell）用“后工业社会”这一概念来指示美国20世纪中后期的时代特征——以知识技术为轴心，也即知识价值论，而非劳动价值论。[①] 哈贝马斯（Jurgen Habermas）提出“晚期资本主义合法化危机”，并企图重建理性的交流沟通理论。而利奥塔（Jean-François Lyotard）在探讨当代西方后工业社会中的知识状态的转向时，则用“后现代”一词来表述后工业社会里的知识状态，并将后现代定义为“对宏大元叙事的不信任”。[②] 就美学而言，利奥塔认为，后现代（post modern）必须根据未来（post）的先在（modo）之悖论来加以理解。[③] 詹姆逊（Fredric Jameson）认为，后现代主义是“晚期资本主义的文化逻辑”，并指出，后现代主义的存在有赖于

① Daniel Bell, *The Coming of Post-Industrial Society*, New York: Basic Books, Inc., Publisher, 1976.

② Jean-Francois Lyotard, *The Postmodern Condition: A Report on Knowledge*, Manchester: Manchester University Press, 1984.

③ Ibid., p. 81.

关于某种彻底决裂的假设，通常追溯至20世纪50年代末或60年代初，而这种断裂往往与认为历时百年的现代主义运动已衰微或灭绝的观点，或与意识形态和美学上同现代主义决裂有关。[①] 瑞泽尔（George Ritzer）将后现代定义为"一个社会和政治的新时代，这个新时代通常在一种历史意义上被视为紧随现代时期之后"，将后现代主义定义为"被视为不同于现代文化产品的艺术、电影、建筑等领域中的各种文化产品"。[②] 虽然后现代主义学者们对后现代时期的界定各有不同，很难找到一个清晰的共同定义，但他们也达成了一种共识，即后现代是第二次世界大战后西方后工业社会的一个泛文化现象。可见，作为历史分期的概念，现代性和后现代性缠结在一起，有些理论家视后现代性为现代性的初期阶段，有人称现代性是一项未完成的规划，还有人强调现代与后现代的历史分期差异。但绝对多数后现代主义者不喜讨论现代性向后现代性的历史性转变，他们拒绝简单的、线性的宏大叙事。由于后现代既是一个历史时期，又是一种社会政治、经济发展的状态，一种文化现象和社会思潮，后现代理论家们在使用后现代性、后现代主义和后现代社会理论时往往不加区分。[③] 基于此，本研究采用"后现代"来指示贝娄创作的历史语境，以便探讨贝娄在小说中重提超验主义思想要旨、将精神追求视为拯救世界之道的社会历史原因。

在后现代社会，工具理性泛滥，信息技术瓦解了知识与合法性的传统观念的基础，历史感消失了，中心被消解了，多元化、不确定性、非线性、混乱无序、断裂、无深度和情感消逝等成为后现代世界的特征。一切统一化的努力都遭到了拒斥，传统的价值观受到挑战，自我迷失了，主体成为不完整的幻象，启蒙时期的理想都被现实粉碎了。在以符号的快速增生为特征的消费社会，一切都被符号化和商品

---

① Fredric Jameson, *Postmodernism, or, the Cultural Logic of Late Capitalism*, Durham: Duke University Press, 1999.

② George Ritzer, *Postmodern Social Theory*, Beijing: Peking University Press, 2004.

③ Ibid., p. 8.

化了，物质至上和消费主义将社会变成了精神荒漠和价值真空。在这种社会背景下，贝娄回眸启蒙时期的超验主义思想，为人们勾勒超验的、乌托邦式的美好生活愿景，启迪世人追求精神，保持人之为人的善良本性和人与人之间的基本情感，使他们在惨淡的现实生活中看到希望。

本书选取最能体现贝娄的思想和艺术成就的五部小说《奥吉·马奇历险记》《雨王亨德森》《赫索格》《赛姆勒先生的行星》和《洪堡的礼物》，集中探究这五部小说中的主导主题——精神诉求和道德旨归，阐述贝娄的超验主义思想及其文学展现方式，辨析贝娄小说的伦理道德维度，揭示贝娄的文学济世情怀。本书虽从不同的思想主题切入，分析贝娄五部小说中的超验主义思想及其表现方式，但并不是说这些主题只出现在某部作品中，应该说，这些主题在贝娄的作品中均有表现，只是各有侧重而已。

本书选取这五部小说为文本，原因如下。

其一，这五部小说不论从创作手法还是从思想性来说，都代表了贝娄小说创作的最高成就。贝娄独特的喜剧化风格形成于《奥吉·马奇历险记》，《雨王亨德森》是贝娄最具浪漫主义色彩的小说，《赫索格》以其叙事的复杂性和思想性著称，《赛姆勒先生的行星》凸显了贝娄道德济世的情怀和文化保守主义的态度，而《洪堡的礼物》更具有浓郁的超验主义色彩。

其二，在本书所涉及的每部小说中，价值标准总是围绕着一个具体的意识形态，如：《奥吉·马奇历险记》中是人生的“中轴线”①，《雨王亨德森》中是理解他人并为他人服务，《赫索格》中是人性和良知，《赛姆勒先生的行星》中是伦理道德，《洪堡的礼物》中则是灵魂。贝娄对精神生活的追求，对价值标准的坚定信念和道德济世的

---

① 奥吉认为，人生必须有一条“中轴线”（axle line）贯穿始终，对他而言，这条线是真理、爱情、和平、慷慨、有益、和谐等。奥吉所说的中轴线其实就是指人应该遵守的伦理道德标准底线。

情怀，决定了其笔下的主人公以超越自我的方式，从屈服于日常现实发展到对精神、灵魂和来世的兴趣。随着人物年龄的增长、阅历的丰富，以及所处时代的混乱程度的加剧与威胁性的增加，小说的神秘色彩就越浓重。为了使道德现实显现秩序，小说中道德教谕的成分就更明显。

其三，这一时期的小说体现了贝娄对创作形式和技巧的不懈探索。在创作中期（1953—1976年），贝娄的小说有一个突出的叙事特点：偏离故事主线和回归故事主线。从《奥吉·马奇历险记》到《洪堡的礼物》，小说的重点明显地由情节变为主题、由行动变为反思，主题思想逐渐通过反思和沉思呈现出来。《奥吉·马奇历险记》和《雨王亨德森》将早期小说的封闭式结构和阴郁悲观的气氛改变为开放式结构和较为轻松乐观的气氛，采用了比较松散的流浪汉小说和浪漫传奇的小说形式。这两部小说还采用了成长小说的模式，超越了传统的流浪汉小说和浪漫传奇。《雨王亨德森》借用了“追寻”的古代神话模式，暗示了主人公的精神形变，塑造了渴望伟大人性、追求具有永恒意义的精神生活的人物形象。《赫索格》和《赛姆勒先生的行星》用讽刺和嘲弄的笔触描写了美国60年代社会的动荡不安、混乱无序和道德沦丧。与之前的小说相比，这两部小说多了些沉思，少了些反思。《赫索格》采用伪书信体和互文性，表现外部世界对精神世界的摧残、知识分子对精神生活的追求及其对人性和个人价值等基本问题的思考。《赛姆勒先生的行星》采用内心独白、叙事越界和空间叙事的手法，揭示出作者对60年代反文化运动中新左派的激进行为的道德批判，对美国星球殖民计划的质询，以及用爱救赎人类的乌托邦思想。《洪堡的礼物》是贝娄较具神秘主义色彩的小说。该小说对灵魂和来世的探讨更加抽象、更具启示性。作者采用平行结构，将文化兴盛的往昔与混乱的现状相对照，在鲜明的对比中探究人性和道德，表现人物的自我探索、自我觉醒的精神历程与对精神生活的追求，指出人有灵魂，但灵魂只可意会不能言传。作为一位思想小说家，贝娄洞识道德危机造成20世纪二元对立的思想意识，在小说中为当代相互对立、冲突的思想之间的斗争提供了阵地，彰显了文学作品中的道德想象与重构的重要意义。

本书共有五章，分别从浪漫自我、精神成长、知识分子的精神诉求、道德想象与重构和艺术救赎五个方面，集中探讨贯穿贝娄创作中期五部小说的主导主题——精神追求和道德旨归，并揭示贝娄小说所传达的超验主义思想。

第一章探究《奥吉·马奇历险记》中流浪汉叙事所体现出来的主人公对浪漫的自我的追求。该章分别从个人主义、返璞归真和后现代社会中的反英雄三个方面，分析反英雄形象奥吉在物理空间上的位移所呈现出的精神维度上的流浪。为了摆脱生存困境，奥吉四处奔波，身处沟渠，却依然仰望星空。为了保持独立自主之人格和美好纯真的本性，奥吉不断地逃离物质的陷阱，以避免被物化。奥吉对独立自由的追求、对个体生存意义的探求和对简单淳朴生活的追寻，揭示出物质与精神、人与自我、人与社会之间的矛盾和张力。由于奥吉在追求自我的同时，坚持传统的家庭和社会伦理，使得他的精神追求、情感信念、正义感、道德观念与当时的社会主流价值观——物质主义——相抵牾，奥吉自我实现之路幻化为艰难的天路历程。奥吉向往简单淳朴而又富有诗意的生活，怀念儿时心中的梦想，但现代化进程销蚀了昔日的田园风光，奥吉对人间乐园的追寻也注定成为一个遥不可及的梦想。该章指出，奥吉的流浪承载着贝娄对个体价值和生命意义的探索和思考。奥吉“逃离—回归—逃离”的人生轨迹表明，贝娄的思想存在着一定的矛盾性：他既希望个人能保持自我和独特性，又令其人物不断地回归社会。在贝娄看来，个人只有在群体中才能实现个体价值。

第二章从对精神真实的追寻、精神成长和精神再生三个方面，探讨浪漫传奇《雨王亨德森》中物质世界对人的精神世界的挤压、主人公对精神生活的探索、“唤醒沉睡的精神”的历程及万物共栖的生态思想。本章通过分析小说将主人公的主观心理客观化的手法，如象征、意象和意识流等，揭示物质与精神的分裂和物质世界对精神世界的摧残，通过对主人公精神成长历程的解析，表征主人公对精神生活的探索和个人与社会之间的张力。小说借用古代神话的“追寻”模式隐喻主人公对有深度、有意义的精神生活的追求，主人公的精神形变表明其对伟大人性的渴望。亨德森的精神成长及其回家的旅程暗示，回归社会、造福人类是实现自我的必要条件。

第三章从“头脑文化”与“心灵文化”、社会担当与个人生活和田园乌托邦三个方面，侧重分析《赫索格》中追求独立思考、自主之人格的知识分子形象，以及该小说传达出的价值中庸的思想。本章通过分析贝娄对书信体、互文性和意识流等技巧的运用，探讨文化再生产对传统理论学说、僵死的教条和思想体系的传播对个体的思维意识、人格与情感的压制（即“头脑文化”对“心灵文化”的压抑）所导致的人的异化。赫索格夸大知识分子的自我和知识分子的社会担当，力图通过学术研究恢复知识分子的社会“立法”作用，缺乏自我关怀与对家人和朋友的关爱。婚姻的失败和学术研究的挫折增强了赫索格的自我意识、批判意识以及他固有的家庭伦理观念，使得他逐步认识到甜蜜家园对个人生活的重要性。赫索格的惨痛经历揭示了知识分子对个体在现代社会中的价值的关切与社会对个人生活的强调之间的矛盾性，凸显文学叙事的诗性正义。另外，本章还分析了小说对城市和乡野的描写体现出一种二元对立的思维模式。贝娄用破败、肮脏、拥挤和喧嚣的城市衬托充满诗意的乡村美景，主人公对田园生活的向往赋予小说田园乌托邦的色彩。

第四章从断裂的文化、爱的缺失和道德旨归三个方面，解析《赛姆勒先生的行星》中作者对现代城市文化的批判、对社会道德危机的想象与重构社会道德的乌托邦思想。小说以旧式人文主义知识分子赛姆勒为固定视角，展现青年一代的激进与疯狂，以丰富的动物意象隐喻现代人爱的缺席和人格的分裂，揭示20世纪60年代美国反文化运动以身体符号和性解放等方式对维多利亚时期的旧价值体系的颠覆。小说运用空间叙事和圆形意象，再现私人领域与公共领域、个人与社会、个性解放与道德价值之间的矛盾性，以及个人与环境的相互影响。作者大量地运用内心独白，借赛姆勒之口，从家庭伦理和社会伦理两个层面表达他对现代社会的道德批判及其重构社会道德的乌托邦思想。

第五章从物质与精神、超验的世界和精神延续三个方面，侧重于分析《洪堡的礼物》中重要观点：灵魂不死与艺术救赎。小说中“两个世界”的多个维度揭示出物质与精神、灵与肉、理想与现实之间的张力和艺术的商业化，反映了消费社会中的道德堕落，镜影了现代社会与时代变迁对现代人的个人生活、思维意识和价值观的影响。主人公西特林之灵魂不死的信念和斯坦纳的人智学对其影响表明西特林对精神世界的追求，对亲情和友情的渴望及对传统伦理道德的坚守。洪堡和西特林最终用爱的礼物、艺术想象力和创造力的结晶——电影脚本和故事提纲——自我救赎，继续了贝娄小说一贯的主题：爱、人性和道德，体现出贝娄文学济世的情怀。

本书结论指出，虽然贝娄创作背景是美国文学反经典、反阐释、反文化、反精英的后现代主义时期，同时代的作家们纷纷开始对小说创作形式和艺术技巧进行试验、探索和创新，但是，贝娄却偏离了当时的创作主流。贝娄坚持以启蒙思想为主导，运用传统的浪漫主义、现实主义创作手法与现代主义的艺术技巧，超越了现代主义和后现代主义，这不仅保持了其作品的独特性，也显示了其批判意识。贝娄用文学形式展现启蒙时期的哲学思想，说明贝娄有意无意地继承了爱默生的超验主义思想，但贝娄出于对后现代社会中人们的生存状态的关切，主张文学作品应该进行道德教谕。他糅合了犹太文化中积极入世的思想，对传统的超验主义思想进行了扬弃。贝娄兼容并济地运用浪漫主义和现实主义的创作手法，展示后现代社会中人们的生存困境。贝娄在创作中努力探索言说现代人精神需求的艺术形式，其作品中体现出的“超验主义”并不是一成不变的文艺思想，也非一套体系化的准则，而是贝娄围绕消费时代人的精神寄托展开的多个主题、多种形式的文艺社会学思考。

第一章

《奥吉·马奇历险记》：浪漫的自我

从词源上讲，英语文学中的流浪汉小说（picaresque novel）这个术语，是西班牙语中 La novella picaresca 的英译。在西班牙语中，picaresca 为形容词，其名词形式 picaro 意为“违法者”，“无赖”或“恶棍”。库顿（J. A. Cuddon）编纂的《文学术语词典》将流浪汉小说定义为：“以流浪汉为主角的叙事作品。此文类通过描述流浪汉的遭遇来讽刺当时的社会。”① 狭义的流浪汉小说，指以流浪汉为主人公，以第一人称叙事视角、插曲式结构及写实的方式描写下层社会生活为特征的小说。② 传统的欧美流浪汉小说通常采用旅行模式，通过主人公的空间位移，来展示广阔的社会生活图景。这种文学样式侧重于外部环境描写，不太关切主人公的精神向度，因而，人物的心理刻画缺乏深度。而贝娄则对传统流浪汉小说的叙事方式进行了创新，其流浪汉小说《奥吉·马奇历险记》的主人公不仅在物理空间上发生位移，而且在心理空间上呈现出精神流浪的状态。小说循着主人公从芝加哥、墨西哥城到巴黎的足迹，运用现实主义的笔触描写其所处的外部环境，同时采用现代主义表现手法呈现没有社会根基的主人公的精神漂泊状态。小说中的主人公对个体价值和生命意义的困惑、追寻和体悟，不仅赋予该小说浪漫主义色彩，而且令其逸出了传统流浪汉小说重外部世界的写实性描写的边界。

---

① J. A. Cuddon, *A Dictionary of Literary Terms*, London: Andre Deutsch Ltd., 1977, p. 505.

② Chris Baldick, *Oxford Concise Dictionary of Literary Terms*，上海外语教育出版社 2000 年版，第 168 页。

奥吉以超验主义者爱默生所倡导的独立自主的个人主义为行为准则，为了保持自我本质、寻求理想的生活方式，不断地逃离周围的实利主义者，却一次次地落入他们的陷阱，这使得小说的情节结构由一个又一个圆形叙事链连缀而成。然而，这种“出逃—回归—再出逃”的套环式叙事结构，注定奥吉是一个不断地“在路上”的“反英雄”形象，而他的追寻最后也以失败告终。小说采用第一人称叙事，主人公奥吉既是叙事者“我”，又是体验者“我”。叙事者奥吉（即成年后的奥吉）不无嘲弄地追述体验者奥吉（年轻时的奥吉）——一个富于冒险精神的流浪汉——从20年代到40年代的人生经历，展现其心路历程。贝娄将奥吉的历险故事戏剧化，用机智风趣的语言描写现实世界，自由地抒发情感，并对人生、社会和道德状况作出价值判断。贝娄以其独特的喜剧风格，忠实地、不加美化地表现奥吉对浪漫自我的追求，折射出作者站在美国中产阶级和知识分子的立场，在“反崇高”“反英雄”时代对道德观念、个人价值和生存意义的哲理性思考。

在贝娄看来，作家可以通过喜剧形式将19世纪文学作品中的“浪漫的自我”传承下来。在20世纪的美国，喜剧在多年缺席后复归，因而作家应该喜剧性地表现弥足珍贵的、独特自我的浪漫主义的主题。① 贝娄希冀用喜剧形式将人们从盛行的悲观主义气氛中解脱出来，通过理性的喜剧精神来反拨现代文学中普遍存在的悲惨的狂欢，肯定个人的价值和生活的意义，给予人们活下去的勇气。“不论我们在存在主义的形而上学、现代心理学、马克思主义或象征主义的逻辑之后，最终决定个人生活的意义是什么，切记：现在比以前有更多的个体生命，而且某些生产革命也使这些生命的存在成为可能，这是唯一正确的，也是合理的。”② 在《奥吉·马奇历险记》中，贝娄采用

① Saul Bellow, “Literature,” Mortimer Adler and Robert M. Hutchins (Ed.), *The Great Ideas of Today*, Chicago: The Encyclopedia Britannica, 1963, p. 170.

② Ibid., p. 171.

流浪汉小说这一文学样式，对当代文化进行精妙分析。小说通过连续的激烈行动来讲述主人公悲剧性的冒险故事，展现现代人对浪漫的自我的追寻。为了呈现人物的心理空间，全知叙事者像一个能洞察外部世界与人物内心世界一切复杂情况的评论员，与读者进行饶有趣味且极富哲理的交谈，揭示驱使主人公采取某种行动或终止某种行动的个人原因或社会历史原因。而这个言辞诙谐、观察细微的评论员其实是贝娄的替身或“第二自我”，他代替作者对所观察到的一切进行评论，以传达作者对社会生活和个体生存意义的穷思苦索，对唯利是图的实用主义者的精湛嘲弄，以及对命运多舛但仍怀揣希望的主人公的深切同情。贝娄在去个体责任、道德虚无的社会背景下，对独立自主之个体和个体之生存意义的哲理性思考，对个体的独特性、精神追求和道德品性的强调，赋予其作品丰富的思想性和超验主义色彩。

基于此，本章从个人主义、家园叙事和反英雄形象三个方面，分析贝娄对奥吉这个独立自主、敢于冒险的“现代美国亚当”形象的塑造和对奥吉的人生历险的悲剧性情节的喜剧化处理，揭示贝娄积极入世的生活态度，及其肯定个体的生命价值、精神可完善性与独特性的超验主义思想，并指出贝娄关于个体既要保持自我本质又要融入社会的思想矛盾性。

第一节　个人主义

在20世纪前半叶的美国小说中，存在着关于人的两种相互对立的观点：一是价值虚无主义者的观点，即人是群体中孤独的大众人。他们就像浮游生物一样，在毫无意义的世界上随波逐流。这些毫无作为的单面人，被困于价值真空的生存环境中，失去了个性；二是较为浪漫的观点，即人可以保持其独特自我，按照宇宙有机体的生长原则自我成长。贝娄对前者持有批判态度，他所塑造的主人公虽深陷价值虚无的泥淖，仍具有鲜明的自我意识。他们拒绝接受主流价值观对自己的形塑，努力地保持他们的自我和个性，富有浪漫的个人主义气质。美国超验主义者曾热衷于对个人的阐释，譬如，爱默生提倡个人的自助与精神的独立，梭罗以实际行动践行了爱默生的个人主义思想，而惠特曼更是在《自我之歌》中吁请个体走自己的路。一个世纪之后，贝娄的小说也传达出人要不断地认识自我，保持个性，保持精神的独立自由和积极乐观的生活态度的思想，这种思想在《奥吉·马奇历险记》中尤为突出。作为一位犹太裔作家，贝娄将犹太民族精神漂泊的经验因素及其对当代美国文化的分析融入传统的流浪汉小说的叙事模式，使小说呈现出精神流浪的结构。

《奥吉·马奇历险记》采用自传体第一人称叙事方式，展现出主人公为了追求个体独特性和独立自主之精神，在地理空间上的漫游和精神上的流浪。奥吉既是一系列冒险故事的主人公，又是小说的叙事者。小说通过奥吉的叙述自我以嘲弄而又无奈的口吻追忆往事，讲述其年轻时坎坷的生活经历，评论自己当年的思想和行为，并表达对世事和人生的看法。小说透过主人公的见闻、遭遇和思考，描写社会现实，展现小人物的生活画卷，同时，小说也通过呈现主人公物理空间位移时的心绪起伏，揭示后工业社会的道德状况与世态人情。因而，该小说中“有一种嘲笑的声音贯穿始终，既有自我内省又有自我揭露”。[①] 在小说开头，奥吉自报家门，随后，他的叙述自我逐渐被体验自我所遮蔽。之后叙述自我时而出现在某些章节中，是为了方便奥吉结合自己的某段经历，表达其对当时的社会和主流价值观的看法。奥吉的叙述自我在小说结尾处（第 26 章）再次露面，表明小说中的系列插曲均为回顾性叙述，并重申叙事者奥吉在忠实地讲述自己的人生经历与心路历程。为了与小说开端所引用赫拉克利特的观点“一个人的性格就是他的命运”相呼应，叙事者指出，奥吉的经历表明：一个人的命运就是他的性格。此外，每逢奥吉经历波折或情感受挫时，

① Irving Howe, *The World of Our Fathers*, New York: Harcourt Brace Jovanovich, 1976, pp. 594-595.

叙事者均对其处境进行评论，或为体验者奥吉指点迷津，或对其进行嘲弄。

例如：奥吉爱西亚，所以他愿意听从西亚的吩咐，陪她去墨西哥办理离婚手续。然而，西亚却向他隐瞒了他们墨西哥之行的真正目的不是离婚，而是为了捕猎。西亚在去墨西哥途中的所作所为表明，她并不看重奥吉的爱情，她只是希望奥吉能对她俯首听命。对她来讲，重要的是如何用新奇的方式捕猎巨形冷血动物，以显示她的与众不同。同时，西亚还表明了她对世界的态度——她宁愿与冷血动物为伍，也不愿融入社会生活。西亚的这种观点与奥吉为人处世的方式截然不同，这注定了他们的爱情必定以悲剧告终。在墨西哥，奥吉不顾西亚的反对，帮助一名女子（斯泰拉）逃离其男友的控制。奥吉回来后想和西亚重修旧好，并打算跟西亚一起去奇尔潘辛戈捕猎蛇和巨蜥。可西亚却为他帮助斯泰拉一事跟他发生了争执，并提出分手。奥吉想："我已经忍让够这些古怪行为了，就连驯鹰一事，我本该早就打住的，不该如同司空见惯似的，对那一件件古怪的事件毫不吃惊。"① 因此，他就将自己对通过捕猎牟利的真实想法告诉了西亚，说驯鹰捕捉巨蜥是异想天开，是荒唐的怪癖，但是奥吉的坦诚加速了西亚的离去。奥吉在伤心之余意识到，他对打猎的看法对西亚打击太大，便开始反省自己。

> 我，成了爱情的忠实奴仆？我根本就不是！我心里突然觉得一阵恶心，对自己感到十分厌恶。我发现自己追求纯真只不过是一种欺骗。其实我的心肠并不好，也没有丝毫感情。[……] 如果我的为人确实如此，那一定是我深藏于心中的秘密，肯定不会表现出来的。因此，现在看来，假如我想讨好别人，那只是要给

① Saul Bellow. *The Adventures of Augie March*. New York: Penguin Books, 1966, pp. 455–456. 在本章以下内容中，凡是直接给出页码的引语，均出自《奥吉·马奇历险记》该版本。

> 人错误印象，或是做样子给人看，是不是这样呢？这一定是因为我认为别人都比我强，都有我所没有的东西。[……] 可是，不，我不可能既是魔鬼，又深受其害。那太不公平了，我不相信。(464)

这是奥吉的自我剖析。从这段话可以看出，奥吉努力追求纯洁的爱情，但经历了与西亚的这段爱情后，他觉得自己还不够纯真，因此，他开始自我否定。经过仔细分析他对西亚的情感以及他的为人之后，他觉得他之所以对西亚俯首听命，可能不是出于爱情，而是他想讨好西亚。最后，他又否定了这种想法，认为自己才是这段情感的受害者。可见，他对纯洁的爱情和纯真的自我的追求与当时的主流价值观相悖，使他有些怀疑自己的执着追求。西亚决然离去影响了奥吉的自我认识，奥吉在伤心与懊悔中自我反省。他贬低自己的追求，但又觉得委屈。

由于奥吉的这种否定自我的剖析表现出他在自我认识方面出现了偏差，叙事者开始纠正奥吉的自我认识，并为他指点迷津：

> 认为别人的生存能力都比你强，是不对的。[……] 这只不过是一种臆想，夸大别人如何看待你，误解别人因你并非如此而喜欢或不喜欢你，都是由于错误观念和思想懒惰造成的。唯一的办法是一定不要在乎，不过那样的话，你必须懂得怎样才是真正的在乎，并且知道自己让人喜欢和不喜欢的地方。[……] 你怎能让自己在困境中停滞不前，自甘愚蠢，打着哈哈与世无争呢？不，你必须用心规划成为一个与众不同的人。(465)

这些话表明，叙事者肯定了奥吉的人品，并认为奥吉和别人一样具有很强的生存能力。叙事者劝导奥吉，重要的不是别人对自己的看法，而是一定要有独立的人格、自由的精神和正确的自我认识，用心规划自己的人生，与世抗争，积极进取，成为一个特立独行的个体。

然而，仔细阅读，我们不难发现，叙事者的这些话并不只是对奥吉的自我认识的评判和他给奥吉的忠告与建议，而是给后工业社会中的芸芸众生的中肯建议。这段话看似出自叙事者，也即成年后的奥吉之口，实则为全知叙事者（或者说作者）的现身说法。

小说中经常出现此类叙事越界现象，也即在叙述过程中，由全知叙事者出面，开导、劝诫或挖苦、嘲弄奥吉的思想意识或行为举止。在第 23 章开篇，叙事者就在挖苦、嘲弄奥吉对更好命运的执着追求。“你这个新兵，你来凑什么热闹？去吧，娶个可爱的老婆，在马奇农场和马奇学校里待着，在各个国家疯狂地混战成一团时，你千万别去碍事。”（540）紧接着，叙事者揭示出这般嘲弄是出于奥吉经历了一系列的冒险却一无所获所产生的无奈：“我的朋友，我对自己说，放松点，别瞎折腾了。”（540）可见，小说采用这种叙事方式夹叙夹议，在讲述故事的同时，表达叙事者对当时的社会现实的批判和主人公的追求及其遭遇的嘲弄，寓庄于谐，揭示个人与社会、理想与现实之间的矛盾性。

此外，小说中的流浪汉叙事充分地呈现出奥吉为维护自我本质、保持自己独立自主之精神，与生存环境进行的不懈斗争，表现出外部世界强大的异化、物化力量对人的个性的压制和消磨。小说叙述了奥吉从美洲到欧洲的人生经历，场面宏大，人物众多，事件丰富，场景转换频繁，用辛辣语言，淋漓尽致地再现美国当时的社会风貌，揭示商业社会主流价值观念和众生相。作为故事主人公，奥吉是一个喜欢哲学推理的流浪汉。他不断地变换工作和生活的地方，经历了一次次偶然事件。各种各样的工作构成他整个人生的基础：他当过百货商店的店员，在火车站卖过小物件，偷窃倒卖过书籍，接受过大学教育，帮哥哥西蒙卖过煤，为社会精英照看过小狗，当过工会组织者，在墨西哥为抓捕大蜥蜴训练过鹰，第二次世界大战爆发后加入了海上商队，最后结婚定居巴黎。而他所做的这一切都是为了追寻一个够好的命运。奥吉流浪的足迹从美国到墨西哥，再到欧洲，他以流浪为认知方式，随着地理空间的变换，找寻真实自我，探索个人的生存价值和已经失落的生活意义的内在性，以建构自我身份。奥吉执着于以外部世界为参照来反观内心世界，认识自我本质，因为“真实的自我是人类潜在的力量，真正的身份处于人类的心灵深处”。[①] 布鲁姆曾如是评价了贝娄笔下的人物：“他的主人公都是一流的观察者，很好地继承了惠特曼的遗产，但他们缺乏的是惠特曼的‘真实自我’，或者，他们的‘真实自我’受到阻碍，没有表达出来。”[②] 然而，事实上，奥吉的流浪历程，正是以他人为鉴，认识自我本质，保持真实自我的心路历程。为了让奥吉在探索个人价值和生存方式的过程中保持真实自我，贝娄将其创作时所遵循的“原始的评论员”[③] 贯穿于小说始终，以便推动或阻止主人公的行动，表现奥吉的追求与当时社会主流价值观之间的疏离和不可公度性，并肯定个体在物性世界里的生存价值。“在个人价值受到威胁的当今世界，该小说重新肯定了人生存的可能性。”[④] 因而，奥吉与环境决定论的斗争，及其对个人独立自主之精神的追求构成了小说的基本结构。

贝娄将执着地坚持自己的个体性和追寻自由的奥吉置于一个非常不利的人生境遇中，采用喜剧形式，来展现处于逆境、努力超越现实的主人公的浪漫自我。奥吉出生于繁华的美国工业大都市芝加哥底层社会的犹太人家，但他却不甘命运的安排，不屈从于环境的影响。在贝娄看来，芝加哥是一个野蛮粗俗的劳作和交易的场所，一个充斥着乌合之众和腐败政治，以及棒球赛和追名逐利的城市，一个人为物

---

① Saul Bellow, “Where do We Go from here: The Future of Fiction,” Irving Malin (Ed.), *Saul Bellow and the Critics*, New York: New York University Press, 1967, p. 212.

② Harold Bloom (Ed.), *Saul Bellow* (Modern Critical Views), New York: Chelsea House Publishers, 1986, p. 2.

③ 贝娄曾在访谈中说：他在创作时，内心总有一个原始的评论员，来告诉他真正的世界是什么样子。见 Gordon Lloyd Harper & Saul Bellow. “Saul Bellow: An Interview.” *Saul Bellow: A Collection of Critical Essays*. Ed. Earl Rovit. New Jersey: Prentice-Hall, Inc., 1975, p. 10。[Originally published in *Paris Review* 9, No. 37 (winter 1967): 49-73.]

④ Ihab Hassan, *Radical Innocence: Studies in the Contemporary American Novel*, Princeton: Princeton University Press, 1961, p. 311.

役、唯利是图、缺失了爱的地方。[1] 在小说中，贝娄将芝加哥描写为“一座灰暗的城市”，这里“有的只是对阴暗无望的生活、预兆死亡的匮乏、恶语中伤的嘴巴和可怕吓人的眼睛的恐惧，以及由没有对幸福生活的回忆，也不敢希冀幸福生活所造成的一切的恐惧。没有牧羊人谈情说爱的西西里风情，没有任意涂抹的生活画卷，只有城市中深切的烦恼”（99—100）。由于社会地位卑微和生活贫穷，奥吉被迫过早地卷入高深莫测的城市生活目标之中，流落在台球房里。正如艾洪教导奥吉的那样：生活给穷苦人布下了一个个陷阱，像奥吉这样在苦境中长大的小伙子天生是失败者，命中注定进监狱、教养院和收容所之类的凄惨糟透的地方。虽然奥吉不认同艾洪的命定论，不愿受命运的摆布，不愿意让别人改造自己，但他的生存环境注定了他无法实现其远大的理想。贝娄用关在笼子里的小动物、被围栏圈起来的鲜花和围墙等表示桎梏或圈禁的意象，象征奥吉的社会地位和生存困境，用尼亚加拉大瀑布的激流来暗喻现实生活中，对个人生活造成强大冲击的一切偶然性和不确定性的因素。奥吉从小被父亲遗弃，和柔弱而头脑简单的母亲、强势的哥哥和智障的弟弟相依为命，生活窘困，处于社会的最底层。更为糟糕的事是：“一切于我有影响的人，都对我集合而待，我一出世，他们便来塑造我。”（52）周围的人们，如劳希奶奶、西蒙、艾洪、安娜姨妈、伦林夫人、西亚，无一不想控制并改变奥吉。此外，还有更为强大的异化力量，诸如历史前进的车轮、种族、阶级、意识形态、各种思想理论及它们在现实生活中的表征，也在威胁着奥吉的自我本质。奥吉周围的人们被各种思想所包围，思想给大众带来的压力，使生活中充满了不受约束的能力和物质，令人兴奋但过于丰富的思想转化为各种生活现象，冲击着奥吉的个性和自我。生活中“这类事情一件件太多了，都已深入我心中。太多的历史和文化得跟得上进展，太多的细节，太多的新闻，太多的样板，太多

---

① Saul Bellow, “A Matter of the Soul,” *It All Adds Up*, New York: Penguin Books, 1994, pp. 73-74.

的影响，太多人告诉你要像他们那样生活，还有这一切庞大、大量、动荡、尼亚加拉瀑布般的激流”（525）。在这样的生存境遇中，公共领域为个人生活筑起无形的围墙，人类身不由己，任人摆布，对时间的消磨无可奈何。对奥吉来说，人生要若此，那将是一场噩梦。他宁愿在这堵无形的墙下掘出壕沟逃出去，即使是流浪，也要比安逸地死在这围墙里强。

从社会学和心理学方面来讲，个性是区别人与他人或群体的标志之一。人是通过他的独特自我被认识的，人只有坚持自我核心，才能把握人生的意义。存在就是一个人不同于他人的存在，也即个人的独一无二的个体性。[①] 奥吉为了保持自己的个性，拒绝被实利主义者同化；为了寻求更好的命运和更大的抱负，他在物理空间和精神层面上不停地奔波，体验了各种各样的生活和工作。在小说开端部分，奥吉便表明了他桀骜不驯的个性和对理想执着的追求。小说开门见山地说，“我是个美国人，出生在芝加哥——就是那座灰暗的城市芝加哥——我这人处事待人一向按自己学的一套，自行其是；写自己的经历时，我也离不开自己的方式：先敲门，先让进”（7）。依照爱默生的观点，一切历史都是主观的，因为人们总是在自己的私人经历中提出引人注目的历史事实，并且就地加以证实。“严格地说，没有历史；只有自传。”[②] 奥吉也相信，个人可以用自己的方式书写个人历史，所以，他以自己的方式书写他有个性的生活经历。然而，由于物质至上的价值导向，很多现代人因醉心于现实利益和价值的追求，丧失了自我感，失去了他们作为人的同一性而被异化，被物化，他们的人生也就变得空洞乏味、没有了意义。因而，里斯曼（David Riesman）断言，现代社会最需要的，不是机器、财富或作品，而是一种个性。[③] 但贝娄认为：“今天如此多的人活着，享受或悲悼个人生活，是因为

① Rollo May, *Man's Search for Himself*, New York: Norton, 1953.

② R. W. Emerson, "History," Joel Porte (Ed.), *Ralph Waldo Emerson: Essays & Lectures*, New York: The Library of America, 1983, p. 240.

③ David Riesman, The Lonely Crowd, London: Yale University Press, 1989.

庞大的公共科学、工业和政治组织支持数量巨大的新个人"，这些组织在引导个人发展的同时也剥夺了个人发展的空间，"不是现代世界缺乏个性，而是没有人懂得如何正确地表达个性"。[①] 为了保护自己的个性和追求独立自主的命运，奥吉决意与决定论进行斗争，因此，他总是自行其事，对外界抱有对立的态度，以此拒绝非人化，保持自己个性化的自我。奥吉不屈从日常生活的平庸琐碎，敢于冒险，努力超越现实，追求独立自主的命运和有意义的生活，以实现自己的人生价值。

奥吉之所以不愿意接受他人为自己安排和计划的生活和命运，是因为，他持有和爱默生一样的观点："世界是为你而存在的。"（526）奥吉想要的是他自己的地盘，他的独立自主，而不是为别人的计划效劳。奥吉认为，人的"真实性来自于自知之明，而最坏的莫过于不由自主"（519）。为此，他不愿意卷入那些使他失去自我的洪流。奥吉坚持自己个性和努力追求独立自主的命运，他不愿意接受任何人对他的摆布、塑形或施加有损于他的个性和自我的影响。爱默生在《论自助》中写道："嫉妒等于无知；摹仿无异于自杀；一个人不管好坏，必须把自己看作自己的命运。"[②] 每个人身上都蕴藏着非常新奇的力量，除他本人之外，谁也不知道他有什么本领，而且不经尝试，连他自己也不知道他所拥有的力量。在悲惨的命运面前，奥吉倔强地高昂着头颅，抵制任何让他失去自己个性的人和事，敢于对任何想改变他的人说"不"，包括他的家人、亲戚、朋友，爱人和他所敬重的人，因为他担心，若是听从了他们的建议，接受他们或命运的安排，他就会失去自由，就无法实现自己人生的理想。为了生存，为了追求有个性、有品质的生活，他不惜一次次放弃以牺牲自由和自我为代价，换

---

① Saul Bellow, "Some Notes on Recent American Fiction," Marcus Klein (Ed.), *The American Novel Since World War II* (Literature and Ideas Series), Greenwich, Conn.: Fawcett, 1969, pp. 171–173.

② R. W. Emerson, "Self-Reliance," Joel Porte (Ed.), *Ralph Waldo Emerson: Essays & Lectures*, New York: The Library of America, 1983, p. 259.

取成为富人的养子或女婿，从而快捷地实现自己的人生目标的机会。奥吉警告自己："我只是芸芸众生中的一员、撒在磁场周围的铁屑，被磁力牢牢吸引着。一切都要受法律左右，[……] 为什么还要去寻找失去更多的自由呢？"（369—370）为此，奥吉常常逃离大家对他的安排，想要做个聪明人，自力更生，朝着个人的目标努力奋斗。"最可怕的事，莫过于被另一个人强迫去体验他所说的活着多么可怕，希望是多么致命的了，品尝到的会是同样的绝望。在所有强加于人的论调中，这是最糟糕的。它不仅会使你成为他们要造就的那种人，而且还得照他们的命令去感受。"（483）人以其独特的自我为核心，自我意识是人看待世界、把握意义的基础。为了保持其自我和独立性，把握个体生存的意义，奥吉努力地逃避外部环境的威胁，表现出坚定的生存勇气。

小说通过奥吉面对考验时的态度和他所做的选择，来揭示奥吉的个性特征、自我意识和乐观向上的精神。奥吉属于社会底层的犹太人，刚满 12 岁便要出去打工赚钱，养家糊口，品尝人生百味。通过奥吉的人生境遇的描写，小说展现了现代人生活的画卷：人们为生活所迫，迷失了自我，丧失了个性，就像堆成堆的相同的东西，卑微得如同小零件、报纸专栏的字符、建筑物的砖块，生活就像是绕不完的线轴和卷不完布的卷筒。私人生活领域被公共生活领域挤压殆尽，人们随波逐流，随大流或社会认同成为他们判断一切的标准，即使是为子女选择结婚对象也要依据这个准则。露西的家人在考察奥吉能否适合当露西的未婚夫时的标准是，奥吉是否愿意在一切事情上都跟他们一致。在这种现状中，奥吉选择去历险，以坚持自己个性化的原则。奥吉年轻时很敬重艾洪，像劳希奶奶一样，艾洪也经常给奥吉灌输自己在与生存环境的斗争中总结的经验教训，教他如何要手腕。他告诫奥吉，芝加哥是个公开的野蛮城市，人们的生命随时会受到威胁，而且被摧残的大多数人都是好人，最善良的人总是遭受虐待或被杀害。可奥吉明白，艾洪自私自利，专横跋扈，装腔作势，是个十足的伪君子，艾洪言传身教的东西多半是为他自己的行为做注解。艾洪后来在劝说奥吉远离他的朋友乔·戈曼时，突然意识到奥吉有个明显的特征——反抗性，“我忽然发现你身上有一种东西。你有一种反抗性”(137)。正是这种反抗性使奥吉显得与众不同，有个性。

奥吉努力维护自己作为个体的独特性，并通过与社会广泛地接触来认识自我、认识人性，寻找自己的命运，在人际关系中使自我得以成长。他不愿做随波逐流的俗众，因为顺从是自我最大的破坏者。然而，在大众社会里，坚持个性却被视为不正常。因而，奥吉对自我的独特性的追求使他不断地陷入模式化与反模式化的斗争。在奥吉生活的时代（20世纪前叶），全球遭受战争的破坏，世界陷于奢华淫靡，鄙俗的现实让人们满足于平庸的生活。受当时有关阶级、种族和价值观等方面的主流意识形态的影响，拜金主义和实用主义支配着人们的日常行为，生活目标和价值观念被歪曲。人们被动地接受外界和现实对他们的影响，不仅接受外界强加于他们的思想观念，并无意识地将其潜移默化，变为他们的行为准则，而且接受强大的外部力量赋予他们的地位和身份，整齐划一地扮演着社会地位和身份强加给他们的角色。大众人的这种盲目从众心理严重威胁着奥吉的个性。作者借内置于作品中的评论员之口揭示出现代社会的这种特征：在如此浩瀚的大众社会生活，机械器具如此庞大厉害，技术性能如此高超，思想观念如此伟大可怕，独立的人必须将自己创造为能在这种环境下生存的人，一个能够经受住这种逼人气势的人（465）。作者借古喻今，用奥吉在意大利的画廊里见到过一幅荷兰古画，来表达他对奥吉所处时代的辛辣而沉痛的讽刺：一位冥想着的老哲人踯躅而行在旷野中，他身后有个小偷正在割断他的钱袋带子。这位身着黑袍的老人沉浸于对上帝之城的冥想，那个小偷被罩在一个上面有着帝王统治象征的十字架的玻璃球里。这幅画的喻意是：“尘世的掌权者在盗窃，而那些荒唐可笑的哲人贤士们却做着当今世界和未来世界的美梦”（223）。贝娄用惠特曼式的罗列手法，来描写芝加哥政治的黑暗和芝加哥人的拜金主义价值观和生活的奢侈糜烂。掌权的人滥用职权，为攫取金钱干着各色违法勾当，市政厅里挤满了大亨、投机商、地方官、贪心汉、小政客、告密者、流氓、色狼、行贿者、告状者、警察和穿着奢华的人们，充斥着残暴的情节、色情的气氛、对物质财富的渴望及种种不法行为。与此形成鲜明对比的是，那些社会地位低下的人们，为了生存，更是被迫行窃，或从事其他犯罪行为。人们为了生活四处奔忙，从私人领域里被驱赶到大庭广众之中，没有了容身之地。残酷的现实，掩盖了人类生命的光辉，消解了人生的意义。但小说的语气却不是完全悲观的，而是在悲凉阴郁中透露出希望。小说将强大的外在力量比喻为白昼，将人类生活的希望比作淡金色的晨曦，虽然白昼的威力驱散了清晨淡金色的晨曦，令它显得那么缥缈，那么强烈，但天空并没有因此而变得消沉、焦躁或可笑。贝娄运用诸如象征、暗喻等修辞手段，告诉人们，不能因现实的不如意而消沉，应该透过现实的阴云看到生存的希望，字里行间透露着乐观主义的精神。

另外，在钢筋混凝土浇筑的现代丛林中，情感和理想概念已经荡然无存，人际关系趋于表面化和虚伪化。每个人都是一座孤岛，固执地把最隐秘的想法深藏在心底，人与人之间如同隔着冰山，很难赤诚相见。“要是你能把一天之内的日常谎言变成淤泥，那就能把亚马逊河填平一百英里，甚至漫过两岸”（436）。西亚对生活的感受充分地说明了现代社会中个体的孤独，“我总感到孤单寂寞，好像这世界上尽是东西而没有人”（460），因而，她宁可逃离这种令她厌烦害怕的社会，与蜥蜴和蛇等冷血动物为伍，也不再相信人。面对如此残酷的现实，劳希奶奶是最早想要按自己的意愿为奥吉及其家人规划人生，将其模式化的人。她视给奥吉一家人讲解为人处世之道为己任，她教奥吉说谎，训诫奥吉要为自己着想，不能滥用感情。林伦太太认为，社会地位犹如煤矿中的灯烛一样重要，劝说奥吉通过接受大学教育来获取金钱和地位。西蒙和艾洪更是以身作则，教导奥吉在残酷的竞争中为了生存不择手段。可见，商品社会中，丰富的物质商品将人物化了，就连人际关系也被物化为一种伪关系。在奥吉看来，人造物就像是笼罩着人们的阴影，威胁着人的个性，使人变成了单面人。但他总觉得周围那些被物化的人都有点古怪离谱，他拒绝成为实利主义者计划将他“塑造成的那种人”（464）。

此外，为了保持他的本真自我，为了成为一个有个性、独立自主的人，奥吉将周围的人视为他反观自己的棱镜。当奥吉深陷困境，他曾求助于哥哥西蒙，可西蒙不但不管奥吉的死活，还将艾洪给他去解救奥吉的钱据为已有。为此，艾洪劝奥吉以此为把柄制服西蒙。可出于亲情，奥吉谅解了西蒙。林伦夫人想收奥吉为义子，可奥吉却无法割舍瞎眼的母亲和痴呆的弟弟。在林伦夫人看来，奥吉是个傻瓜笨蛋，“你给他金子他不要，却偏要粪土”（180）。为了帮助朋友咪咪，他不惜被自己未婚妻露西及其富有的家人误解，因而错过了通过婚姻快速摆脱困境、提高自己的社会地位的机会。可是在奥吉看来，和那些不守生活守则的富人们在一起时，人就没有了自尊。与露西交往时，他始终保持着自我本性，失去“故我”会让他背负沉重的心理压力。在别人眼里，奥吉不是一个与生活较量的高手，不懂得生活对人的损害和折磨，也不懂得它给人的狂喜和荣耀。当奥吉拒绝做林伦家的养子时，林伦太太坚信，奥吉一走出她家大门，便会被人踩得粉碎，在生存斗争中被碾成肉酱。但奥吉认为，答应“做他们的养子会把我闷死”（183）。奥吉一再反对别人想按他们的心意塑造他，不愿意被吸纳入比他更强大的东西，他要做一个独立自主的斗士。也许《雨王亨德森》中，达甫的表达更贴近奥吉的心声：如果“‘我应当做的某些事未能做，而不应当做的反倒做了。’这能算是人生吗？啊，流水账似的一生是多么可悲。”①

如果说从上述奥吉追求独立自主之精神的行为可以看出，奥吉就像一个爱默生思想的践行者，那么奥吉所持的很多观点，都与爱默生思想遥相呼应。奥吉认同赫拉克利特关于命运与性格之关系的说法，“一个人的性格就是他的命运”（7），这印证了爱默生的观点：一个人的命运是他的性格所结出的果实，“我们为了逃避自己的命运而付

---

① Saul Bellow, *Henderson the Rain King*, New York: Penguin Books, 1976.

出的一切努力，结果只会把我们自己引向命运”①，但是，“如果我们必须接受命运，那么我们就必须肯定自由，肯定个人的意义，肯定责任的崇高，肯定性格的力量。”② 奥吉为追求自己的理想而四处奔波的流浪生涯揭示出同样的道理。奥吉肯定自我，有勇气成为自我，并有勇气在自我选择的过程中实现自己的价值，不断地鼓励和督促自己，使自我核心和独立感发展成熟。奥吉这一形象体现出贝娄对自我、生活和社会的肯定。依照爱默生的说法，“在世上，按世人的观点生活容易；在隐居时，按自己的想法生活也不难；可是伟人之所以是伟人，就在于他在稠人广众之中尽善尽美地保持了遗世独立的个性。”③ 奥吉对社会上流行的思想观念和价值体系持有怀疑论的态度，他拒绝社会强加于他的虚假地位和身份，不愿意像大多数人那样，被书本上所有的法则所束缚，甘受命运的摆布，也不想做绑架了他的巴斯特肖那样沉迷于科学幻想的狂人，不想像巴斯特肖那样，为了成为自己观念中的人物，过着乏味无趣的生活。大概奥吉的形象之所以会继哈克贝利·费恩成为美国文学流浪汉小说中的经典形象，他保持了独立的个性是一个重要的原因。

小说塑造的这一不屈不挠的斗士形象，表明人不应该屈从于他人的安排、环境的影响和外部世界的压力。奥吉对个性和自我的诉求及其个人主义精神，揭示出贝娄对主宰现代文学中的“荒原观”持批判态度。“自 20 年代至 50 年代，现代文学由一种挽歌的语气——艾略特的‘荒原’和乔伊斯的《青年艺术家的肖像》中的气氛——所主宰。情感被这种哀伤所吸引，[……] 这种情况远远超出了其应该

---

① R. W. Emerson, “Fate,” Joel Porte (Ed.), *Waldo Emerson: Essays & Lectures*, New York: The Library of America, 1983, p. 964.

② Ibid., p. 943.

③ R. W. Emerson, “Self-Reliance,” Joel Porte (Ed.), *Ralph Waldo Emerson: Essays & Lectures*, New York: The Library of America, 1983, p. 263.

被允许的程度，而堕入荒谬的言行，我想我们已经有太多的荒谬了。"[①] 贝娄不赞成作家沉迷于这种悲伤的气氛，在他看来，"现代喜剧不得不处理有价值的和人性的自我的分裂，即以前的资产阶级的英雄人物。"[②] 作家应该发挥想象力，承担起惠特曼赋予诗人的创造原型的责任，表现人的价值，证明人的伟大性[③]，展示生活的魅力。[④] 与爱默生一样，贝娄赋予具体的人和事以价值的普遍性，他把个体的独特性与普遍人性交织在一起，将奥吉塑造为个人自由的卫士，为主宰个人命运，他坚持不懈地摆脱现实主义导师们对他的控制和塑形，努力寻找值得为之奔波的命运。奥吉传承了库珀、爱默生、梭罗和惠特曼等美国19世纪作家的作品中"美国亚当"的形象，他年轻、天真、乐观而富有冒险精神，有无限的潜能，满怀希望和理想，持之以恒地为实现自己的潜能和个人价值而奋斗，为保持自己的纯真自我和自由，绝不向外界压力低头，从而将贝娄的创作置于美国文学的传统中。美国物质丰裕，但社会秩序非常混乱，传统的权威中心已经腐烂，传统的道德价值标准被忽视，社会上弥漫着消极厌世的情绪，以前牢固的理想和信念荡然无存，就连传统和权威确立的社会关系也被消解了。然而，奥吉却仍然在逆境中坚持自我、苦苦追寻理想的命运和生活方式，他的浪漫气质，乐观向上的精神，及其对独立自由和美好生活的追求，表现出该小说对个体生命价值和人的潜在力量的肯定。奥吉对独特自我和精神独立性的追求与爱默生的观点遥相应和，

---

① Gordon Lloyd Harper and Saul Bellow, "Saul Bellow: An Interview," Earl Rovit (Ed.), *Saul Bellow: A Collection of Critical Essays*, New Jersey: Prentice-Hall, Inc., 1975, pp. 12-13.

② Saul Bellow, "Some Notes on Recent American Fiction," Marcus Klein (Ed.), *The American Novel Since World War II* (Literature and Ideas Series), Greenwich, Conn.: Fawcett, 1969, p. 171.

③ Saul Bellow, "Distractions of a Fiction Writer," Granville Hicks (Ed.), *The Living Novel: A Symposium*, New York: Macmillan, 1957, pp. 14-15.

④ Gordon Lloyd Harper and Saul Bellow, "Saul Bellow: An Interview," Earl Rovit (Ed.), *Saul Bellow: A Collection of Critical Essays*, New Jersey: Prentice-Hall, Inc., 1975, p. 13.

可以说，奥吉是“一个美国超验主义者，一个在自我中追寻上帝的流浪汉。”①

爱默生主张人要独立自主，因为个人所经历的新鲜事情都照亮了千千万万人的所作所为，他的生活危机与民族危机休戚相关。② 奥吉坚持不懈地追求他的理想、保持自己的个性，他努力在严重物化的世界拯救自我的同时，给世人树立了一个符合道德准则的生活方式的典范。“相信我，我并没有为自己，为坚持要有一个‘高级的’、独立的命运而自豪。[……] 尽管我渴望独立自主的命运，然而这并不仅仅是为了我自己。”（490）奥吉为生存进行的斗争，体现了现代人普遍的生存境遇，同时，作者通过奥吉展示了在决定论主宰下个人发挥其自由意志的一个典范。虽然现代人运用科学技术，获得了优裕的物质生活，却沦为他们创造物的奴隶。在技术主宰着的现代社会里，海德格尔所追求的“诗意生存”被转换为“技术生存”。个体丧失了原有的稳定性和自主性，被群体所淹没，人与人、人与物质世界或人与自我之间的关系也都被物化了。有个性的浪漫主义的自我变成了芸芸众生中毫无个性的单面人，主体被否定，人的意义也遭到了唾弃。这种时代特征在文学上表现为，浪漫自我的消解，自我被认为是过时的东西。但贝娄并不认同这种观点，在他看来，通行于大众化艺术（通俗故事、畅销书和报纸漫画及电影等）中的和谐人物，其实来源于陈旧的类型人物，这些模式化的故事是一种麻醉性的或洗脑式的娱乐，它们将使小说这门叙事艺术寿终正寝，使小说关于自我的概念枯竭。③ 贝娄通过塑造奥吉，一个不屈服于世俗的眼光，大胆地选择自己的生活道路，避开那些目标明确却被人们走平了的人生之路，义无反顾地

① Harold Bloom (Ed.), *Saul Bellow* (Modern Critical Views), New York: Chelsea House Publishers, 1986, p. 2.

② R. W. Emerson, "History," Joel Porte (Ed.), *Ralph Waldo Emerson: Essays & Lectures*, New York: The Library of America, 1983, pp. 237–238.

③ Saul Bellow, "Where do We Go from here: The Future of Fiction," Irving Malin (Ed.), *Saul Bellow and the Critics*, New York: New York University Press, 1967, pp. 212–213.

走向通往陌生世界的未知之路的人物形象，大概是想告诫世人：虽然个人被各种制约因素所羁绊，但依然存在自由选择的可能性。

综上，奥吉的流浪过程实际上是他不断地摆脱他人的控制，认识自我本质、自我身份和个人价值的旅程。通过种种人生磨砺和心灵磨难，他最终认识到生命的意义在于追求永恒持久的东西，在于遵守价值标准。“任何人任何时候都可以回到这些轴线（即真理、爱情、和平、慷慨、有益、和谐）上来。”（524—525）可以说，在《奥吉·马奇历险记》中，贝娄继续了自蒙田以来的传统——塑造自我认识、自我完善的人物，以喜剧的方式处理奥吉在艰难境遇中与决定论的斗争，对美好事物和有意义的命运的追求，及其对令人失望的生活的拒绝。贝娄寓庄于谐，通过塑造没有社会根基、在大都市中艰难地求生存的精神漂泊者，试图虚构一个可以生存的世界，以求得立足点和安全感。贝娄使用了第一人称叙事，以回忆录的形式，让奥吉按时间顺序叙述他的家庭背景、历险故事、所见所闻及其看法，以凸显奥吉的历险和社会现状的真实性，以及奥吉的高尚品性、鲜明个性与理想化的追求，人物形象既忠实于当时的社会生活，又高于他所生活的世界，使小说既真实又浪漫。

第二节 返璞归真

19 世纪美洲“花园”里突然出现的“机器”意象是工业革命以来人与自然和谐相处不断与人对财富无休止的追逐之间的矛盾冲突的核心隐喻。面对工业文明对自然的破坏，科学技术对自然规律的违背和对自然的扭曲，浪漫主义主张回归自然。后现代社会，人们被丰富的物质产品所包围，面临严重的物化危机。对此，贝娄提出的救赎之道便是返璞归真——回归人的纯真天性，过简单朴实的生活。在《奥吉·马奇历险记》中，奥吉对有意义的生活方式的探寻就体现出他的家园梦想和精神寄托，而这种梦想和寄托是通过对自然的向往传达出来的。在该小说中，自然并不仅仅指自然界，还指人的自然本性——童真。奥吉为了保持自己的纯真天性，不断地逃离实利主义者为他规划的人生。奥吉对纯真而美好的友情的向往，对简单朴实、与他人和自然和谐相处的生活的憧憬，表明贝娄对简单而温馨的童年生活的眷恋。

童年之于贝娄就是一个失去的乐园。贝娄在 1999 年的一次访谈中表示，他自小就有一种与生俱来的对家人的眷恋，虽然已至耄耋之年，但他对童年往事记忆犹新。贝娄说，儿时，每当夜幕降临，他父亲总是给他们朗读俄国犹太人作家肖洛姆·阿莱赫姆（Sholem Aleichem）的作品。受其父影响，贝娄在青少年时期就阅读了大量的俄国小说，总觉得那里就是他的故土家园。[①] 可见，作为犹太人的后裔，贝娄具有犹太民族的故国家园情结。从事文学创作之后，贝娄更是将这种情感和对故土家园的追寻贯穿于作品中，通过追寻精神家园的叙事形式表现出来。他执着地“忠于儿时习得的东西”，在作品中表现“世界的神圣感”。[②] 因而，贝娄作品中存在浓郁的家园意识，但家园之于贝娄并非物质的，而是一种超验的、精神的家园，因为对于一个不断地漂泊民族的后裔，家园之于贝娄无疑就像一场虚无缥缈的美梦。追梦人朝着中心的某个方向不断地追逐，却始终是好梦难圆。因此，贝娄笔下的家园更多地指向一种精神寄托，具有强烈的内心指向性。贝娄总是从文学作品中找寻精神家园，年轻时阅读俄国小说找寻精神飞地，获得精神依靠，上大学后不顾家人的反对走上文学创作的道路（因为在注重实利、善于经商的父兄看来，作家等同于不切实际的空想家），更是通过小说创作来寄托对精神故园的思念。

贝娄在小说中常常流露出他对童年生活的怀念之情，这种童年情结在小说中通过主人公对回归自然，找寻精神家园的渴望表征出来。奥吉坚持不懈地找寻着洒满爱的人间乐园，追逐着童年时的梦想。

---

① Saul Bellow and Norman Manea, “‘Before I Go’——A Conversation with Norman Manea,” *Salmagundi* 131/266 (Summer 2007), p. 135.

② Saul Bellow, “Distractions of a Fiction Writer,” Granville Hicks (Ed.), *The Living Novel: A Symposium*, New York: Macmillan, 1957, p. 2.

> 当人们对成年生活感到厌腻，厌倦了自己暴露出生活的无聊疲惫时，都会承认，在形成恶习和缺点之前，有或应该有一段天真自然、优美如画、在不知不觉间流去的时光，就像西西里岛上牧羊人谈情说爱的田园生活……也就是早年生活的情景。因为每个人都一样，开始时是伊甸园，然后经历尘世间的种种束缚、痛苦和扭曲，最后死亡，进入冥冥之中，据说从那儿可以盼望永远进入新生。(99)

虽然奥吉的生活被人造物所包围，他经历了生活中的种种束缚和痛苦，但奥吉仍然不放弃童年时期的梦想——对充满了爱的、田园式美好家园的憧憬。“当更大更热的星球已经升起，把你消融，支配着你时，那儿时心中的太阳却仍然放射着万丈光芒。今天的星球可能更辉煌，更炫目，可是昔日的太阳依然久久留驻心中。”(219) 从奥吉对儿时的梦想的追逐，揭示出贝娄对童年简单淳朴而又温馨的生活的怀念。奥吉不愿被物质生活的洪流淹没，努力追寻超越于物质之上的、有意义的生活，渴望梭罗式的简单朴实、回归自然的生活。奥吉的“出逃—回归—出逃”的人生轨迹，是奥吉探寻有意义的生活方式的具体化，也承载着贝娄对个体的生存价值和生活方式的穷思苦索。超验主义者梭罗号召人们回归自然，归隐山林，极大地简化物质生活，以无限地提高精神生活。但是，奥吉的出逃并非为了消极遁世，而是为了返璞归真：保存自己纯真的天性，过简单质朴的生活。在贝娄看来，归隐山林并不能拯救现代人，因为个体价值只有在群体中才能实现。因而，为了能够有个够好的命运，奥吉四处奔波，努力在庸常的现实世界中寻找永恒持久的东西——生活中神秘伟大的事物，通过自己的努力找到一个合适的生活方式。

贝娄返璞归真的主张体现为：第一，奥吉保持自己的纯真天性的努力和对家人的情感。在小说开端，奥吉在交代他的身世时，就告诉读者，他妈是个头脑简单的可怜女人，他无法从她那里学到教诲，只能从他母亲不幸的经历中获得实际教训。不过，他还是爱她。他们自小就被父亲遗弃，母亲也从未提及父亲，所以他们兄弟三人都不知道父亲是个怎样的人。尽管如此，奥吉还是尽量把父亲想象得高大一些。弟弟乔治是个智障儿，奥吉从小就知道保护弟弟。当劳希奶奶安排送乔治去福利院时，奥吉极力反对。当乔治被送走后，都是奥吉陪着他母亲走很远的路去看他。每次看到弟弟，奥吉都为他难过。为了不让他母亲过于忧虑，每逢去看乔治，只要他口袋里有钱，他都会带他母亲去一家高级餐厅吃冰淇淋和蛋糕。劳希奶奶住在他家多年，习惯了当家做主，总是像个独裁者一样给他们发号施令，指手画脚，但奥吉还是非常尊敬她。得知劳希奶奶过世的消息后，奥吉还为她伤心难过。尽管周围的人都劝他为了自己要不择手段，置亲情、友情于不顾，但他还是难以割舍对家人的感情。为了避免被外界因素非人化，避免陷入价值虚无的泥淖，奥吉不断地出逃，远离周围的实利主义者塑造他的计划。但是，出于对他母亲和弟弟的牵挂，奥吉又总是踏上回归之路。

第二，这种主张通过奥吉对纯真的友情与爱情的珍视和对符合人性、有意义的生活的向往表现出来。奥吉富有同情心和正义感。当他暂住大学城时，邻居咪咪未婚先孕、生活陷入困境，出于对咪咪的同情，奥吉冒着被自己的未婚妻误会的危险，尽力帮助、照顾咪咪。后来，在墨西哥，他又是出于同情，不顾女友西亚的愤怒和反对，开车将急于出逃摆脱自己男友控制的斯泰拉送出城外。然而，在消费社会，资本逻辑统治着一切，人际关系也不例外。人与人之间的基本情感，甚至是亲情、爱情，都被物化了。“最纯洁的境界是在人际关系之外，人与人之间的交往只会产生谎言和愚蠢的亲近”（304）。在这种社会背景下，奥吉对有尊严、有意义的生活的追求显得难能可贵。奥吉认为，人们至少能像古典英雄一样，在受难中求生存，在反抗现实的斗争中发现人的价值和尊严，追寻生活的意义。虽然奥吉无法明确他所追求的“够好的命运”是什么，但他从未停止对更好的命运的探索。很多人曾想给奥吉指引方向，试图按照自己的意图来塑造奥吉，但奥吉总是毫无恶意地逃离他们对自己的影响。奥吉知道人的本性和欲望，也接受他人的真实面目，却不愿意放弃自己儿时的理想——对有尊严和有价值的生活的追求。小时候，当安娜姨妈计划让奥吉将来迎娶自己的女儿时，奥吉就不想通过婚姻成为富人家的一员，他“已经为自己酝酿着一个够好的命运”（36）。之后，奥吉用同义反复，多次强调他对更好的命运的追寻，比如：够好的命运、有意义的命运或更明确的命运。“我一生都在找适当的事情做，想有个够好的命运。”（372）尽管他的生活中充满了各种各样的伤痛：劳希奶奶的身体随着年龄增高而日益衰弱，他母亲双目完全失明，弟弟天生痴呆，哥哥西蒙早年的理想被攫取金钱和权力的疯狂和冷酷所取代，奥吉被贪婪的、冷嘲热讽的、可耻的、无知的人所包围，但他并不绝望，不改独立干一番事业的初衷，无论是婚姻、事业或金钱，都难以阻挡他走向未来的道路。当他看出露西听从她父母的摆布，选择跟他分手时，他决然地离去。在奥吉看来，包括金钱和物质在内的人造物全都是外在的，人类的生存价值不在于那些想要让人类按照它们的方式存在的技术成就，而是爱的能力。是爱使得人类的生存成为必要，然而，爱不是占有。“妻子不拥有丈夫，丈夫不拥有妻子，父母也不拥有子女”，即使能够占有，那也是暂时的（471）。奥吉努力追求超越鄙俗的日常现实的生活，他承认现实生活中存在着邪恶和骄奢淫逸，人不可能扫尽一切沉闷忧郁和凄苦悲伤，但他坚信，永恒的、美好的事物是存在的。“任何人也没法使我承认，由于某种局面实在无法改变，便认定它是不好的。”（405）人不应该屈从于强大的外部压力而作出让步，应该加强对现实压力的承受力，因为压力的大小取决于自己的承受力，如果人想办法去承受生活的压力，那么，压力就会化为乌有。因此，尽管现实社会不尽如人意，只要人与人之间能真诚相待，就会摆脱这种令人嫌恶的生活，发现生活中美好的事物。

第三，奥吉向往简单淳朴的乡间生活，厌恶现代化城市里恶化的生活环境以及人与人之间的欺诈和利用。人类为了自我发展已经严重破坏了自己的生活环境。由于环境污染，生态环境的恶化，诸如芝加哥这样的大城市总是灰蒙蒙的，“到处是一条条的黑色轨道，庞大的工厂冒出浓浓的烟雾，弥漫在空中。升降兴毁的建筑物就像一座座平顶山。在它们上面，盘踞着形形色色的大亨及超级大亨，他们如同狮身人面像一样虎视眈眈。可怕的沉寂笼罩着城市，就像一场永远找不到言辞的审判。”（491）技术理性不仅破坏了人类美好的家园，而且造成了人的异化。商品拜物教扭曲了伦理道德，导致了情感的荒漠，人与人之间的关系异化为利用与被利用的关系。小说中奥吉的哥哥西蒙最鲜明地体现出人的异化。西蒙为了摆脱照顾智障弟弟乔治的责任，不顾母亲和乔治伤心难过，同意劳希奶奶的建议，将乔治送去了福利院。自乔治被送走后，奥吉觉得他们家的家庭生活就松散淡漠了，一切都乱了套，“大家都只顾自己，各有各的打算”（70）。后来，西蒙再也无法忍受劳希奶奶在他家喧宾夺主、颐指气使，就将劳希奶奶送到了养老院。为了能够和富家女塞西结婚，他拿着艾洪借给他将奥吉从法布罗监狱里解救出来的钱去赌博。等奥吉历尽苦难回到芝加哥后，才发现，西蒙在赌博中输掉了所有的钱，还把家里的房子及破旧的家具全都卖了，让他母亲寄居在邻居家。但塞西还是嫁给了比较富有的五产。恋爱受挫，让西蒙变得更加冷酷无情。他现身说法地告诉奥吉：

> 我小时候一直把自己的志向定得很高，可是过了一阵子你就会发现，什么是你真正得到的东西，什么是你没有得到的。于是你渐渐变得聪明起来，认识到这样一个事实：必须把自私和妒忌放在第一位，你不必去管别人的死活，只要你自己能得到好处就行，你会开始觉得，如果某个跟你亲近的人死了，让你可以无拘无束，那该有多好。（230）

为了摆脱贫困，西蒙将婚姻视为致富的途径。为迎娶夏洛特，他不惜出卖自己的人格、贬低家人。西蒙靠虚情假意、谎言和逢场作戏成功地成为麦格纳斯家族中的一员，但他和夏洛特的婚姻基础，并非爱情，而是“那些与银行、股票和税款相关的事情”（273）。夏洛特贵妇似的打扮，华而不实的装饰，讲究的衣着，奢华的公寓，难以掩饰其庸俗和虚伪的本性。物质主义和拜金主义将西蒙变成了非人，消解了夏洛特的性别特征，将其异化为“中性人”（273）。成为百万富翁后，西蒙被物化得更为严重。他穿着时尚华丽，耀武扬威地开着凯迪拉克风驰电掣地穿过一条条街道，像个“势力强大、性格阴暗的底特律王子”一样，“在机械王国里称雄”（489）。一回到家就大喊大叫，吆喝着吩咐女仆做事，显示他统治一切的威严。他家有很大的地毯，很大的台灯，尺寸像真人大小的玩偶和女神像，墙面全是红木的，抽屉里放满了内衣和衬衫，衣柜里是一架架的鞋子，一排排的衣服，一双双的手套，一瓶瓶的科隆香水，一个个首饰盒，很大的中国瓷花瓶上面有浮塑的龙凤，极尽奢华。西蒙的一举一动就象国王似的，对一切都极其讲究苛求。即使是对穿着时髦的夏洛特，西蒙的态度也非常粗暴。他甚至为岳母穿廉价的衣服大发雷霆，凶神恶煞地将她骂了出去。然而，这种态度是他成为富翁之前，决然不敢有的。西蒙的蜕变过程体现出物质主义社会对人性及伦理道德的扭曲。

奥吉与西蒙形成鲜明对照。奥吉憧憬美好、和谐、朴实无华的生活，他“要的是简单，拒绝复杂”（466）。他继承了他母亲的感情用事和对亲情的珍视，深爱着他头脑简单、体型高大却柔弱的母亲。在奥吉看来，他母亲为人淳朴是她的福分。在和西亚去墨西哥前，他去看望母亲。尽管一想到打猎，他就会忐忑不安，但为了不让母亲担心，他故作轻松。看着视力越来越差的母亲，奥吉感到亲情是“欢乐的纽带”（377）。他不认同社会上流行的亲情是幻觉的说法，“如果说这［亲情］是一种幻觉，它绝不会这样真实和美妙。我否认这是幻觉，除非任何真切生动的东西都不是真实的。不，我绝不承认这一点。”（377）对奥吉而言，一家人和睦相处，简单真实而又温馨的生活才是美好的生活。奥吉一再表明，他向往简朴无华的生活，渴望找到一块安居乐业的地方，他心目中的人间乐园是一个世外桃源，一种人与自然和谐相处的田园生活的美好愿景。“一处像瓦尔登或茵纳斯弗利那样篱笆围绕的私人绿地，沐浴着和煦的阳光，周围是苍翠欲滴的丛林和五彩缤纷的花园，还有天堂乐园般的草坪，长着林肯公园的芳草。”（592）可见，奥吉的理想栖居地是像梭罗的瓦尔登湖那样的地方，他憧憬清净自在、无忧无虑，与他人、社会和自然和谐共处的田园牧歌式的生活图景。和梭罗一样，奥吉摒弃复杂，渴望简化生活，希望能抛开一切多余之物，企求生活中神秘伟大事物。奥吉羡慕的不是人们所认为的那种物质上的成功者，而是明净的灰色玻璃窗外那些打雪仗的孩子。在奥吉结识了咪咪——一家学生餐馆的女招待——后，咪咪身上透出的野性美让他想起了他曾经认识的女招待威拉。比起咪咪，他更喜欢威拉。“我想当时要是真的有那份缘分，我跟威拉会在一个乡间小镇上幸福美满地过上一辈子。”（239）在经历了一系列的冒险之后，在小说的最后，奥吉想领养福利院的孩子，为他们创办一所学校，成为他们的守护神和教父，把自己最美好的东西献给孩子们，告诉他们他所知道的一切。

另外，返璞归真的主张还体现在奥吉对生活中美好事物和崇高现实的憧憬，渴望找回失去的乐园。奥吉相信，在日常生活中存在着比所谓现实更美好的东西，人应该通过栉风沐雨，来认识自我，认识现实，在不超越现实的情况下达到一个理想境界。奥吉天生具有从平凡中发现美和善的非凡能力。在墨西哥跟随西亚捕猎时，奥吉头部受伤，住进了医院。他常常在花园里散步，或从窗户里观赏全镇的景色。晚秋的景色美不胜收，碧空如洗，青苔斑斑，给了他很大的心理补偿和精神慰藉。即使他和西亚的恋情结束时令他心生抱怨，非常沮丧，仿佛感觉到了死神的光临，他也没有完全被绝望主宰，肮脏贫困的墨西哥城的美丽和温暖的气候，给了他活下去的理由。奥吉拒绝虚假的意识形态和价值观，他认为，生活是由发明家或艺术家虚构的，他们各自以自己的方式招募别人来支持他们的假想世界，拥护他们所谓的真实和真理，那些伟大的领袖把他们的观点强加于众人，他们关于世界和自然界的虚构，就变成了现实世界，人类必须与这种所谓的现实斗争（466）。“我们在自己的时代中感到的所谓文明状态常常倒退至霍布斯所说的自然状态。它实则为交战状态，其间，个人的生命是短暂的、野兽般的、令人憎恶的、浑浑噩噩的”。[①] 这种文明的退化现象的出现，是由于美国的社会机构没有“把精神上的、高尚的人格灌输进现代美国人的内心世界”。[②] 因而，个体必须在自己的亲身经历中发现人类的高尚品格。在奥吉看来，人们所谓的真实世界和价值观其实是发明家或艺术家的创造物，这些人为谋取利益、争夺权力，都以自己的方式宣扬他们构想或营造的假想世界，将他们所谓的真实和真理灌输给众人，以此将他们的话语自然化、合法化，推广他们的观念型商品以谋取更大的权力和更多的利益。他们通过符号暴力主宰和支配大众，进行文化再生产之社会再生产。奥吉努力摆脱物质世界对其精神世界的摧残，抵制占支配地位的意识形态对其精神的异化和对其独立思考和判断能力的干扰。他认为，人应该像云朵、飞鸟、水中的牛群以及自然界的其他东西一样，各具其位，不受环境的影响，自由自在地生活，像鸟兽那样可以用自己天生的眼睛来看世界（386），不带任何种族、阶级和意识形态的色彩。奥吉与那些为达目的不择手段的人不同，他对理想生活方式的追求的过程中，以不偏离法律、不违背自己的良心和道德法规为行为准则。这显然与物质至上的主流价值观相背离，因此，奥吉追寻自由、幸福和博爱的伊甸园的努力屡遭失败。

西亚被塑造成奥吉追寻人间乐园之途中使奥吉迷失自我的诱惑者。这个诱惑者是以爱情的名义出现在奥吉生命中的。西亚劝说奥吉跟她一起去墨西哥驯鹰捕巨蜥和蛇，还给奥吉置办了捕猎的着装。奥吉被爱情冲昏了头，完全把自己交由西亚支配。尽管他害怕他们为捕猎而驯服的鹰，但是为了西亚，一路上他还是让鹰停留在他的胳膊上，并负责饲养它。直到奥吉在捕猎时摔伤了头部，他才认识到，以驯鹰捕猎的方式谋求利益是多么荒唐古怪的行为，就连他们的鹰不都

① Saul Bellow, “Where do We Go from here: The Future of Fiction,” Irving Malin (Ed.), *Saul Bellow and the Critics*, New York: New York University Press, 1967, p. 214.

② Ibid., p. 215.

愿意为他们捕猎了。当他将真实的想法告诉西亚时，西亚弃他而去。身无分文的奥吉历经磨难才回到了芝加哥，但他仍然保持着他积极乐观的生活态度，他坚信幸福和欢乐是人生永远不变的本质。“有些幸福时刻并不是人们的幻影错觉，它们仍会使人忘却经久不散的失望，或多或少地忘却久积的痛楚。”（299）第二次世界大战期间，他入伍随船出航时，船在出海的第十五天被鱼雷击沉。奥吉和船上的木匠巴斯特肖侥幸爬上救生艇活下来了。巴斯特肖是一个科学狂人，他固执地认为他在研究细胞质的应激性过程中，发现了生命的某些奥秘，他能通过这些奥秘创造生命。为了避开战争，他想让救生艇一直漂到西班牙的领土加那利群岛，他将在那里安心地从事他的科研工作。为此，他阻止奥吉发求救信号，和奥吉大打出手，差点置奥吉于死地。后来奥吉将他打晕后向一艘英国油轮求救，才知道救生艇根本就没有像巴斯特肖所计算过的航线行驶。若奥吉听从了巴斯特肖这个“大科学家”的建议，他们应该会逃避战争，但他们连同救生艇都会烂在非洲的大海上。这些例子足以证明奥吉命运多舛，他在追求梦想、求证人世间依然存在着美好的东西和更崇高的现实的过程中颇多磨难，还差点搭上了自己的性命，但他还是努力保持自己的本质，回归生命的“中轴线”。实际上，奥吉所寻找的人间乐园不是品达笔下那些极北居民的乐土仙境，不是长生不老、与神人共岁月的无忧无虑的生活，而是符合传统伦理道德标准的审美生存，也即在庸常鄙俗的日常生活中发现美。“人人都想创造一个他能赖以生存的世界，而看不到他所不能使用的东西。可现实世界已经存在，［……］所谓美好的东西没有必要试图超过现实，因为我们对现实知之甚少。”（440）在奥吉看来，无论人们怎么强求自己相信虚构的东西是真实的，但它们永远成不了真实的东西。

然而，在崇尚物质和金钱的实用主义美国，人沦为实现现实目的的工具，人间天堂不复存在，失去的乐园难以复得。小说运用“囚徒”意象暗喻现代人的生存困境，以此凸显奥吉在实现理想的阻力。意象是一个审美范畴，是关于感官映像、情感以及思想的具体代表。

在文学作品中，意象常常服务于有效地塑造人物形象和表达主题思想。贝娄在该小说中运用了一系列的“囚徒”意象，譬如，白痴弟弟乔治、年迈的劳希奶奶和双目失明的母亲相继被困于福利院的围墙之中，叱咤风云的艾洪被困于轮椅上，按部就班地生活的芸芸众生被困于虚假的现实之中。这些体现了作者主观情思的客观物象表明，在大众社会中，现代人被象征性符号暴力、人造物、环境、命运等所主宰，陷入虚假价值观的泥淖之中。随着科技的发展，时代的进步，现代性的推进，人类在创造出丰富的物质财富（“第二世界”）的同时，颠倒了人与物的关系，使人类越来越依赖各种各样的物品，沦为物的奴隶，不断地追求虚幻的价值。社会上普遍存在着像劳希奶奶那样的马基雅维利式的人，出于对物质和金钱的强烈占有欲，他们抓紧一切赚钱或捞好处的机会，以此来掩盖他们内心的空虚。艾洪就是一个典型例子，他拥有许多产业，可还是利用一切机会投机钻营，赚取尽可能多的金钱，运用各种手段来获取物质，比如用假名订购但不打算付钱的试用品，像打印器、小瓶香水、香粉袋等，凡是免费赠送的东西，如食品、肥皂、药品试用品、小册子等，他都会写信索取，他的生活习惯、工作作风和思维方式就像他家的气味和陈设那样经久不变。因而，劳希奶奶常常告诫心地善良的奥吉：包围着像奥吉一样信任他人、仁慈、心地纯朴的人的，全都是生性狡诈、凶恶暴戾的家伙，社会就是个鸟虫相斗、生死竞争的自然界，毫无感情，危机四伏。因此，在这样的社会背景下，奥吉对有意义的生活的追求，就像是脱离具体社会环境的天路历程，他的自我实现便幻化为一个天真的梦。

第三节 反英雄

“反英雄”（Anti-hero）是小说、戏剧和电影中常见的一种角色类型，是与“英雄”相对的一个概念。英雄，如古代神话、荷马史诗或战争小说中的英雄人物，是正义的化身，是为高尚事业献身的伟人，体现着人类的普遍理想和优秀品质。而文学作品中的反英雄则是对传统英雄完美理想——“宏伟”“远大”“崇高”——的拆解，体现了作者在不完美的状态中表现理想的努力。当平民大众，如农民、乡绅、理发师、流浪汉和孤儿等，取代伟人、英雄或显赫人物等成为小说的主角时，英雄的概念或形象就被消解了。可见，反英雄形象虽为英雄形象的对立面，却“不是‘反面人物’或‘反面角色’的同义词”，“他们可能卑微琐碎，对社会政治和道德往往采取冷漠、愤怒和不在乎的态度，甚至会粗暴残忍，但他们的动机并不邪恶，体现了作者对‘英雄’概念的分解和拆卸。”[①] 文学作品中的反英雄大致可以归纳为四类：积极向上的普通人（如鲁滨逊和简爱），从虚幻中惊醒的人们（如堂吉诃德，《红色英勇勋章》中的主人公亨利），失去信念的现代人（如《幸运的吉姆》中的吉姆，《局外人》中的莫尔索和《变形记》中的萨姆沙）和荒原人（如荒诞文学中的人物形象）。可见，文学作品中反英雄形象的嬗变体现出人类崇高理想的逐渐衰微，反映了时代变迁，价值观的贬值和人的生存状态的变化。

《奥吉·马奇历险记》塑造了一个在物质至上、道德崩溃的社会中追寻有意义的生活方式的流浪汉形象。对物质财富的追求，使现代人丧失了自己的道德立场，改变了人与人之间的关系，使人的日常活动与其真正的自我毫不相干。奥吉不愿被物性世界异化为芸芸众生中的一员，想追求更好的命运，但他虽有“强烈的渴望，却不知道自己到底渴望什么”（99）。奥吉坚持在大众社会保持自己的个性和独立自主的精神，在精神荒原上寻找情感的绿洲，努力在道德堕落的世界中探索符合道德标准的生活方式。虽然奥吉的追寻以失败告终，但奥吉的积极向上，及其对人与人之间的基本情感和纯朴美好生活的坚定信念，使其成为一个后现代社会中的反英雄形象，表征了传统价值观的贬值。在现代社会，工具理性导致理性常识化和去道德化，理性和

① 王岚：《反英雄》，载赵一凡等主编《西方文论关键词》，外语教学与研究出版社2011年版，第103页。

常识观对道德情感领域的全面侵占，引起个体道德观念常识化与价值评价中立化，道德情感的中立使人失去独立评判的能力。① 人们对物质财富的欲望和对金钱的疯狂攫取扭曲了人性，将功利性目的附着于人际关系，强大的欲望使人类变得卑微渺小，被剥夺了应该怎样生活的道德选择的权利，失去了生存应有之义。奥吉坚持个性，渴望简单生活，想要在去道德化、功利性的伪关系世界中，追寻他的理想——“值得为之奔波的命运”。他就像与天使摔跤、战胜巨大恐怖以赢得生存权的雅各一样，超越现实，逃避环境和命运对他的影响。然而，在物欲横流的世界中，只有物本身和商品才引人注目，个人根本无法与之抗衡。由于奥吉的个性化追求超越了当时的社会，与主流价值相悖，失败是不可避免的。因此，尽管他东奔西跑，碰得头破血流，但这种企求却难以圆满实现。奥吉的这种英雄主义行为为其流浪蒙上了一层神话色彩。可以说，个人和社会的对立不仅是该小说的框架，而且是意义的一部分。

虽然拜金主义价值观造成了道德的崩溃，但奥吉依然坚信，人有正义感和道德底线。奥吉有“自己的顾问班子”（238），从不采纳“现实导师”的建议。正是在其“顾问班子”——良知——的引导下，奥吉有意识地听从内心呼唤，保持着自身的独立存在，一次次地躲开物质欲望的陷阱，摆脱精神的罗网。小说用“冷雨”来比喻艰难困苦的现实生活，“它抽在人们脸上，并没有消除他们的愚傻，既冲刷不掉蒙蔽，也纠正不了缺点，但这雨象征着大家共同的境况”（235）。在这种昏暗中，道德规范的准则遭到践踏，追求物质上的成功变成了人类道德规范和价值评判的根源，那么，一个人是否有依靠自己的良知与明辨善恶的能力显得尤为重要。弗洛姆（Erich Fromm）主张，人必须顺从伦理、道德和良心等理性的权威，在与他人的相处

---

① Ralph Fevre, *The Demoralization of Western Culture: Social Theory and the Dilemmas of Modern Living*, London: Continuum, 2000.

中求同存异，在主动、负责的参与行动中，获得自我身份感，发展自己。[1] 奥吉也深信：人的心中依然有“正义感，有一条始终保持畅开的通道”（305）。奥吉依靠自己的良知和正义感，一次次地躲开物质欲望的陷阱，摆脱精神的罗网。对奥吉来说，人生就像一条蜿蜒曲折的古老航道，充满了陷阱和挫折。人类相信事物总会带给人利益和好处，可实际上，再好的东西都不可能总是有益于人类，真理也是如此，如果真理与世隔绝，就不会长久存在。可见，作者通过奥吉这一形象，探讨现代人所面临的道德选择，奥吉的个人偏好及判断和应对困境的能力，展现了他在混乱的物质中要求显现完整的永无止息的斗争以及这种斗争的痛苦。

为了凸显奥吉实现自我的道路的曲折，突出传统伦理道德标准受到物质主义价值观的挑战，作者呈现了现代社会物质丰富与精神空虚之间的反差。贝娄从奥吉的视角，运用比对、反衬的手法，揭示现代社会的弊病、社会对人的思维意识的影响及两者间的互动，表现出贝娄对现代社会中的钱权交易和贫富两极分化的批判，以及对普通大众的同情。以西蒙煤厂所在的西区分局为例，贝娄寥寥几笔就概括了警察局——这个巨大的社会细胞质内部的黑暗和腐败，以及警察知法犯法、卑鄙无耻的敛财行为。小说将西区分局描写得暗无天日，乱七八糟，弊病重重，鱼龙混杂；将警察描写成身材走样，相貌不端，品行不正，徒具人形的家伙，批判的矛头直指执法机关。为既得利益，警察与商人勾结的丑恶勾当，为榨取油水进行的非法体罚等。从一个街区分局推而知之，其他的社会机构应该也是同样的腐败堕落。政府机构的腐败给不法商人以可乘之机，官商勾结加剧了政府的腐败。从奥吉对西蒙发家致富经历的叙述中，就可窥见当时社会秩序的混乱，政治的黑暗，道德底线的崩溃，人性的扭曲，富人的骄奢淫逸与穷人生活的无望。西蒙小时候有着很高的志向，可是经历了爱情和事业失败的打击后，他就变得非常世故，自私自利，冷酷无情，由“内部引导

---

① Erich Fromm, *The Sane Society*, London & New York: Routledge, 2008.

型”转变为“外部引导型”。他不仅努力地改变自己以适应社会，还现身说法地教导奥吉：“得把自私和妒忌放在第一位，你不必去管别人的死活，只要你自己能得到好处就行”（230）。西蒙的婚姻观也变了，不再追求那种十全十美的婚姻了，他认为忙着寻找最佳配偶只会让人丢失其他的一切。他精心设计，使富家女夏洛特·麦格纳斯嫁给了他。西蒙凭借婚姻踏入商界，很快便摸清了如何在政治上做文章。他拜访政客的走卒，贿赂警察，结交律师、地产商、赌棍、博彩经纪人及财力雄厚的人物，取得了向市政府的生意投标的地位，甚至在汽车司机和维修工人罢工期间，警察局会派警察护送他的运煤卡车。西蒙变得言行放肆、蔑视法规，经常出入一流的夜总会，结交公众人物和生意伙伴，获取内幕消息，以某种牺牲换取利益和特权，可这样做的人又何止西蒙一个，“他不过是做了许多人所做的罢了”（272）。奥吉认为，虚假的意识形态和价值观严重影响了西蒙的思维方式和价值观念。由于西蒙被生活中太多的噪音包围，使得他不能作出正确选择，因而走上了错误的人生道路。然而，西蒙对奥吉的爱情观的嘲笑，决不能使他抛弃或不忠于他心中认为重要和赞同的事情。当西蒙告诉奥吉，他想靠娶一位富家女来改变自己命运的计划时，奥吉就用怀疑的态度倾听着西蒙对现实、人生和婚姻的高谈阔论，明白像西蒙这种有野心的人任何冷酷无情的事都做得出来，但奥吉不喜欢用不道德的手段来获得利益，他坚持自己的德行必须符合法律规范。虽然奥吉特立独行，喜欢花样多变，不爱循规蹈矩，但如果他爱上一样工作或看中一个目标，就会坚定不移地朝着目标前进。贝娄以西蒙的生财之道为例，给读者展示了人类攫取性冲动和贪婪的个性。奥吉寄希望于道德法规的约束力来规范人们的行为，表明贝娄之个人应该依靠道德和良知独善其身的主张。

奥吉的精神追求通过他人的精神空虚衬托出来。小说表现了物质财富的积累常常伴随着精神空虚和价值失落，并揭示出当代西方人的非我和异化的普遍命运。获取金钱从一种纯粹手段和前提条件成为现代人生活的最终目的，导致方式与目的、技术与价值、物质与精神、外在与内在的倒置。如小说中的富翁罗贝所说："富人要是不放弃一切，他们就不会有精神生活。可是，行将陷入困境的不仅仅是富人。"（509）虽然西蒙计算思维和工具理性令其成功迎娶了富家女夏洛特，但结婚后他并没有感到生活的幸福和甜美，而是背负着沉重的负担。夏洛特是精明能干的生意人，还是西蒙的支持者、顾问和高参，地位非常重要，他们婚姻关系的真正基础不是爱情，而是金钱。西蒙彻底改变了自己，为了不顾一切地获取经济利益，他将自我完全隐藏在各种人格面具的背后，直至遗忘。为了让富人认同他的身份，他极尽所能地自我表演，甚至不惜贬低自己的家人，以取悦夏洛特傲慢而冷漠的家人。西蒙的无耻、自私和攫取金钱的疯狂，终于让他过上了富足的生活。当奥吉送母亲回盲人之家时，穿着时尚华贵的西蒙和他的情人丽妮来到他们面前。西蒙浑身上下全是手工缝制的名牌，但在奥吉看来，西蒙"红光满面，像是搽了油，或者是厚颜无耻的颜色"（533）。对丽妮的浓妆艳抹和穿着打扮的描述，同样生动地揭示出现代人的拜金主义和拜物教的价值观。她十分年轻，整个人看起来都是金灿灿的，脸上抹了厚厚的金色脂膏，眉毛、睫毛和头发仿佛撒揉过金粉，发梳是金子的，眼镜是金边的，还佩戴着不少金首饰。奥吉觉得，丽妮像个放荡女，披戴这么多的黄金炫富表明她不够成熟，缺乏自信。虽然丽妮强调她对西蒙一见钟情，可奥吉却从她的言行中看到欺骗和自我表演。也许她真的爱西蒙，可是"她偏要为此多下功夫，反而让人怀疑"，这让奥吉不禁感叹："游戏，游戏，游戏中的游戏。尽管人生如做戏，可是，有些事情还是应该当真的"（534），比如说爱情。奥吉对西蒙与夏洛特的婚姻实质、西蒙与丽妮之间的逢场作戏以及露西的婚姻态度的描述，揭示出富人精神生活的虚空和爱的缺席。

贝娄还巧妙地运用意象来对表达自己对现代社会和现代人物质主义价值观的批判。西蒙想让奥吉取悦夏洛特的家人，希望他能通过娶夏洛特富有的表妹露西而跻身于富人之列。当西蒙将奥吉介绍给麦格纳斯家人时，奥吉将他们比拟为动物或高大笨重的物体，形象化地描绘他们的外貌，并从中揭示出他们的人格特征。奥吉并没有认真地考虑西蒙的建议，不想通过攀龙附凤改变自己的命运，而且在他看来，那些富人既粗鲁野蛮又俗不可耐，如同身形高大的低级动物一般。夏洛特那些身材魁梧的叔叔们和裹着西伯利亚裘皮的婶婶们，都是坐凯迪拉克和帕卡德牌轿车来的。罗比叔叔体态臃肿，皮肤白皙，头发像羔毛，耳朵里塞着一只助听器；查理叔叔像野兽般人立在戴假发穿黑衣的母亲身旁，肚子绷得紧紧的，全身那么大的重量全靠两条腿支撑着；老太太脖子上戴着的护身符是一串像一颗颗牙齿似的金项链，这一切使奥吉将他们与动物联系起来。通过这些人可以窥见富人脾气的乖戾、傲慢和冷漠。“在这整个世界上，没有人比他们更只有钱财而没有别的东西了”（257），这句话直接点明了富人的为富不仁和精神空虚。即使是在描写西蒙的妻子夏洛特时，奥吉也毫不留情。在奥吉看来，他嫂子夏洛特精明能干，但毫无女性的柔美气质。当高大肥胖的夏洛特俯身倚着西蒙时，仿佛像一座镶着荷叶边的比萨斜塔。麦格纳斯家虽富丽堂皇，但屋内的陈设高大笨重、没有品位。奥吉不愿意像西蒙那样，像跳梁小丑那样戏剧性地自我表现逗他们开心，更厌恶以贬低自己的家人以博得麦格纳斯家人的欢心，不愿与西蒙同流合污。

然而，与芸芸大众追求物质成功的生活目标相比，奥吉的追求过于笼统、缺乏明确目标，这也是奥吉成为反英雄形象的原因。与爱默生一样，奥吉相信，人最佳的状态是做一个完整的人，而不是只擅长某个领域的专家。爱默生说：“所谓‘人’并非只是一个农夫，或一位教授，或一位工程师，而是他们的全体相加。[……] 生活正是这样一种状态：其中每个人都好比从躯体上锯下的一段，它们昂然行走，形同怪物——一截手指、一个头颅、一副肠胃、一只臂肘，但从来不是完整的人。”① 随着社会愈来愈专业化，劳动分工日益细密，像奥吉这样没有一技之长的人远远落在后面。贝娄认为，专业化知识

① R. W. Emerson, “Nature,” Joel Porte (Ed.), *Ralph Waldo Emerson: Essays & Lectures*, New York: The Library of America, 1983, p. 54.

本身会导致人的无知，人对专业钻研得越深，他就越是被迫接受事物的表象。[①] 对于社会分工的问题，马克思、西美尔、涂尔干和韦伯等社会思想家均从不同角度进行了分析。西美尔还从一种文化哲学的角度，提出社会分工产生的极端和彻底的专业化，导致客体文化与主体文化的异化，致使现代人的生命和生活碎片化。[②] 贝娄借小说主人公之口表达了他对精细的社会分工的观点，指出现代社会中的劳动分工消极地影响着人们的思想意识和生存方式。“在当今的世界上，作为单独的个人，必须乐于表现出一种越来越狭隘、越来越有限的生存观点”（503）。由于奥吉的追求与时代潮流格格不入，在世俗的眼光中，奥吉的追求显得滑稽可笑。佩迪拉运用心理学对奥吉失败的原因进行了分析，一针见血地指出，奥吉之所以失败，是因为他的追求目标不够明确，与实际不相符。“你有雄心壮志，不过你的志向太笼统”（501）。因而，他建议奥吉调整自己的目标以适应现实情况。但在奥吉看来，人可以克服自己的遗传、环境等决定性因素，来对自己进行塑造，把握自己的命运，选择自己的生活方式。可见，奥吉的观点明显带有美国超验主义的色彩。奥吉宁愿抛开人造物，过一种简单真实的生活。他不想成为专家，因为那些以专家自居的人只和专家打交道，不屑于理睬外行，这样做的话，实现自己的追求的希望就不大了。

另外，人生中太多的偶然性也在一定程度上导致了奥吉的追寻失败。奥吉认为，人是自然界中的一分子，大自然有四季交替变化，人会随环境变化而变化的。“在自然界你可以放心，但在人造物界里你要当心”（519）。奥吉一心要追寻值得为之奔波的命运，寻找自由、幸福和博爱的人间乐园，他同情、理解他人，尽可能地使世事合乎情理，使自己通晓世故，但人生之路从来都不是坦途。日常生活中充满

---

① Saul Bellow, “A World Too Much With Us,” *Critical Inquiry* Vol. 2, No. 1 (Autumn 1975), p. 6.

② Georg Simmel, *The Philosophy of Money*. Trans. Tom Bottomore and David Frisby. London & New York: Routledge, 2004.

了偶然性、不确定或不稳定因素，个人很容易被卷入历史的洪流中，世界突然之间就会变得比以往更加陌生。因而，奥吉总是被未知的一切所影响，像《创世记》中的亚当一样，经受种种诱惑和考验。由于奥吉富有同情心，他总是成为别人用来完成他们计划的人，任凭他的理智怎么折腾，结果他还是听从了感情的摆布。到小说接近尾声时，奥吉已经经历了半世的颠沛流离，依然没有找到他所追求的更有意义的、独立的命运。他羡慕弟弟乔治能欣然接受自己的命运，也希望自己能有个明确的命运，那样他就可以停止四处寻求了。小说最后，他计划领养福利院的孩子，并为他们创办一所学校，成为他们的守护神和教父。这个计划并不伟大，但对于受困于热闹繁华的人类来说，却是虚无缥缈的。奥吉清楚，“想要在生活最复杂、最疯狂、力量最强大处战胜它，可能性是不大的”（527），所以他只能从低微处、简单处做起。于是，他考虑和苏菲结婚，把成家视为他人生的转折点和事业的开端。由此可见，经历了生活的波折和反复后，奥吉依然对人生保持乐观主义态度，不改他追求更好的命运、更令人满意的生活的初衷。虽然在小说最后，奥吉并没有找到他执着于追寻的目标，从这个意义上讲，奥吉的追寻是失败的。但是，奥吉最终认识到，不论现实情况如何糟糕，人都应该笑对人生，对命运抱持乐观主义的态度，从这个角度，奥吉的追寻并非全然失败，因而，不能抹杀奥吉的英雄主义色彩。显而易见，贝娄试图通过奥吉这一形象昭示人类，如何在充满不确定性因素和价值真空的物性世界里生活下去，以实现个人的生存价值。

从以上的分析可以看出，奥吉的追求在唯利是图的社会中显得非常缥缈，但这更是显现出这种追求的价值所在。贝娄通过叙事者之口告诉我们，虽然时代掌握在强人的手里，个人就像一种商品，但奥吉只想成为他自己，做一个独立自主的人。通过奥吉对独特自我的坚持与追寻，小说真实地呈现现代人对主体性的诉求，以及在严重物化的世界里这种精神追求会遭受的阻力。“决不强迫命运之手去创造出一个较好的奥吉·马奇，或者把这个时期改变成黄金时代。”（559）小说将奥吉置于伦理道德规范和行为准则的框架下，呈现真实而实在的人性，在探讨普通人性的神秘时，既不美化，也不妖魔化。在小说的结尾时，作者将奥吉和哥伦布相提并论，暗示奥吉的追求虽然失败了，但这种英雄主义精神是值得肯定的。大自然永远不可能战胜人类和希望的力量，除奥吉之外，世界上还有其他哥伦布式的人物。"也许我的努力会付诸东流，成为这条道路上的失败者，当人们把哥伦布戴上镣铐押解回国时，他大概也认为自己是个失败者。但这并不证明没有美洲"（617）。这表明，在贝娄看来，虽然奥吉的追求以失败告终，但为了坚持自我本质，敢于冒险的奥吉仍然具有英雄主义色彩。贝娄在该小说中表现出积极进取、敢于做生活中的斗士的乐观主义精神，是对不如意但值得过的生活的赞歌。人生是真切的、实在的，它的归宿绝不是荒坟，我们命定的目标和道路是行动起来，超越今天。世界，对奥吉而言，是一片辽阔的战场，他在人生旅途中到处扎寨安营，只为不做听人驱策的哑畜，要做一个威武善战的英雄，不断地进取，不断地追求。

小　结

综上所述，贝娄对奥吉的塑造，完全摆脱了习俗的思想、戏剧性场面和人物概念（即旧式的和谐自我或自命不凡自我的陈腐观念）的羁绊，使其像《白鲸》和《哈克贝利·费恩》中那些几乎远离文明社会的人物一样超脱于文明社会之外，具有精神高尚的人格。美国的社会机构没有"把精神上的、高尚的人格灌输进现代美国人的内心世界，"个体"必须全凭借探险家的运气，在自己的亲身经历中发现它"。[①] 因此，贝娄将奥吉塑造为一个寻求有意义的生活方式的探险家，去追求个体的独立自由、爱情和自主的命运，探寻自我的内在精神和人生价值。但是，由于奥吉的精神追求和高尚人格令其超然世

① Saul Bellow, "Where do We Go from here: The Future of Fiction," Irving Malin (Ed.), *Saul Bellow and the Critics*, New York: New York University Press, 1967, p. 215.

外，其境界远远高于普通大众，他寻找自我的过程注定是一个悖论，因为自我不是固定不变的，主体在建构自我的过程中，必须与他人发生联系，有时甚至放弃自我的某些部分。由于奥吉对自我本质的坚持，注定使他在物理空间上的流浪和精神流浪具有未完成性，正如他的姓（March）所示，奥吉在小说最后不得不再次奔波在路上。

《奥吉·马奇历险记》虽然探讨了个人反抗社会的古老主题，讲述了主人公拒绝被困于社会的泥淖，忠实于自我，探索自我的故事，但是，当奥吉（体验自我）陷入漫无目的的历险时，贝娄总是假借叙事者（奥吉的叙述自我）之口，指引他有惊无险地渡过难关，并由此引发体验者奥吉对生命本体和人生意义进行富有哲理性的观照、追寻、体悟与思考，展现了心理力量对性格塑造的巨大作用。正是这些人生哲理使作品中的一次次冒险插曲连缀成一个有机的整体。奥吉不断地学习、认识并逃避来自他人的影响，反映出个体行为和意识与外在环境之间的互动。奥吉不断地逃避“现实导师”的建议或忠告，但最终还是陷入了实利主义者的圈套，这表明贝娄既主张人要有个性，又要求个人价值应符合群体愿望这一矛盾思想。显然，贝娄小说中的超验主义思想与爱默生的超验主义思想有所不同，爱默生思想的核心之一个人主义强调个人与他人、与社会的独立性，而贝娄的小说既强调个体的独立性，又注重在群体中实现个体价值。贝娄的小说中的个人主义体现出一种统一宇宙观——个体与他人、与社会、与自然是一个互相关联的整体。另外，《奥吉·马奇历险记》揭示出一个普遍的悖论：个人在社会上过分主张自己的自主性，以自我对抗周围环境和社会，就会冒与社会脱节的危险；而过分地参与社会，自主权过少，又会导致个人丧失自我。奥吉的天真幼稚，桀骜不驯和他对个性与自我的执着追求，以及小说中感情充溢的语言，使小说呈现一种惠特曼式的底蕴和浪漫主义色彩。为了冲破决定论的牢笼，奥吉宁愿以流浪的方式来受难，表现出爱默生式的乐观精神。由于奥吉对个体的独特性和有意义的生活的追寻处于未完成的状态，这个追寻的主题在《雨王亨德森》中以精神探索方式得到延展和深化。

第二章

《雨王亨德森》：重返大自然

《雨王亨德森》继续了《奥吉·马奇历险记》中的追寻母题。贝娄在该小说中戏仿康拉德的小说《黑暗的中心》，运用浪漫传奇和神话叙事的方式深化了自我探索的主题，让富翁亨德森逃离文明社会，去非洲腹地两个偏僻落后的部落进行精神探索，以唤醒其“沉睡的心灵”，探寻个人的生存价值和生命的真谛，以获得精神解脱和转化，而亨德森的非洲之行就是其精神探索之旅，亨德森所感受到的精神空虚表征了现代人的群体症候。20 世纪中期，人的主要问题是空虚，不知道自己想要什么，对自己的欲望和需求没有明确的体验，即使处于群体中也无法与他人分享体验和感受人与人之间的温暖。[①] 亨德森不满生活现状，内心不断地滋长着“我要，我要，我要”的欲望，却不明白自己欲望的客体是什么。为了让自己的心灵有所着落，他远赴非洲，先后在阿内维和瓦利利两个部落历险，寻找有意义的个体生存方式。为了寻找心灵栖居地，亨德森远离现代文明社会——美国，这表征着物质社会对个体精神的压迫和孤独的个体对精神家园的追寻。亨德森在非洲达到了心灵与自然的融通，获得了精神的再生，使作品呈现出浪漫的喜剧色彩。在该小说中，贝娄通过浪漫主义手法展现了精神再生和想象的力量的主题，因此，阿兰·查夫金（Allan Chavkin）指出，贝娄在小说中赋予人类通过想象拯救自我及其所处世界的力量，《雨王亨德森》标志着贝娄发端于《奥吉·马奇历险

---

① Rollo May, *Man's Search for Himself*, New York: Norton, 1953.

记》的浪漫主义创作达到了高潮。[1] 奥森将20世纪下半叶美国小说领域出现的浪漫主义复兴浪潮定位为“新浪漫主义”，并将贝娄视为“新浪漫主义”作家。[2]

浪漫主义小说指向社会价值，而非社会现实。[3] 在《雨王亨德森》这部浪漫传奇中，贝娄着重表现了一个生活态度严肃、善于思考的知识分子，通过对抗文明社会（养猪）—出逃（非洲之行——灵魂的洗礼）—返乡，来战胜内心的混乱，思考并探寻生命的意义。为了体现主人公精神成长的真实性，为了能自由地出入主人公的内在意识和很好地控制其意识的流动，以便充分地揭示主人公的心理状态及其嬗变，小说采用第一人称叙事。同《奥吉·马奇历险记》一样，小说的主人公既是行动的发出者，又是故事情节的叙事者。亨德森最终发现自我，成功地唤醒了他原本“沉睡的心灵”，认识到爱、尊重和善行的重要性，凭借想象力救赎了自己及其世界。亨德森对超越于物质之上的精神生活探索和对个人生存意义的追寻，体现出高度发达的美国对生活方式的探索和对激活休眠的民族意识的渴望。

贝娄运用象征意象、神话原型和戏拟手法，突出亨德森这一形象与美国历史之间的象征关系。亨德森对“唤醒沉睡的心灵”（精神再生）进行自我救赎的吁求，体现了作者和中产阶级知识分子对物质丰富的现代社会中个人的精神需求的严肃思考，表现了知识分子对人欲横流和精神沉沦之社会的厌恶，和对保持人的价值和尊严的希望，贝娄试图用浪漫的想象和乌托邦式的理想来肯定人生和个人的意义，为世人指出一条摆脱精神危机的道路。本章从亨德森对精神真实的追寻，亨德森的精神成长和精神再生三个方面来分析亨德森对内在真实

① Allan Chavkin, “Bellow and English Romanticism,” Gloria L. Cronin and L. H. Goldman (Eds.), *Saul Bellow in the* 1980*s*: *A Collection of Critical Essays*, Michigan: Michigan State University Press, 1989, p. 69.

② Eberhard Alsen (Ed.), *The New Romanticism*: *A Collection of Critical Essays*, New York and London: Garland Publishing, Inc., 2000.

③ John Hall, *The Sociology of Literature*, London & New York: Longman, 1979, p. 50.

的探索、精神成长和精神觉醒的旅程，揭示贝娄肯定个人在群体中生存价值的生活态度和通过想象力认识生活的内在意义（超验意义）的观点。

第一节　追寻精神真实

贝娄在创作中努力言说关于社会和人生的真相，通过小说揭示日常生活中的现实。贝娄在一次访谈中坦言，他喜欢真实，并努力寻找真相，然而，真相是很难言说的，即使是文学史上那些伟大的忏悔录也不完全是真实的。贝娄赞同弗洛伊德“现实是某种东西的投射”的观点，认为，小说是具有一定吸引力的、相对连贯的一系列投射，因而，小说家应该努力让自己的作品贴近真实。① 同时，贝娄质疑社会上流行的各种思想体系，担心主流意识形态会禁锢人们的头脑，在作品中，不断地挑战、摧毁或者推翻既定的现实观。贝娄的怀疑论使他将艺术视为净化意识的路径。他将大众媒介中宣扬的那些渗透着的意识形态的所谓“真实”视为“毒素”，认为作家应该净化自己的语言，净化大众媒介的毒素。② 但贝娄反复提及的“真相”是一种别样的现实，不同于既定的现实观——诉诸感性经验的外在现实，或意识形态和专家们灌输给人们的现实。在贝娄看来，真实源自人的心智对感性材料的解释，是一种精神或内在感受的真实，而非物质的真实。贝娄在其文章《世界受够了我们》（“A World too Much with Us”）中表达了他对唯物论对现代人造成的影响及作家的任务的关切。他认为，20 世纪下半叶，人们生活在一种精神涣散甚至是狂乱的状态。教育灌输给人们一种无视想象力的理性，致使人们不再从文学中找寻奇妙的事物，而是转向了科技带来的奇迹。然而，贝娄确信，想象力

---

① Saul Bellow, “Literature and Culture: An Interview with Saul Bellow,” *Salmagundi* No. 30 (Summer 1975), p. 18.

② Chirantan Kulshrestha and Saul Bellow, “A Conversation with Saul Bellow,” *Chicago Review* Vol. 23/24, no. 4-Vol. 24, no. 1, 1972, pp. 10-11.

是人类具有一种独特而持续有效的认知方式，“想象力假定事物将他们本质的一些方面传递给智性，而智性洗耳恭听，且知道如何去倾听。”[①] 凭借想象力，作家可以穿透物质世界的现象，以揭示事物的本质。因而，作家具有让人们摆脱喧嚣和纷乱、恢复真实的身份和人与自然之间的联系的能力。作家的创作艺术不是复制日常生活经验，而是借经验达到自己的特殊目的。[②] 贝娄说：“使作家作品真正有趣的是，一种人们不承认的资源，某种我们都熟知但不愿说起的东西——灵魂。”[③] 贝娄的这种褒扬想象力、贬抑理性、相信现象背后的本质、相信作家通过想象力触及人类心灵所庇护的精神真实的创作观，明显带有浪漫主义的特征。对浪漫主义者而言，精神真实才是终极真实。

贝娄的浪漫主义真实观使他笔下世界呈现出二元性特征。他的小说“总是在两个世界之间徘徊：一个是有客观物体、有行动、有表现形式的世界，另一个则是这些‘真实印象’的发源地”。[④] 外在世界的喧嚣混乱，衬托出主人公精神的空虚及其对死亡的恐惧。主人公的思想意识和外界相融合，致使物质主体成为传达精神真理的一种媒介。当人们面对混乱的外部世界时，往往被迫转向自己的内心世界，在那个属于自己的王国里纵情驰骋。[⑤] 因此，贝娄作品中的公共领域和私人领域并不是截然对立的，公共领域常常是人思想意识的一部分，这体现出贝娄协调外部世界和内心世界的期望。贝娄曾多次谈

---

① Saul Bellow, "A World Too Much with Us," *Critical Inquiry* Vol. 2, No. 1 (Autumn 1975), p. 8.

② Saul Bellow, "Facts that Put Fancy to Flight," *It All Adds Up*, New York: Viking. 1994, p. 64.

③ Saul Bellow, "A World Too Much With Us," *Critical Inquiry* Vol. 2, No. 1 (Autumn 1975), p. 8.

④ Saul Bellow, "Nobel Lecture," *It All Adds Up*, New York: Penguin Books, 1994, p. 97.

⑤ Saul Bellow, "Distractions of a Fiction Writer," Granville Hicks (Ed.), *The Living Novel: A Symposium*, New York: Macmillan, 1957, p. 4.

到，他对小说艺术和作家职能的看法，对现实主义和情感小说割裂外部世界和内部世界之间的联系的做法颇有微词。贝娄视现实主义和情感小说为20世纪小说的两个极端：在20世纪的现实主义小说中，作家满足于对外部世界的精细描写。① 与此相反，在受到亨利·詹姆斯和弗吉尼亚·伍尔夫所强调的思想独立和审美敏感性影响的情感小说中，作家绝对支配着一个自足的意识，并将读者拽入该意识中。这种小说因提供的关于外在事物的信息太少而枯燥乏味。② 在贝娄看来，现代主义阶段的现实主义小说不同于19世纪的现实主义，在19世纪伟大的现实主义小说中，现实地描写外部世界的意图总是导向内部世界，而20世纪的现实主义是一种新闻式的现实主义。在这种现实主义和情感小说中，内因和外因是割裂开的。③ 因而，贝娄在创作中努力连接外部世界和内部世界，并将此作为他小说创作的纲领。这是我们理解贝娄的创作手法和他对现代社会生活与文化的态度的关键。

一　真实与虚幻

贝娄对现代生活和文化的态度，表现在亨德森对他所处生活状态的态度上。亨德森不接受人类所创作的“第二自然”——充斥着商品和符号的社会。在亨德森眼中，现实生活中充满了非现实，人们并不是自己生活的真正主人。“没有人真正在生活中占有一席之地。大多数人认为自己占据了属于他人的正当地盘，到处都是不得其所的人们”④。就他的亲身经历和其他人的生存状态而论，现实世界中所谓的现实，其实是非现实。例如，视耶和华为保护神的犹太人不能在安息日保卫自己；生活在鹿群中的爱斯基摩人常常忍饥挨饿；亨德森自

① Saul Bellow, “Facts that Put Fancy to Flight,” *It All Adds Up*, New York: Viking. 1994, p. 66.

② Ibid., pp. 66–67.

③ Ibid., p. 66.

④ Saul Bellow. *Henderson the Rain King*. New York: Penguin Books, 1976. p. 34. 在本章以下内容中，凡是直接给出页码的引语，均出自《雨王亨德森》该版本。

己痛苦厌倦得要死，可在别人看来，他的生活美满幸福；阿尼维的水池里有水，可是一头头牛却因缺水而死。这一切让亨德森不由地质疑现象世界中的现实："现实在哪里？我问你，现实在哪里？"（87）现实世界中太多的非现实让亨德森精神混乱，他感到自己内心充溢着痛苦。"人类承受不了过多的现实"，但同时，也不能承受过多的"非现实的东西"①。出于对现实生活的怀疑，亨德森千里迢迢来到非洲，观察、探索生活的奥秘，其目的就是"看实质，只看实质"，因为事物并不是它们表面给人的印象（161）。在亨德森看来，人很容易将外在现实误认为真实，但客观现实并不一定就是现实，内心感受才是真正的现实，也即超验的现实。为了追求真实的人生，亨德森来到位于非洲腹地的阿尼维部落。比塔蒙塔巴对身材魁梧、粗壮有力的亨德森一见钟情。可亨德森觉得，她爱上的只是她想象中的亨德森，一个她心目中的幻影而已。亨德森看到阿尼维人不如意、非现实的生活，令亨德森非常羡慕水池中逍遥自在的青蛙。从阿尼维部落的经历中，亨德森逐渐明白了一个道理：人只要活着，就会经历磨难。这种认识逐渐减轻了他内心的痛苦和他对死亡的恐惧。

小说借助具体有形的事物，表达抽象无形的思想，表现亨德森内心的渴望，并通过亨德森反映人类普遍的精神需求。亨德森的生活状况就象征着现代人的生存境遇。为了摆脱喧闹的外部世界、了解自己内在需求，亨德森从文明世界逃往落后闭塞的非洲腹地，探索最佳生活方式、获取生命的真谛。亨德森觉得，人生存在一种更伟大、更重要的哲理，却无法用语言表达清楚，一切恍如梦中。去非洲探险就成为亨德森摆脱困境，让内心捕获一种真实感，实现外部世界和内心世界的和谐的天路历程。正如他的精神导师达甫所说的那样："世界就是精神领域，而旅行就是心路历程"（167）。显然，亨德森的非洲之行，不仅象征着他在非洲大陆物理空间的流浪，也象征着他为了发现

① Saul Bellow, "Nobel Lecture," *It All Adds Up*, New York: Penguin Books, 1994, p. 95.

人的精神需求而进行的心理探索。为了揭示亨德森去非洲腹地的缘由，作者用第一人称叙事方式，以叙述自我的口吻，在前四章概述了亨德森去非洲之前的生活，重点突出了现实生活给亨德森造成的迷惑和幻觉，以及亨德森对死亡的恐惧和内心的痛苦。亨德森乱麻般的生活表征着现代人现实生活状况的普遍本质——复杂、混乱和痛苦。20世纪，个人所依赖的价值观和道德标准遭到践踏，造成了焦虑的加剧。由于个体作为人的存在的最根本的价值受到了威胁，焦虑成为20世纪人类存在的特征之一。亨德森物质生活富足，却因精神空虚而焦虑不安，体现了现代人的群体症候。贝娄试图通过小说艺术穿透世界的表面现实，给人们揭示出人们在生活中往往忽略的真正现实，揭示生活给我们的暗示。如果看不见这种真实印象，也即我们永远存在的直觉，那么我们称之为生活的东西，只不过是谋实利的代用语。①在小说中，贝娄通过罗列一窝蜂从四面八方向亨德森袭来的外部因素——他的双亲、妻子、女友、儿女、农场、牲畜、习惯、金钱、音乐课、酗酒、偏见、鲁莽、牙齿、面貌、灵魂等，来表现纷纷扰扰的外部世界——这个强大无比的压迫者——给亨德森造成的心理压抑和精神混乱，亨德森探索本质问题的愿望就随着精神混乱的加剧而增强。亨德森体内发出的“我要，我要，我要”的叫喊声有时让他片刻不得安宁。他心灵的呐喊声促使他去非洲探索他内心渴望的真实。后来，亨德森在达甫的指引下，他运用内在力量和想象力重塑自我，获得了精神再生。由此可见，亨德森所追求的现实不是现时的、具体的和感性的真实，而是内在于精神世界的真实。他希望通过自己的行动和思想达到，并实现真正的道德准则。对他而言，日常生活的世界是虚幻的、混乱晦暗、含混不清的，而道德准则、真、善、幸福则存在于和物质世界相对的心智世界之中。

亨德森对精神真实的追寻，印证了贝娄的创作主张。贝娄力主作

---

① Saul Bellow, "Nobel Lecture," *It All Adds Up*, New York: Penguin Books, 1994, p. 93.

家应该运用自己的想象力，听从其内在的声音，在小说中记录自己内心对社会生活和时代的真实印象，而不是在文学陈规和文学传统的框架内蹒跚而行。[①] 在贝娄看来，自1914年以来，日常生活的所有领域都被危机所主宰，生存焦虑永远伴随着人们，公众的不安已经固着于人们的灵魂，摆脱这一切无异于文化复兴或再创造。[②] 与想象力相比较而言，各种现代技术（包括精神病理学）对人类生存的解释是肤浅的，因此，作家应该通过想象力和艺术的秩序将大众从生存焦虑中解脱出来。贝娄在创作中不注重作家作为模仿者的作用，而是强调想象力和表达力，将抒情性和思想性包容在小说的结构之中。贝娄从未去过非洲，却勾勒出一个偏僻的非洲腹地，让亨德森继瑞普·凡·温克尔之后，成为美国文学上"出逃男子"神话原型的翻版。[③] 小说中的"非洲"并不是真正地理意义上的非洲，而是贝娄心目中人类繁殖的古老温床，一片前历史的、原始质朴的"原初之地"，远离了混沌复杂的现实社会，远离尘世人寰。贝娄试图通过想象力在小说中确立一种精神真实，使作品中的话语膺服于自我心灵表达的需要，通过神话原型和浪漫传奇的手法，隐喻他对现代社会的思考和对现代人自我救赎途径的探索。

二 主观客观化

意象化思维是贝娄小说创作的一个显著特点，他常常借助象征、隐喻、暗示等手法，指向某种形而上的意义。在《雨王亨德森》中，为了突显主人公的物质世界与精神世界之间的冲突，贝娄将人物的主

---

① Gordon Lloyd Harper and Saul Bellow, "Saul Bellow: An Interview," Earl Rovit (Ed.), *Saul Bellow: A Collection of Critical Essays*, New Jersey: Prentice-Hall, Inc., 1975, pp. 9-10.

② Saul Bellow, "A World Too Much with Us," *Critical Inquiry* Vol. 2, No. 1 (Autumn 1975), p. 7.

③ 霍尔认为，亨德森体现了费德勒所分类的美国文学中的四种基本神话中的第一种，即以瑞普·凡·温克尔为原型的"出逃的男性"神话。费德勒所总结的四种基本神话为："出逃的男性""丛林中的爱情""白人女子与印第安人"和"荒野中的好伴侣"。详见 John Hall. *The Sociology of Literature*. London & New York: Longman, 1979, pp. 90-92。

观心理外化、客观化，用外在现实反映或投射人物内在意识的同时，呈现环境对人物的影响及影响内化的方式。“用艺术形式来表达情感的唯一办法是寻找一个‘客观对应物’，换句话说，寻找一系列客体，一个情景，一连串事件，这些会成为那些特定情感的表示形式。”① 在后现代社会中，任何形式的直接感官都无法再现混乱喧嚣的外部世界，因而，贝娄将外部世界与个人的内心生活联系起来，借人物的视角观察世界，将主观感受与客观世界巧妙地联系在一起，让外部世界成为人物情绪和反应的客体——“客观对应物”，从而获得生命，以便解决日常生活中无法解决的矛盾和冲突，如主体和客体、一般和特殊、感觉和观念、物质和精神之间的冲突。就《雨王亨德森》而言，外部世界的纷乱衬托出亨德森内心世界的混乱和精神上的焦躁不安。

对超验主义者而言，自然，是个生命有机体，是精神世界的象征。《雨王亨德森》也表达了相似的观点。亨德森说：“世界像一个有机体，一个有心智的实体，而我正在它的细胞之间游动。”（156）在亨德森的眼中，“世界是一个精神领域”（167），人们所谓的现实只不过是迂腐的空谈，虽然物质世界里的客观现实是真实的、不容替代的，但还有一个精神世界，它才是本体的世界。亨德森的精神导师达甫走得更远，他告诉亨德森：“任何事物都导源于大脑”，外部表象是思维的产物，一个人的精神，在某种意义上说，是他身体的主宰（237—238）。达甫预言崇高的精神终有临世的一天。虽然贝娄反对评论者从文本中寻找符号，将象征阐释强加于文本，对文本进行阐释的做法②，但从贝娄的作品中，我们依然可以发现贝娄大量地运用了象征手法，通过景物描写、人物刻画及情节编织来突出作品的主题思想，使作品具有丰富的象征意蕴。“在文学想象力视觉部分形成过程

① ［美］艾略特：《哈姆莱特》，载黄晋凯等主编《象征主义·意象派》，中国人民大学出版社 1989 年版，第 124 页。

② Chirantan Kulshrestha and Saul Bellow, “A Conversation with Saul Bellow,” *Chicago Review* Vol. 23/24, no. 4-Vol. 24, no. 1, 1972, p. 8.

中，融会了各种因素：对现实世界的直接观察、幻象的和梦境的变形、各种水平的文化传播的比喻性世界，和对感性经验的具象化、凝练化与内在化的过程，这对于思想的视觉化的文字表述都具有头等的重要意义。"[①] 在《雨王亨德森》中，贝娄运用象征和形象化描绘手法，将他对现实世界的直接观察及感性经验具象化、凝练化、内在化，用外在的物质世界来衬托和反映人物的内部世界，用具体事物来指代抽象的概念，身体意象尤为醒目。贝娄在 1961 年 2 月 21 日写给凯斯勒（Jascha Kessler）的信中说："我从谢尔德（Paul Ferdinand Schilder[②]）那里获得了一个观点，一个人的身体自我的确表征了一种心理图景，在某种程度上，我们也许该为我们的外貌负责。这将一个人的命运是由其性格造成的这个教条推进了一步。"[③] 在《奥吉·马奇历险记》中，贝娄以赫拉克利特的一句话——"一个人的性格就是他的命运"——作为引子，引出了奥吉的历险故事。在塑造亨德森时，又从谢尔德对身体意象的论述中获得了灵感，给亨德森安排了一位对人的内在与外在之间的联系抱有坚定信念的精神导师——达甫，指导他通过想象、学习狮子的品性，进行自我塑形。亨德森的体貌特征、家族历史和他在探险途中的所见所闻以及他经历的一切都是精神的体现，表征出他的心理图景。

在前四章中，作者通过亨德森对促使他去非洲历险的原因及其当时所处的困境的回忆，展现外部世界对人物的精神世界的压制。在亨德森看来，美国是一个被诅咒的国家。"这个该死的国家，准是出了什么毛病，出了什么差错。这个该死的国家。"（38）在这样的国家

---

① ［意］卡尔维诺：《未来千年文学备忘录》，杨德友译，辽宁教育出版社 1997 年版，第 67 页。

② Paul Ferdinand Schilder（1886-1940）：澳大利亚精神病学家、精神分析学家，身体意象的创始人。他在《人体的形象和外表》（*The Image and Appearance of the Human Body*, 1935）中阐述的"身体意象"（Body Image）概念，是其对心理学和医学的主要贡献。

③ Daniel Fuchs, *Saul Bellow: Vision and Revision*, Durham, N. C.: Duke University Press, 1984, p. 112.

里，人是孤独的个体，物质上的丰裕难以弥补人们心灵的需求；人与人之间缺乏宽容、爱与理解，每个人好像都怀揣着一座难以融化的冰山。在第五章一开始，叙事者就告诉读者亨德森飞往非洲的目的是“希望能在非洲找到摆脱困境的出路”（41）。小说中多次暗示，富翁亨德森本人其实就是物质丰裕的美国的象征。正如达甫说的那样，亨德森就是一座阐释的宝库，“从他的体格可以窥视世界”（217）。

贝娄善于运用具象的物象和形象的想象来解说抽象的思想观念。在塑造亨德森时，他运用奇特、夸张的身体意象，刻画亨德森背负着美国历史的形象。亨德森探索生命意义和符合天道人心的生活方式的精神之旅，在某种意义上，表征着在物质丰裕而精神荒漠化的美国对出路的寻求。人的身体意象就是个体对于自己身体的知觉、想法、感受。个人对于自己身体的描绘，对自己的身体外形的看法，表征着一种精神建构或关于身体的信念。[①] 就身体意象而言，亨德森的体格如同巨人高康大，是一个纪念碑式的人物。叙事者形象化地描绘了亨德森的外貌特征：身高 6 英尺 4 英寸，体重 230 磅，脖子粗 22 英寸，脸几乎有一个小孩的整个身躯那么大，一个成人的身体的一半那么长。出生时体重就达到 14 磅，刚五岁就像十二岁的孩子一样。作者运用转喻的修辞手法，进一步将亨德森对其身体的知觉和信念具象化、陌生化，使亨德森的身体不再是一种物质的、肉体的东西，而是与美国历史和社会语境密切关联在一起，成为刻写历史的媒介。他伟岸的身材看似一棵苍天的松树，一根“图腾柱子”，或者一只“加拉帕戈斯海面的龟”，身躯结实得“活像旧式的火车头”，而他的脸就是纽约中央地铁站的一幅生动形象的图画。“我的面部像铁路终点站，像纽约的中央地铁站——我是指我有大马般的鼻子，洞开的大嘴几乎碰到鼻孔，像隧道般深陷的眼窝”（51）。从这些具象化的身体意象的描写可以看出，亨德森对其身体的知觉、想法及感受不是先天的，

① Paul Ferdinand Schilder, *The Image and Appearance of the Human Body: Studies in the Constructive Energies of the Psyche*, New York: International Universities Press, 1950.

而是在社会、教育、习俗、文化的影响下形成的，他总是将自己与表征美国历史的一些纪念碑联系在一起。因而，当阿尼维部落女王询问他是谁、从哪里来时，他不知道该如何说起，愁容满面，眼睛合成一条缝，一副冥思苦想的样子。亨德森的面孔与常人不同，“活像一座未完工的教堂”（76）。在异国他乡的非洲，他令人难以忘怀的形象显得异常古怪。但在亨德森看来，尽管他的相貌与众不同，他也是人，他不想放弃作为一个人的权力。亨德森想要主宰自己的命运，不想成为毫无个性和自我的大众人。他认为，人生不能把他归为某种类型的人，而将他“从它的记录簿上勾销了”，把他与“别的实验品一道”撇在一边。他不愿当“类型”，他要保持自己的个性和自我，不向命运的安排就范，“很多时候，当人生自认为人已经就范，却会遭人嘲弄”（105）。因而，亨德森想挑战命运，追求有深度、有意义的生活，不愿盲目从众，像大众人一样庸庸碌碌地度过一生。

从历史的角度来看，亨德森背负着整个美国的历史。如同惠特曼的《草叶集》中的每一片草叶，亨德森所代表的并不是一个单子，或一个独立的个体，而是美国大众。亨德森的家族历史更是体现出整个美国历史。亨德森开诚布公地说：他的祖先“窃取了印第安人的土地”（21），他们家族的创立者是“美国最不择手段的资本家”（82），他们是个“一百多年来被诅咒和嘲笑的家族”（86）。亨德森的祖先中曾有过大名鼎鼎的大使或政界领袖，亨德森的祖父曾为国务卿，父亲是著名学者威廉·詹姆斯和亨利·亚当斯的朋友。亨德森具有军人气质，尚武好战，为他家族献身于为国家服务的精神而骄傲。同时，亨德森悲伤地意识到，他和那些疯疯癫癫的祖先一样，体内充满了疯狂因素，仿佛他刚从美国历史的大熔炉里跳出来一般。他还继承了家族基因——一个可以嗅到整个世界的大鼻子。小说对亨德森的身体意象和禀赋的描写，揭示出亨德森表征着美国，亨德森所遇到的问题，反映了美国人普遍的生存状态和精神状况。此外，作家还把追寻生活的真谛的亨德森比作自由女神。当亨德森去炸水塘中的青蛙时，他把炸弹高举过头，“像是纽约港口高擎着自由火炬的女神”

（107），扔下水的炸弹就像“广岛爆炸的原子弹”（108）。这些意象更为直接地揭示出，亨德森就是美国人追求自由和幸福生活的象征。小说中这些身体地理学般的意象表明，亨德森集各种冲突力量于一身，他性情狂暴，容易冲动，有时像个傻瓜，但从来没有自由自在过。在小说的开篇，叙事者交代了亨德森显赫的家世。亨德森是一个家财百万的富翁，社会上的显要人物，曾获紫心勋章和其他奖章。亨德森高大魁梧，就如同20世纪中叶的美国，充满了活力，是战争中的胜利者和科技上的成功者。然而，亨德森是一个生活在繁荣昌盛时期的富翁，拥有富裕的物质生活，但他的内心深处却在绝望地呼喊着“我要，我要，我要”。如此传奇般的人物形象，远远超出了读者的阅读期待。亨德森这个形象传达出这样一种思想：个人家族史和个人的过去对人产生着一定的影响。亨德森虽是人到中年，但很难摆脱个人历史对他的影响。小说揭示出亨德森在很多方面都像个小孩子。亨德森自己也将他成年后的天真、倔强等都归因于他的孩提时代。譬如，他在战争期间负伤住院时，他整天待在儿童病房，陪伴并鼓励孩子们。他撑着拐杖，像蹒跚学步的孩子一样，一瘸一拐地到处跳，老护士总是追上来阻拦他。

亨德森还对他的祖先保有鲜活的记忆。“有些死者逝去，却令我们想念他们，这便是他们不朽之处——活在我们心中。”（329）太多的历史重负令亨德森觉得自己的背快断裂了。从上述可见，《雨王亨德森》就是一个关于美国和美国梦的寓言，亨德森的精神需求体现了行走于精神荒原上的现代人的精神诉求，亨德森对精神的探索折射出作者对美国历史的反思，以及对现实的质疑。

三　精神需求

在现代生活中，商品逻辑使得实用价值就成为衡量一切的标准。拜金主义使人们迷失了自我和生活的方向，失去了生命力，没有了个人的生存价值。人们的生活失去了前现代时具有的恒定的、潜在的目的，但在现代社会，金钱成了人们最直接的生活目标。金钱成为所有价值的绝对充分的表现形式和等价物，现代人对以金钱为中心的生活产生的生命感觉的追求，就如同人们曾经追求以上帝为中心的生活产生的生命感觉一样狂热。“金钱是我们时代的上帝”①。实用主义的价值观使得人们只关注物质世界，忽略了精神世界，因而，精神涣散弥漫着整个社会。然而，物质生活本身并不能充分地赋予人满足感和意义，只有当人们能够有意识地选择一种在他看来比生命更为珍贵的价值观时，他才能充分地感到满足和有意义。卢卡奇恰切地总结了商业社会的特点：商业社会是僵化和陌生的，不再能唤醒沉睡的内心；它是一个死去多时的内心的陈尸所，人们创造的环境不再是一座可以安居乐业的祖宅，而是一座牢狱。② 亨德森厌恶这样的生存，“全世界，整个世界，一直跟人生作对，而且势不两立，非制服它不可”(132)。作为一个个体，他对外部世界的厌恶之情及其精神追求导致他与主流价值观念的疏离。亨德森与内部不同质的外部世界之间的隔膜，使亨德森产生了严重的异化感。他凭借自己五十多年的人生阅历，总结了他对现代人和现代社会的观察和判断：神志清醒的人很少；奴役现象从来没有真正消除过，无论你怎么警告，总有许多人愿意受各种各样的奴役。亨德森抵制物化世界对他的精神的压制，他努力追寻生活的内在意义，以唤醒沉睡已久的心灵，好让自己不再迷茫。养猪的经历使亨德森意识到：低等生物猪有各种用途，可是人却百无一用。在亨德森看来，生存价值虚无的人，如同豪华房间里的装饰品，只是个没有生命力的展示品。

为了彰显物质世界对主人公精神世界的摧残所导致的精神沉睡，以及主人公的精神追求，作者用悖论的手法，将亨德森塑造为集各种冲突——理智与情感、疯狂与谨慎、强大的外表与细腻的内心、性格暴躁而又富于同情——于一体的形象。亨德森体形高大魁梧、外貌粗

① ［德］西美尔：《金钱 性别 现代生活风格》，顾仁明译，学林出版社 2000 年版，第 13 页。

② Georg Lukács, *The Theory of the Novel*, Trans. Anna Bostook. Cambridge, Mass.: The MIT Press, 1971, p. 64.

糙，但他却非常细心敏感，很容易对外部世界着迷。他“隐秘的心灵已习惯于倾听世上无声的言语”（187），他就像“一张缄默的琴，一触弦就会鸣响”（210）。通过观察，亨德森发现，现代社会一味地强调实用价值，导致人类的心灵处于沉睡状态，可是人们感官感受到的物质世界宛若梦幻，并不真实。由于“世上的一切均赖其实用价值而存在”（87），让人们急功近利，崇尚物质财富，从而忽略了精神需求，变得世故老练，成为没有灵魂的躯壳。但亨德森被塑造成一个追求变化的人，他追求更崇高的事物，想做纯洁无私的事情，不希望按照任何腐朽的法则生活。因此，亨德森总感到有他说不清道不明的东西在召唤他，总想去尝试，想过有意义的生活，“每个出生在世上的人都必须把自己的生命引向某个深度，不然他的人生还有什么意义”（191）。为了激活人类已经麻木心灵，为了能从“坟墓般的孤寂中摆脱出来”（265），亨德森远走他乡，渴望能在非洲找到出路。因此，可以说，亨德森是一个渴望得到救赎的浪漫主义者，他想唤醒处于休眠状态的民族意识，让它意识到灵魂的伟大，他热切地希望能唤醒沉睡的精神，但又不知道如何才能唤醒精神。

《雨王亨德森》将作为客观世界的传统性和作为主观世界的内部体系的有形生活之间的距离明朗化。在亨德森看来，世事玄妙叵测，错综复杂，生活在其间的人类完全成为这个世界演变进程中的牺牲品，不断地受各种欲望的驱动，然而，内心的欲望是永远不能满足的。“历来的渴望与愿望，到头来都是不输不赢，同归黄土。”（285）因此，像超验主义者梭罗一样，亨德森渴望能简化自己的生活。当亨德森到达非洲时，他为能够简单地生活感到幸运，他感叹道：“发现人生终于简化到了能对付的地步了，好不容易！”（246）亨德森觉得，人一定要追求有价值的生活，将自己的生命引向某个深度。然而，现代人只不过是暴躁脾气、虚荣心理、鲁莽举止及所有类似邪恶的表现工具，人内心中本来应该由心灵主宰的地盘，却被那些邪恶的表象占据。“淫欲、狂怒以及诸如此类的罪恶”恰好构成了“丑恶事物生长的基本土壤”（83）。他对芸芸众生这种随波逐流、虚假丑陋、没有生命力的生活方式深感厌倦、痛苦，渴望追求有深度、有意义的人生。他相信，“投生人世就是为了达到某些目标”（112），如果在追求目标的途中停步不前，他就仅仅是个行尸走肉。他总有一种愿意为他人服务的冲动，想在生命结束之前，努力学点什么来造福人类。亨德森信守这些生活准则，然而，现实物质生活不断挤压他的精神追求，阻碍他超越现实的理想。他总觉得自己如同生活在坟墓里一般，非常孤独。他极力记住自己是谁，一直在思考精神沉睡及心灵何时才能苏醒的问题。他觉得，唯有真实才可以唤醒心灵。因而，他期望人们能坦诚相见，追求真理。“人类还在以伪善的面貌招摇撞骗，不明白这样做已经太落后了。”（321）对亨德森而言，现代人生存是去道德化的，因为精神沉睡意味着死亡。现代人普遍处于精神沉睡的状态，没有灵魂，空有物质的身体，致使现代社会犹如一座大型坟墓。一个人要是长期生活在坟墓里，即使走出坟墓，也无法辨别是非、真假和善恶，其结果便是社会道德遭到践踏。但亨德森并没有因此而悲观厌世，一个人的境遇不论好与坏，都得继续活下去。伊丽莎白·朗（Elizabeth Long）提出，1956—1968 年的美国小说所关注的是：内在地寻找意义，以减少由对日益膨胀的美国个人主义成功的天真信仰的消失所造成的混乱。[①] 贝娄并未到过非洲，但他凭借丰富的想象力，为亨德森设置了认识自我的广阔背景——偏远落后的非洲腹地，让来自文明世界的亨德森在未开化的黑人世界了探求个人生活的意义。

亨德森之所以逃离物质主义的家园，是为了找寻精神的家园，寻找个人生活的内在意义。亨德森自认为，他是个富于探索的人，他这一代的美国人注定要周游世界以寻找人生的真谛，世界各地都有像亨德森这样探索人生的人。为了探索人生的“更伟大、更深奥的哲理”（54），不让“自己的灵魂死亡”（277），他来到了非洲。亨德森急于将随身携带的物品最大地简化，便把带来的东西通通扔掉，在土著向

① Elizabeth Long, *The American Dream and the Popular Novel*, Boston: Routledge & Kegan Paul, 1985, p. 117.

导罗米拉尤的带领下，向更深的、人迹罕至的腹地进发。几天后，他们来到一片群山环绕的平坝，周围的一切呈现出一片单纯静穆，仿佛进入了远古时代——真正的往昔，“没有历史或任何与历史有关的东西，一幅人类出现以前的洪荒景象”（46）。亨德森立刻就发现了非洲的古朴和诗意，在这种简单质朴环境里，他可以与大自然直接交流。当他发现被黎明时分旭日映照在白色墙壁的粉红色时，他被日常生活中的美深深地打动了。这种古朴的事物，他只在儿时天真无邪的岁月见到过，自那以后便可望而不可即。他觉得，若再见不到的话，他这辈子就完蛋了。这令亨德森回忆起他小时候曾看到过的同样古朴的事物——他从睡梦中醒来后，在天花板上发现的一大片椭圆形的浮雕：“上面有梨子，竖琴，麦束，还有天使般的面孔；而外面有堵十二英尺高的白色百叶窗，上面映照着同样的粉色。”（101—102）那时，亨德森天真无邪，心灵还没有沉睡。多年后在非洲，亨德森渴望这种古朴事物能唤醒他沉睡的心灵，使精神有所依托。他像见到了涅槃的光圈一样，凝视着眼前的景象，静静地等待它的消失，希望再过五十年还能见到它。他觉得，若无缘再见这种古朴的事物，那么，临死时他的心灵还在沉睡，精神还在飘荡。亨德森以为他已经远离了混沌复杂的世界，完全步出了尘世人寰，日日夜夜在沙漠中跋涉的经历，让他感到一切都返璞归真了，他来到了一个全新的地方。阿尼维村庄像是一处原初的地方，连泥土都带着古老的气味。亨德森觉得，他很适宜于生活在这个地方。可阿尼维部落的王子依特洛用当今流行的帝国语言英语同他讲话时，亨德森感到既失望又可悲。这表明文明世界的影响无处不在，以及亨德森对文明国度的文化殖民的反感。由于亨德森在文明世界找不到最好的生活方式和唤醒心灵的沉睡的方法，充斥着物质和符号的现代社会中精神的空虚，令亨德森倍感窒息和焦躁不安，亨德森听从了内心的呼喊，去原始质朴的非洲寻找个人生命的价值。贝娄如此编织情节结构透露出他对现代社会的批判态度。

对于亨德森而言，内心的呐喊声如同神谕。人具有拥有神谕或感知神谕的能力，对普通大众来说，神谕的声音是低沉的和无意识的。对于丧失了人格的人来说，这种声音会变得模糊不清，甚至化为乌有。这种情况下，群体的呼唤和习俗取代内在的呼唤，群体的必然性取代神谕。然而，即使在无意识的社会条件下，内在的呼唤仍能唤醒很多人。[①] 正是亨德森内心“我要，我要，我要”的呼唤促使他走上了唤醒“沉睡的心灵”——沉睡的民族意识——之路。但是，出于物质生活对精神的压制，亨德森不清楚他内心到底在吁请什么。内外交困使得亨德森脱离群体的整体性，走出群体精神的同一性，到偏远落后的非洲部落去探寻生活的意义，以拯救自己的灵魂。

第二节 精神成长

《雨王亨德森》表达了个人的自我观念及其对生存场域的看法，决定了他对生活及生命意义的态度之一思想。亨德森具有强烈的自我意识，并以自我为核心来观照他者与世界。在小说的开端部分，由于亨德森过于自我，不懂得理解、包容他者，造成了他与家人之间的隔阂与疏离、与邻居之间的嫌隙以及与警察之间的冲突。物性世界对亨德森精神追求之间的冲突，使亨德森的内心滋生了摆脱物性世界的渴望。只有当人是发自内心地想改变自己时，人才能真正地改变。换言之，个体的存在具有生成性、偶然性和创造性。因此，人具有改变自己、创造自己、完善自己的主观能动性。亨德森内心世界不断地发出“我要，我要，我要”的呐喊之声促使亨德森逃离了文明世界中物质主义的桎梏，去非洲探索自我、实现自我价值。亨德森的探险之旅就是他精神成长和觉醒的过程，因而，该小说具有成长小说的特点。

“成长小说”（又译“教育小说”）源自德语“Bildungsroman”一词。从词源学的角度来讲，“bildung”意为塑造和内在塑造的意思，

① ［瑞士］荣格：《荣格文集》，冯川、苏克译，生活·读书·新知三联书店 1987 年版。

在启蒙运动前，偏重人物性格的内在塑造，之后则从内在塑造转向人格的外在知识塑造，也即人物在外界的触动下内在自我逐步显现，侧重于人物从他与外界的冲突中获得经验和感悟。“roman”指称小说。此外，“Initiation Novel”一词也译为成长小说。“initiation”源自人类学，指青少年在生活中经历了一系列磨炼和考验后，获得了独立应对社会和生活的知识、能力和信心，从而进入成年阶段。一般来说，成长小说叙述一个人的发展及成长过程，具有某种教谕和惩戒的性质。但不同的论者对成长小说的界定各有不同。莫德赛·马科斯（Mordecai Marcus）梳理了评论界对成长小说的界定，并将之分为两类：一是把成长小说视为对年轻人从对外部世界的无知到取得了重要认识的描述；二是将成长小说描述为人物的重要自我发现及其引发的为适应生活和社会而做的自我调整。马科斯在综合不同论者对成长小说的界定的基础上，将成长小说定义为：

> 成长小说展示年轻主人公经历了某种切肤之痛的事件之后，或改变了原有的世界观，或改变了自己的性格，或两者兼有；这种改变使他摆脱了童真，并最终把他引向了一个真实而复杂的成人世界。在成长小说中仪式本身可有可无，但必须有证据表明这种变化对主人公会产生永久的影响。①

可见，经典成长小说强调反映客观现实，并探讨人和社会如何达到统一，因而，具有浓厚的现实主义色彩。但贝娄的成长小说有所不同，贝娄在描写社会现实时，侧重于呈现主人公内心世界的痛苦和绝望——主人公的心理维度。就亨德森的成长而言，他的内在需求构成了他成长的前提。

人的需求，不论是物质的还是精神的，往往会影响人的行为。美

① Mordecai Marcus, “What Is an Initiation Story?” *The Journal of Aesthetics and Art Criticism*, Vol. 19, No. 2, Winter 1960, p. 222.

国犹太裔人本主义心理学家马斯洛（Abraham Maslow）将人类需求从低到高按层次分为五种：生理需求、安全需求、社交需求、尊重需求和自我实现需求。[①] 在美国现代社会，高度工业化极大地满足了人们的低级需求和生理需求，却忽略了人们的高级需求。人们的物质生活很丰富，但相形之下，精神生活却很贫瘠。贝娄诟病美国社会中“更高级的生活”——精神生活——的匮乏[②]，这种观点通过其笔下的人物传达出来。贝娄在《雨王亨德森》中，用“沉睡的心灵”来比喻精神的空虚。大众心灵的沉睡引发了亨德森对生命内在意义的思考和探寻。亨德森虽然过着富裕的物质生活，但屡屡感到精神生活的苍白，他的心灵处于斗争状态，就像“体内有一大群精灵在翻天覆地地乱跳乱吵，没完没了”（286）。在潜意识中，心灵的渴望经常折磨着亨德森，令其苦不堪言，感到非常孤独，“好像一个人独自生活在坟墓里”（212）。他的内心发狂地提出要求，迫不及待地想达到目的，像驱赶猎物般地迫使亨德森改变自我和自己的生活现状，追求有意义、有价值、有深度的人生。依照存在主义心理学，在一定程度上，人是由他自己创造的，人是他自己的原因，应该为自己负责。亨德森也坚信：“世界是由自己来创造的，现实正是**你自己**”（123）［黑体部分原文为斜体］；人不应该屈服于人生，“很多时候，当人生自以为已经使人就范，却会遭人嘲弄”（105）。为了探索他内心的需要，亨德森远赴非洲，寻找生活的智慧，走上了精神探索之旅。

谢尔德关于身体意象的观点对贝娄的影响，还通过瓦利利国王达甫之口传达出来。当亨德森向达甫请教，为什么他内心的那个呐喊声会不时地响起时，达甫从亨德森的体格和身体意象，就看出了亨德森内心自我救赎的渴望。在他看来，亨德森的整个身心似乎都在呼喊：

① Abraham Maslow，“A Theory of Human Motivation，” *Psychological Review*，1943（50）：370-396.

② Saul Bellow，“Skepticism and the Depth of Life，” James E. Miller，Jr. and Paul D. Herring（Eds.），*The Arts and the Public*：*Essays by Saul Bellow*，Chicago：University of Chicago Press. 1967，p. 17.

“拯救，拯救吧！我怎么办呢？我应当干什么？快呀！我会落得什么下场？”（217）达甫的一席话让亨德森认识到：当初薇拉塔勒给他讲的“格朗－图－摩拉尼”只是一个开端，他还需要学习更多的东西。达甫还指出，人对死亡的恐惧是一切根源的根源，亨德森必须克服对死亡的恐惧感。亨德森之所以逃离美国，正是有感于缺乏高尚的行为，而人要是“没有高尚的行为，就会永远陷于不幸境遇”（264），因为人若一味地逃避，就会被迫接受现实。因而，达甫就是亨德森精神成长过程中的又一领路人。亨德森畏惧死亡、缺乏高尚的行为导致了他的心灵躁动不安。在达甫的指引下，亨德森开始觉醒，他终于懂得个体生命的价值就是为他人造福，而回归群体才是实现个人价值的途径。亨德森人生观和价值观的改变，唤醒了他心中休眠的爱和责任感，内心的呐喊由“我要，我要，我要”变为“她要，他要，他们要”，而亨德森也由唯我论者成长为爱人类的利他主义者，由小写的“人”升华为大写的“人”。

一　精神塑形

贝娄在《雨王亨德森》中，从亨德森的视角，运用对比手法和排比句式，展现外部世界和内部世界的异质性和敌对性。在小说中，人类、人造物及强大的外部规律，使人处于一种被奴役的状态，导致了人的物化和主体的丧失。出于对现代人生存状况的关切，贝娄试图通过想象探索个人的生活意义。他将亨德森塑造为精神的探索者，这就决定了小说的追寻主题。亨德森不惜远赴非洲，探索自我、世界和生命的真谛，以主体激发的想象力和情绪的力量来创造自我，征服非人世界的陌生性，去寻找心灵的归宿。在探索自我的过程中，亨德森的自我在生成与存在之间不断波动、徘徊，并在生成与存在之间保持一种动态平衡。亨德森对个体生活的先验意义的找寻，与其外在的经验意义处于一种平行关系。在小说的最后，经历了血的洗礼后，亨德森洞识了个人的价值和生活的意义，实现了先验意义和经验意义之间的和谐，结束了其精神探索的旅程。

亨德森将人类分为两类：一类人求“存在”（“Being”）；一类人求“生成”（“Becoming”）。正如瓦尔特·惠特曼在诗中写道：“只要存在就行！还在呼吸就行！欢欣！欢欣！尽情高兴！”[1] 有的人以“存在”为满足，有些人却追求“生成”（160）。求存在的人安于社会现状，沉迷于物质主义，追求个人利益和享乐主义，丧失了自我，随波逐流，甘愿做世界演变进程中的牺牲品；而求生成的人总是追求变化，追求更高级的精神生活，总是以良知和伦理道德为行为准则，当他们陷入物质主义的泥淖时，就会焦躁不安，痛苦不堪。“求生成的人总在向求存在的人提供解释或说明理由，而追求存在的人所处的状况却启迪人去做那种种解释”（160）。亨德森是一个不断追求生成的人，他不满足于生活现状，对生存感到厌恶，渴望把自己的生命引向某个深度。他相信，有一定深度的生命才会有意义（191）。然而，在现代社会，那些满足于存在的人气运亨通，而那些追求生成的人却遭尽厄运。贝娄曾引用过尼采的一句话，“在现代时期，人们主要关注生成（Becoming），而忽视存在（Being），生成就像垂死的疾病一样永久地啮咬着我们。”[2] 亨德森虽拥有优裕的物质生活，但为精神空虚而焦躁不安，他的内心时常发出“我要，我要”的呐喊声。亨德森希望能摆脱他心里的叫喊声，就把人生中出现的五花八门的现象当作摆脱无尽的烦恼的途径，可还没有办法弄清楚他内心的欲望和呐喊到底是什么，他为此感到非常沮丧。因此，亨德森来到了非洲，希望能在非洲这种原始、古朴的地方找到摆脱困境的出路和最好的生活方式。可见，亨德森内心的呼唤，就是促使亨德森追求变化和精神成长的内在动因。亨德森的“病症”其实是因生命力的丧失，导致精神生活的极度空虚所造成的。在消费社会中，人们被丰富的人造物所包围，人的主体性受到了极大的威胁，人逐步丧失了独立思考

---

① 该诗句出自惠特曼《草叶集》中的《欢欣之歌》。贝娄在《雨王亨德森》中引用了这几行，以表明求存在和求生成的人之间的区别。

② Saul Bellow, "The Distracted Public," *It All Adds Up*, New York: Penguin Books, 1994, p. 165.

和判断的能力，从而物化为宾从的客体，成为自己所制造的工具的工具，丧失了自我存在的核心。心灵的迷失使个体生存的目的和意义变得虚无，因此，产生了焦虑。显然，亨德森内心的呐喊声，体现了生活在物质主义的后现代社会中的现代人的精神需求。

可见，《雨王亨德森》揭示的主题之一是：人的意识决定人的外貌，主观想象能使自己产生改变，因此，人可以通过想象进行自我塑形，通过改变精神状态来改变相貌。“世界是一个精神领域，旅行即是心路历程”（167）。人们所谓的现实只不过是迂腐的空谈，因为除了属于科学领域的物质世界之外，还有一个本体世界，在这里人类可以创造、再创造。一个人具有什么样的意识便会成为什么样的人，人是由自己造就的，人就是他自身的艺术家。人的“体肤和面貌是由人的内在精神描绘的，神秘地通过表皮和神经末梢将生机传遍全身”（268）。因此，人一定要有理想的外貌和高尚的自我意识，而高尚的自我意识是重中之重。在《洪堡的礼物》中，这种通过思维意识进行自我塑形的思想更为神秘，西特林从他情人儿子的身上看到，在童年时期，灵魂在主动地构建自己的主体，灵魂的这种主体建构活动，或塑形行为，一直持续到人经由家庭、学校和社会教育转变为社会的人。

二　精神引路人

亨德森在非洲时有两位精神引路人，一位是阿尼维部落的女王薇拉塔勒，一位是瓦利利部落的国王达甫。薇拉塔勒告诉亨德森，生命的真谛是“活下去”，而达甫则指导亨德森如何克服恐惧和狮子相处，学习狮性，从而由内到外地进行自我塑造。

亨德森将阿尼维部落的女王薇拉塔勒比喻为大地之母，当他把手贴在她的胸脯上行礼时，他被一种热力、巨大的重量和有规律的心跳惊呆了。亨德森像是触碰到了人生的秘密一样幸福。当他吻她的腹部时，他感到了从女王腹中发出的某种力量。这个礼仪让亨德森仿佛回到了母亲的子宫。当女王问他是谁，从哪里来时，亨德森觉得他就像吮吸乳汁的婴儿一般，被高高举起，好让众人观看他那个难忘的形象。“我是谁”这个问题，突然让桩桩件件的往事浮现在亨德森的脑际，压上他的心头。他暗自思忖：“我是谁？一个家财万贯的流浪汉，一个被驱逐到世上的粗暴之徒，一个离开了自己祖先移居之国土的逃亡者，一个心里老是叫唤着‘我要，我要’的家伙——他绝望地拉小提琴，为的是追寻死者的声音，他必须打破心灵的沉睡。”（76）见他不知如何回答，女王再次拥抱了他，让他再度感受到她的生命活力。这让亨德森将女王视为他的救星，他认为女王可以向他显示万灵的生命源泉、万物的胚胎——人生的密码。抛弃了各种观念、无忧无虑地生活的女王，令亨德森感到，他精神沉睡的状态很快就要突破了，心情舒畅的解放时刻愈来愈近了，平常咄咄逼人的蛮横态度仿佛烟消云散了，满肚子的愤懑也像缓和了下来。在阿尼维部落的生活让亨德森看清了他过去的生活态度是错误的，他感觉到，人应该弃恶从善，为他人服务。亨德森洞识了个体的生活责任和正确的生活态度：地球是个靠着自己的运动和磁场独自悬在空中的巨大圆球，居住于地球上具有意识的人类，在各自的空间里活动时，更应该仿照更大的实体的存在方式，尽自己的职责，这才是正确的生活态度。

亨德森在养牛的阿尼维部落获得了一种生命的活力，认识到忍受苦难几乎是唤醒精神沉睡的唯一可靠的办法、生命的真谛是活下去。到了瓦利利，亨德森从达甫身上看到了一种更加强大的生命力，比阿尼维部落的女王薇拉塔勒身上的活力还要强大。像所有赋予强大生命力的人那样，达甫身上散发着一种特别的光晕，像是朦胧的烟雾，一种电荷，令亨德森想起了纽约的发电厂。当亨德森见到国王达甫时，发现达甫和他一样高大，却神态自若、矫健壮美时，他立刻就从形体和外貌方面产生了认同感，所有的焦虑和烦躁顿时荡然无存。这为亨德森后来将达甫视为精神引路人埋下了伏笔。作者连续运用排比句式，从亨德森的视角展示了达甫和亨德森神态之间的鲜明差异。达甫虽为蛮夷之邦的国王，却轻松自在、飘然若飞，就像一位精灵翱翔天空，而来自文明国度的亨德森则别别扭扭、手足无措，像一块石头往下坠落。面对神采奕奕、被眷恋的目光包围着的达甫，亨德森那双疲倦的眼睛不禁投去妒忌的目光。但是，当达甫问起他的身份时，追求变化的呼声再次在亨德森耳旁响起。亨德森认为，世上没有真正以存在为满足的人，若是有的话，那就只有阿尼维人的王后和瓦利利的国王了。此时的亨德森觉得，应该结束自己求生成的过程。“该是完成生成的时候了！该是存在的时候了！”亨德森急切地想唤醒沉睡很久的精神，唤醒所有美国人沉睡的心灵和民族意识。“打破心灵的沉睡！醒来吧，美国！让专家们去解惑吧。”（160）对亨德森而言，人的物质身体只不过装载灵魂的躯壳，“如果这个躯壳，这堆血肉只是一个梦，也许有苏醒的希望”（265）。可见，贝娄赋予具体的人与事物以普遍性，以局部代整体（亨德森如同惠特曼诗中的那片草叶），用亨德森作为美国的表征，通过唤醒亨德森沉睡的精神来唤醒所有美国人心灵的沉睡和精神的休眠，亨德森心灵的苏醒意指美国民族意识的苏醒。

贝娄移植了神话中的祈雨仪式，拉近亨德森与达甫之间的距离，便于他们赤诚相见，谈论亨德森一直以来都很迷惑的问题，如追求真理与遭受打击之间是否存在联系，世俗的法则，等等。对此，两人达成了共识：存在一种人性的法则，“以德报怨才是真正的出路”（215）。这番谈话让亨德森更加看清了事物的真相。虽然达甫也认为人类已经萎靡不振，但他预言崇高的精神终有临世之日。亨德森感到了自己脱胎换骨、获得了新生。他对达甫心悦诚服，并从思想上认同达甫，觉得他们具有相同的“思想类型的天赋”（216）。在亨德森眼中，达甫是个罕见的人物，非凡的伟人，就像恺撒大帝、拿破仑或祖鲁首领查卡。“无论谈什么他都能令我信服，我甚至接受了他让我模仿狮子的训练。是的，我相信自己能够改变，我也乐意改变原来的自我。”（297）达甫遂成为亨德森精神成长的过程中最为重要引路人。

在《雨王亨德森》中，贝娄赋予死亡以喜剧性色彩。小说中多次提到死亡意象，死亡一次次地威胁着亨德森，令他恐惧。亨德森的暴怒致使给他准备早餐的邻居勒诺克斯太太的死亡，令亨德森意识到死亡就是永别。也是在此刻，亨德森才意识到，那段时间，冬日冰冻的庭院中白灰色的树皮、洁白的雪和棕褐色的树枝试图暗示他没有生命意味着什么。亨德森不想被死亡摧毁，因此，他和朋友查理夫妇来到了非洲。直到达甫告诉他，人必须直面死亡，才能克服对死亡的恐惧。“恐惧是人类的主宰者。[……] 在世界上的所有事物中，作为一种塑形的力量，恐惧仅次于大自然本身。”（258—259）为了帮助亨德森摆脱对死亡的恐惧，达甫引导亨德森将埋葬死者和地壳联系起来思考。地球的半径约4.5千英里，而墓穴离地面只不过几英尺，然而，人类却产生了恐惧与欲望，而且千万代人怀着同样的恐惧与欲望。“一个时候在地壳表面，一个时候在地壳下面，周而复始，循环不已。[……] 不能老这样没完没了地循环下去。凡是有志气的人都应该起来打破这个循环轨迹。”（297）达甫用这种方式告诉亨德森，如果他想把握自己的命运，就必须克服对死亡的恐惧。达甫进一步建议亨德森，仔细观察并思考狮子“大步行走的姿态、逍遥漫步的样子以及卧躺、凝息和呼吸的神奇”，学习狮性，以复活他身上埋藏已久的“高尚品格的基本素质”，使他成为一个“高尚的人”（261）。达甫一针见血地指出，亨德森之所以离开美国，就是因为他感到美国缺乏高尚的行为，“没有高尚的行为，人就会永远陷入不幸的境遇”（264）。达甫认为，通过模仿狮子，可以实现“由狮子到人的转变”（263），从而克服对死亡的恐惧。当亨德森按照达甫的指导，像狮子一样吼叫时，他的吼声充满了狮子的洞穴，像一支低沉的声乐管。亨德森意识到，他终于到达了他的内心召唤指引他要去的地方。“这便是我心里老嚷着要到的地方。我终于到达的地方。”（267）亨德森将其全部悲哀和烦恼都倾吐了出来，最后留在体内的便是他“作为人的渴求”（267）。他比任何时候都清楚地感受到他的自我，认识到这就是他所追寻的现实。

此外，达甫对人主宰着自己基质的转变的信念，直接影响了亨德森的精神觉醒。达甫告诉亨德森，“变化是由主观想象决定的。”（270）这句话使亨德森回忆起他以前养猪时的经历，他把猪视为自己的一部分，禁止任何人驱赶它们。到瓦利利部落后，通过模仿狮子的动作、神情和姿态，他感到自己变了。“嗯，我是变了，但每个人都在变。变是注定的，迟早都得变。”（270）亨德森完成每天模仿狮子的任务后，从狮子的洞穴走出来，都会徜徉在桑戈府的花园里。阳光照在他的身上，他觉得自己像一个来此地疗养的人。他明显地感觉到自己外貌和思想的变化。他“开始生出又黑又密的卷发，［……］连我的盔帽都戴不稳了。我的头脑也渐渐开始易主，姑且这么说，我逐渐变成了一个不同的人”（272）。为了找到自己的灵魂，亨德森也愿意改变自己。“我必须改变。我绝不要生活在过去，那将彻底毁掉我。死者成了我的食客，吃得我倾家荡产。我饲养猪使我受到蔑视，［……］我必须开始思索如何生存的问题了。我得匡正莉莉讹诈的坏习惯，将爱情摆上真正的轨道。”（287—288）达甫说：人的外表表露出人的内心世界，精神主宰着肉体。人应该发挥自己的想象力，不断地塑造自我形象，摆脱自己后天造成的境遇，进入先天自然的境遇。“想象能变成现实，维持现实，改变现实，修复现实”（271）。虽然亨德森并不十分相信达甫的科学理论，但是，在达甫的影响下，他的内心世界的确“荡漾着人的激情”（273）。

另外，小说通过对祈雨仪式、人们对神像的各种亵渎行为和加冕亨德森为雨王的仪式的描写，直接揭示出亨德森成功地唤醒了其沉睡的精神。小说对祈雨仪式的描写，呈现出狂欢化广场场景。当亨德森搬动大力士们无法搬动的姆玛神像后，成功的喜悦让他精神振奋，他觉得自己获得了新生。搬动神像让他“探索到了自己的深度，真正的深度”，那种他“一直具有的深度”（193）。亨德森成功地搬动了神像，完成了祈雨的使命，取得了自我的胜利，也唤醒了他沉睡已久的心灵。亨德森的精神苏醒和对自己固有深度的认识，使他在精神上得以成长，在一定程度上，实现了他来非洲的目的——唤醒沉睡的心灵和对自我的认识。

第三节 精神再生

贝娄在《雨王汉德森》中，充分地利用了神话因素，成功地将神话叙事植入自己的作品，浪漫地虚构了富翁亨德森摆脱物质的桎梏、找寻精神家园的传奇故事。物质丰裕的亨德森却总感到精神空虚，为了“唤醒沉睡的心灵”，远赴荒蛮落后的非洲腹地，在探索中冲破了现实的迷雾，丢掉了幻觉，认识自我本质，最终获知了生命的奥秘，找到了精神上的救赎，重获新生。精神再生是《雨王亨德森》中的核心思想，也是人物行为动机、象征主义手法和意象的源泉。

一 爱的回归

爱（包括亲情、友情、爱人类、爱生活）是贝娄作品中的一个基调。个人存在的意义就在于人与人之间的爱，而爱本身就证明了个人生活的价值。[①] 贝娄敬畏生命，他笔下的人物为了能活下去，表现出个人的软弱和受难意识。这种受难意识更是衬托出人的伟大和生活的意义。贝娄在小说中借助想象力来肯定个人，肯定生活，揭示人的伟大，而他作为作家的职责就是展现人与人之间的爱。亨德森在精神成长的过程中，认识到人与人之间的爱，及以爱为基础的理解和宽容，是个人存在的价值体现。

在达甫的影响下，亨德森克服了对死亡的恐惧心理。达甫告诉亨德森，“恐惧是人类的主宰者，［……］恐惧是世界上的所有事物中，仅次于大自然本身的一种塑形力量”（258—259）。为了让亨德森勇敢地面对死亡，达甫引导他模仿狮子的姿态和神情。达甫认为，模仿狮子，学习它“大步行走的姿态，逍遥漫步的样子，以及它躺卧、凝视、休息和深呼吸的神情”（260），可以复活潜藏于亨德森身上的

① Saul Bellow, “Distractions of a Fiction Writer,” Granville Hicks (Ed.), *The Living Novel: A Symposium*, New York: Macmillan, 1957, p. 14.

“高尚品格的基本素质”，使他成为一个“高尚的人”（261），这将是亨德森产生变化的出发点，因为通过模仿狮子，可以实现“由狮子到人的转变”（263）。当亨德森像狮子一样吼叫时，他将其全部的悲哀和烦恼都倾吐了出来，“最后留下的便是我作为人的渴望”（267）。亨德森的吼声充满了洞穴，“像一支低沉的声乐管”（267）。他不再惧怕死亡，对人生充满了信心。他终于明白，这就是他的内心呼唤他要去的地方。“这便是我心里老嚷着要去的地方，我终于到达的地方”（267）。

与达甫相处，还让亨德森懂得了人与人之间应该相互理解、相互信任、相互尊重，明白了爱的内涵和高尚品质。真正的爱是不可以人为地分割的，它本身就是一种“自然的、不可抗拒的力量”（258）。高尚的品质是“保藏宇宙的胸怀，包容世界的海量，那种与永恒的事物结盟，为追求永恒价值的努力”（318）。达甫让亨德森认识到，变化是由主观想象决定的。亨德森回忆起他养猪时的所作所为，明白了他当时禁止他人碰他的猪的原因是，养猪让他具有了猪的特性，因为猪已经成为他的一部分。而跟狮子相处时，他学到了狮子的品性。他明显地感到了自己的变化。“嗯，我是变了，但每个人都在变；变是注定的，迟早得变。”（270）亨德森摸摸自己的颚骨和大鼻子，觉得自己的变化都通过五官表现了出来，但他还是没有勇气去看他肥硕的腹部和腿部。达甫引导亨德森去想象，“想象是大自然的活力所在。[……]凡人类想象到的，终会逐渐实现”（271）。在达甫的影响下，亨德森每天完成学习狮子的任务后，他都会徜徉在桑戈府的花园里，阳光照在他身上，让他觉得自己像个疗养者。他不仅感到了他外貌的变化，而且感到自己的思想也发生了变化。“我的头脑也渐渐开始易主，姑且这么说，我逐渐变成了另一个人。”（272）虽然亨德森并不十分相信达甫的科学理论，但达甫对他的影响是显而易见的。亨德森感到他的内心的确“荡漾着人的激情”（273）。

在瓦利利部落，亨德森不仅习得了狮子高贵的品性，还耳濡目染了达甫的处变不惊与临危不惧。与狮子的亲密接触，逐渐使他能够勇敢地面对死亡，同时，也赋予他在庸常的现实中发现美的能力。“任何景色都会刺激他，他的感情变得丰富起来，原来被忽视的角角落落仿佛都变得美不胜收了。”（272）亨德森心中对于美好事物与人类的爱逐渐复苏了。他回忆起小时候在户外玩耍时的情景，“我蹲在户外的草地上。阳光四射，普照大地，太阳发射出的热力便是它的爱。我心里同样存在着一番生动的景象。到处是蒲公英，我想采撷这片绿意，我把充盈着爱的面颊凑近蒲公英的黄花，多想钻进这绿色的世界”（283）。这种人类在幼年时就有的爱被唤醒了，亨德森开始思念妻子和家人。他打算改弦更张，通过治病救人的神圣工作，来实现自我价值，他不再逃避，不再自暴自弃了。

亨德森在非洲的经历，使他懂得人不能总将目光聚焦在自己身上，应该爱他人，宽恕并包容他人，承担个人应有的家庭与社会责任。正如达甫告诉亨德森的那样，“克服了自我，爱他人之心便油然而生”（262）。对家人与他人的爱，以及对普通生活的热爱，促使亨德森决心捕狮任务完成就结束旅行，回归家园。亨德森在给妻子的信中，表达了自己对家人的爱。“莉莉，也许好长时间我没有说这类话了，可是亲爱的，我真的想念你，有时我的心为此悸动。你可以把这叫作爱”（284）。他告诉莉莉他打算学医济世，因为他终于弄明白了，他内心所说的“我要，我要，我要”，应该是“她要，他要，他们要”。在亨德森看来，由于爱的存在，生活才是那么真实。亨德森体悟到，“爱使现实成为真正的现实，恨只会使现实受到歪曲”（286）。他认为，他获得的所有益处都是爱的结果。若人类和善友爱，人类就有希望。爱可以将人类从愚昧无知的状态中拯救出来，达到人与人之间相互的理解。他相信，终有一天，人类会醒悟，并认识到自己的种种罪愆和过错。可见，爱的复苏，使亨德森在精神成长方面迈出了关键的一步。

贝娄采用第一人称的叙述视角，让亨德森在生动地叙述自己帮助非洲居民清除蛙害、协助达甫国王捕捉狮子的人生经历的同时，探索自身精神使命，最终唤醒了其“沉睡的心灵”，明白了生命的意义在于从“我要，我要，我要”转化为“她要，他要，他们要”，在于造福他人。亨德森通过不断地行动，在探索中认识自我，唤醒沉睡的心灵，复活了心中的爱，并重获新生。亨德森的精神成长过程说明，“人之所以不朽，不仅因为在所有生物中只有他才能发出难以忍受的声音，而且因为他有灵魂，富于同情心、自我牺牲和忍耐的精神”。[①] 贝娄在其小说中，以描写这种精神为责任。他创设情境，表现人物的自尊心、同情心、怜悯心和自我牺牲的精神，让主人公的情感在经历磨难中得以净化，主人公的心灵变得高尚，他的勇气、荣誉感、希望、自尊心、同情心、怜悯心和自我牺牲的精神复活了，这些昔日人类的光荣帮助他渡过了难关，从而掌握了实现个人生存价值的关键。

二　精神的苏醒

《雨王亨德森》揭示出灵与肉的分离。“肉体是精神的影子，可见的形体是无形事物的化身”（338）。同时，该小说还表现出贝娄对生死轮回的信念：人可以起死回生，精神是可以再生的。“我相信拉撒路的传说，相信死人可能苏醒过来。我敢肯定，起码对某些人来说，起死回生是可能的。我从未像现在这样清楚地意识到自己的信仰”（140）。事实上，死亡和精神的再生是贝娄在创作中持续关注的一个重要问题。

如前所述，当人类创造的环境不再能唤醒沉睡的心灵时，它是一座牢狱。在小说开篇，作者就展现出现代社会中的荒原景象，不论是叙事者亨德森，还是作为行动者的亨德森，都在不断地暗示，心灵的沉睡意味着精神的飘荡和人的死亡。作者运用死亡、坟墓或牢狱的意象，来表征现代社会，表明没有了灵魂的人，只不过是行尸走肉。亨德森虽然过着非常富裕的生活，但他总感到精神的空虚和喧闹中的孤

---

① ［美］福克纳：《诺贝尔文学奖受奖辞》，《美国作家论文学》，刘保端等译，生活·读书·新知三联书店 1984 年版，第 368 页。

寂，觉得他的一生及活动成了一座监狱。因此，他尝试了各种方式来超越庸常鄙俗的日常生活，超越物质。有一段时间亨德森开始学习如何演奏提琴，试图让自己的“精神超脱尘世，离开行将死亡的躯壳”，“从一个世界升入另一个世界”（284）。他甚至经常在地下室为他离世的双亲演奏，通过触摸父亲留下来的那把琴来接近父母的神灵。他相信灵魂不死，他“怎么也不能迫使自己相信，死者已经完全死去”（30），借练习各种曲调，来寻求自己的欲望与内心那个声音之间的平衡。亨德森把世间的一切视为能满足他的生存愿望的良药，坚信人一定能获得新生。因此，他的心间总有一股细流，更确切地说，是一片充满希望和理想的广阔海湾。虽然现代人的去道德和去责任化使得社会混沌污秽，但他相信，“混沌在天上并非一切，人生在世也并非匆匆过客，孤苦伶仃，像梦幻般消逝”（175）。如果人们做有意义的事情，就不枉来人世一遭。亨德森追求变化，他不想遵循社会上芸芸众生的生活规则，在他看来，那些生活法则都是腐朽的。他相信，世间邪恶混乱的现状不会持续很久，结束人们苦难的日子终会来到。人应该听从内心的召唤，让自己隐秘的心灵倾听世界传递的无声信息，加强斗志，冲破人生这座监牢。对亨德森来说，肉体就像一只木筏，一艘游艇，载满了罪恶，他渴望有人能将他从行尸走肉的躯壳中拯救出来，从他那堆畸形的腐肉、那团紊乱如麻的思绪中解救出来。人应该有所作为，不该被人生打垮，否则，就感觉不到大自然的恩赐了。当亨德森搬动姆玛神像后，众人在不断地欢呼赞颂他，他完全沉浸在幸福之中。他用心地体会着成功的喜悦，感到他的“精神苏醒了，它欢迎新的生命”，亨德森精神抖擞，不仅获得了新的生命，还领悟了生命的真谛——“格朗-图-摩尼拉”（活下去）。通过举起笨重的神像，亨德森终于探索到了他自己的深度。瓦利利人赋予他所做的贡献特殊的荣耀——雨王的头衔，但亨德森觉得，这主要是他的自我的胜利。他的经历告诉他：人总应该有个生活目标，要弃恶从善，向死而生。每个人都必须为回归自我、唤醒沉睡的精神而奋斗。从瓦利利逃出来后，亨德森已经完成了自己的成长过程，他已经找到

了自我、自信和实现自我价值的途径，他的精神苏醒了，心灵有所依托。“沉睡结束了，我已经回到了自我。”（328）

亨德森在非洲的艰苦历险，是对亨德森的考验。他为自己遭受的苦难感到无比骄傲。在这二十几天里，亨德森觉得，他仿佛成长了二十年，他终于找到了“自己的灵魂”（282）。与贝娄笔下的大部分人物一样，亨德森的自我救赎建立在对内在之我的理解与超越，并将这种内在与外部世界发生有序的连接。贝娄发挥想象力，在小说中创设不同的生活场景，让人物在磨难中成长，以揭示人的本性和生活的内在意义。在贝娄看来，人类生活的场景不断变化，人类生活的神秘性是无法穷尽的，但人的灵魂却始终不变。正如亨德森所认为的那样，也许每个人都有自己的非洲，假如去航海，也有自己的海洋。

三 “万物共栖”的生态思想

“万物共栖”是《雨王亨德森》中体现出的一个重要的生态思想。依据美国文化的重要源头超验主义思想，超灵是宇宙中最重要的元素，宇宙间的万事万物都体现着宇宙精神和普遍法则，自然具有启人心智、慰人心灵的作用，人类应该简化自己的物质需求，与自然和谐共处。贝娄在《雨王亨德森》表达出相似的观点：宇宙是一个有机的生命体，世界万物之间是相互联系的。万物都随着整个世界的古老心房的律动跳动不息，每桩具体的、独特的事物只不过是它不息的脉搏的一次跳动。亨德森说：“世界像一个有机体，一个有心智的实体，而我正在它的细胞之间游动”（156）。在亨德森眼中，世上的一切生物之间都是彼此关联、息息相通的，即使是脚下踩着的石灰石，“它自身也是一个世界，或者不止一个世界，世界中的世界，存在于一系列梦幻之中”（197）。在亨德森看来，宇宙浩瀚无边，神秘莫测，地球上生活的人类数量再多，人类都应该和睦相处；人类无法摆脱自然规律和整个世界的节奏，所以人必须与这些节奏达成和谐。海德格尔借用荷尔德林的诗句，“人充满劳绩，但还 / 诗意地安居于大地之上”，来描写人类理想的栖居状态——“诗意的栖居”[1]。而贝娄似乎想借亨德森这个虚构的人物形象之口提倡一种精神性的回归，告诉世人：人与自然之间是一种相互依存关系，人类应该从生命最原始最本真的状态出发，尊重和维护生命之间的相互关联，建构一种与诸神共在、接近万物的本质的生存模式，从而救赎工业技术时代的人们。亨德森告诉其向导罗米拉尤，他的非洲之行的目的就是探索精神，“寻找生活的智慧”，学习如何面对死亡，以拯救现实、发现未来，因为他不认同“灵魂已经死亡”的观点（276—277）。亨德森认为，人类必须大胆地改变自己当下的生活方式和思维方式，因此，人类需要像达甫那样渴望造福人类的人，但“变化必须是可能的”（266）。

贝娄通过比喻和象征主义手法，将亨德森与自然界关联在一起，小说传达出万物共栖的观点。在飞往非洲的途中，亨德森预感到非洲能满足内心的渴望，感到非常兴奋，他仿佛是一粒凌空的种子，渴望在非洲这个人类古老的繁殖床上生根发芽，自由生长。他情不自禁地礼赞这片让他挣脱了困境的陆地，“多么盎然的生机！啊，生机是如此盎然！”（43）将自然界的一切，哪怕是一草一木，都视为他的姻亲。

同样，亨德森还与动物结下了不解之缘。他养过猪仔，并且把猪视为自己的一部分，与一只寄养在他农场里的猫打过交道，还曾和一头褐色的老熊一起在游乐园表演节目，同住在马棚里，把彼此视为兄弟。他在阿尼维的经历，让他理解了阿尼维部落像对待亲人一样对待牛的态度。与人类中心主义者不同，亨德森并没有把人类视作万物的主宰，而是把人视为世界的一部分。当他在达甫关着狮子的地宫里摔倒时，他甚至认为自己“躺在万物的最底层”（265）。为了能更好地模仿狮子，达甫引导亨德森从心灵上领会狮子的生存环境，让他通过想象将自己与天空、太阳以及丛林中各种各样的动物密切关联起来。

① ［德］海德格尔：《人，诗意地安居：海德格尔语要》，郜元宝译，广西师范大学出版社 2000 年版，第 73 页。

"蚂蚁是你的表兄弟，天空是你的思想，叶子是你的生存保障。除此之外，你的生存不依靠任何东西。你可以整夜地与繁星对话，没人打断你"（266）。在达甫的眼中，大自然也具有心智，非生物也可能具有思想意识，人类通过想象就可能与上帝的意志联系起来进行某些活动。

当飞机于黎明时到达纽芬兰时，亨德森抱着小孩走下舷梯，深深地呼吸着新鲜的空气。对他来说，天真的儿童，达甫精神的化身——幼狮，以及清新的空气，就是一剂良药。黎明和纽芬兰（New Foundland）均暗示着新的一天、新生活的开始。亨德森觉得该是他行动的时候了，他绕着飞机"声音铿锵地跑跳在北极沉静而又灰蒙蒙的洁白的雪地上"（341）。亨德森用奔跑来表达即将和家人重逢，并奏响生命的新乐章的喜悦。

小　结

从上述可见，在《雨王亨德森》中，作者想象出一片广阔的荒蛮非洲腹地，将其设置为主人公精神探索的场域，将非洲两个部落呈现在地理环境上的荒原与亨德森的精神荒原对应起来，将外在视为心灵图景的镜像，将外部世界视为内心世界的显现，以表明亨德森的非洲之行就是他探索自我的心路历程。自康拉德和海明威以来，想象的非洲就成为小说家让人物发现真实自我的场地。亨德森的精神再生表明：人的内在影响并决定外在，对个人来说，外在现实并非真实，内心感受才是真实。亨德森在非洲荒原上的康拉德式的追寻，体现了贝娄在灵魂深处探求知识的信念。亨德森的精神探索承载着个人对心灵与自然相通的渴望，对精神家园的找寻和对超现实存在和灵魂永生的向往，使得小说具有明显的浪漫主义特征。亨德森将非洲这片古老的土地视为他探索自我、实现自我的精神家园。可是达甫的死让亨德森认识到，非洲丛林也并非他的乐园。因此，亨德森带着承载着达甫的精神的小狮子踏上归途。小说结尾描绘了一幅万物和谐共居的图景，亨德森终于实现了精神与物质之间的调和，走完了寻找自我和精神家园的心路历程，并将开始新的生活。可见，《雨王亨德森》是一部心理神话，无论是小说名，还是亨德森在非洲为遭遇干旱的阿尼维部落解决蛙患，为瓦利利部落祈雨等情节，都将该小说与渔王和再生的神话联系起来。贝娄在该小说中充分地利用了神话原型，让现代版的骑士亨德森到非洲找寻解开心灵秘密的钥匙。作为一个具有乐观精神和浪漫气质的虚构人物，亨德森代表了贝娄对美国社会精神危机的想像，对个体的精神生态平衡的重构及其对精神家园的追求。这一形象及其道德意蕴和对精神家园的追求在《赫索格》中深化为知识层面的探究。

第三章

《赫索格》：知识分子的精神诉求

在爱默生的超验主义思想的影响下，贝娄在《赫索格》中传达出价值中庸的思想。爱默生在形成自己的思想时，受到中国儒家思想的影响，并吸收、借鉴了儒家思想有关个体修养和伦理道德的理念。爱默生曾在1845年的一篇日记中写道："孔子，民族的光荣，孔子，绝对的东方圣人，他是个中间人。他是哲学中的华盛顿、仲裁人，现代史中的中庸之道。"① 中庸之道是中国思想史上的重要哲学观念和践行标准。中庸本意为中道、不走极端，强调人与自己的天性、人与社会和人与自然的适度与和谐。《赫索格》中的中庸思想表现在，小说试图调和理智与情感、个人与社会以及物质与精神。小说将赫索格塑造为一位具有人文情怀和社会使命感、生活在伟大的思想观念中、与现实生活脱节的知识分子形象，通过描写其生活经历，展现其依靠个体的道德力量或精神能力进行自我救赎的历程。

《赫索格》所反映的时代背景为20世纪五六十年代，消费文化已经成为美国社会的主流，启蒙话语的地位已经被消费主义所消解，传统社会赋予知识分子道德权威的地位受到了来自商业利益、消费文化和价值虚无等方面的挑战和冲击，知识分子的精神导向性走向式微。在这种氛围中，物质主义和享乐主义的价值导向粉碎了"张扬主体"，"寻找自我"，"启蒙大众"，"拯救人性"等现代主义理想，改变了人们的思维方式、审美标准和价值取向，传统的价值标准遭到践

---

① 钱满素：《爱默生与中国——对个人主义的反思》，生活·读书·新知三联书店1996年版，第137页。

踏，造成了“事实王国”和“价值王国”的分离。[①] 强大外部世界严重威胁着人性，人被物化、异化，主体成为破碎的幻象。在这个“精神混乱的时代”（157），“一切都在变化之中”（179）。赫索格通过独立思考，坚守传统的道德观、价值观、审美观和根深蒂固的“立法”冲动，来抵制物化世界的异化力量。赫索格对人文理想、心灵自由和人性价值等的坚定信念，表现出知识分子的社会批判意识和对精神家园的追寻。贝娄运用书信体、互文性和意识流写作技巧，将赫索格五天内在纽约、芝加哥、路德村等地的时空流浪历程的叙述与赫索格内在的精神活动交织在一起，戏剧化地呈现出赫索格受难——追寻——自我救赎的精神探索轨迹。

本章从“头脑文化”对“心灵文化”的压制、社会担当与个生活和田园理想三个方面，分析小说对文化再生产对人的宰制、现代知识分子形象和田园理想的表征，并揭示知识分子在现代社会中的作用和个人生活的重要性，突显文学叙事的诗性正义。

第一节　“头脑文化”与“心灵文化”

“头脑文化”与“心灵文化”是贝娄曾在访谈中提出的一对概念。贝娄提出，人类兼具两种文化：头脑文化（head culture）和心灵文化（heart culture），并用头脑文化指称社会、学校、教会、家庭等教育途径灌输给人们的思想，用心灵文化意指人们的内在信仰，也即人们内心的真实想法。[②] 贝娄认为，美国正处于一种意识形态或道德过渡期，处在时代断裂之时，美国人已经耗尽了所有的旧观念，他们

---

① Saul Bellow. *Herzog*. New York：Penguin Books，1976，p. 106. 在本章以下内容中，凡是直接给出页码的引语，均出自《赫索格》该版本。

② “头脑文化”是贝娄给外界灌输给人们的思想的命名，他同时用内在信仰意指与头脑文化相对的人们的真实想法，在此，为了与头脑文化对比，笔者将其概括为“心灵文化”。见 Saul Bellow. “Literature and Culture：An Interview with Saul Bellow”. *Salmagundi*，No. 30（Summer 1975），p. 8。

极少相信旧观念。贝娄说：

> 他们一方面口口声声说接受那些为社会所接受的信念，另一方面却对社会抱持怀疑主义态度。这就是我所说的头脑文化。就头脑文化而言，人人都相信同样的事情。另外，还有［一种文化，那就是］内在信仰（我知道自己就是这样）：若你问我任何文明的问题，我就给你一个文明的答案，因为我知道文明的答案是什么；但若你问我内心的真正感受，那就是另外一回事了。你可以相信受过教育的人们告诉你，他们当然是持有不可知论的理性主义者，但他们真正是什么却是他们深藏于心的秘密。①

这两种文化具体体现在人们在日常生活的不同语境中所使用的两套话语，一套用于公开场合，表达教育灌输给他们的、为大家所接受的思想，而另一套则是私密语言，也即人们私下里与自己对话，或与绝对可靠的朋友交流时使用的语言。可以说，“头脑文化”表征着社会生活中意识形态的霸权，体现出后现代社会特有的权力/知识的形式。“头脑文化”与“心灵文化”是贝娄作品中一个重要的对立项，而且贝娄明确指出人的“头脑文化”压制着“心灵文化”，导致了人的意识形态的物化和人的异化，但评论界对此却是淡化处理。

《赫索格》通过赫索格、玛德琳、格斯贝奇和夏皮罗等人物形象表明“头脑文化”对“心灵文化”的压制造成了意识的物化，展现教育再生产对人的思维方式的影响。赫索格是专治文化史的大学教授，头脑里充塞着教育所灌输的各种思想观念，他内化了社会标准和道德规范，总是在超我的指导下通过自己的意志力和理智压抑情感，是典型的“内部引导型”的中年知识分子。在第二次婚姻破裂之后，赫索格通过回忆往事的方式，反观自我、内视灵魂、洞察混乱处境，

① Saul Bellow, “Literature and Culture: An Interview with Saul Bellow,” *Salmagundi* No. 30 (Summer 1975), p. 8.

努力地从各种思想观念中找到理解、解释和解决他生活危机的方法。情感受挫的赫索格被描写为一个普鲁弗洛克式的人物，不断地思考反省，内视自我，与他者对话，寻找失败的原因，并抚慰内心的伤痛。在整部小说中，赫索格体现出知识分子的惯习——静坐、思考。赫索格的大脑高速运转，就像一个塞满了思想的万花筒。他似乎无时无刻不在思考，在无声地与脑海中闪现的僵化教条、传统理论和既定学说进行对话、商榷，并作出自己的独立思考和判断。赫索格采取的实际行动并不多，即使他行动，他的思想意识总是揭示出他行动的动机。从小说开端，叙事者就概述了赫索格反思自我的前因后果。为了抑制或平息婚姻破裂带来的愤怒和痛苦，赫索格独自一人回到幽僻的路德村，对自己失败进行理性探究和道德判断。强烈的痛苦和孤独感使他产生了交流的欲望，渴望和他人进行交流和对话，哪怕是被责备也“比什么都听不到好。至少这也是个伴”，对于他这样“一个犯了这么多错的人，再也不能不理会朋友们的责备了”（152）。为此，赫索格将个人处境与美国现代社会文化联系起来，开始给知名或不知名的、活着的或死去的亲戚友朋或大学同事，或者海德格尔、尼采、施宾格勒、克尔凯郭尔等哲学家、历史学家，或政治家和宗教人士写信，有时甚至写给上帝。他信件的内容也从个人家庭生活的不如意和个人事业的挫折感，升级到政治、经济、文化、宗教等领域存在的问题；从环境危机联想到令人绝望的社会氛围，零零散散，漫无边际。赫索格的信件表明，由于启蒙思想赋予赫索格的崇高理想和现代社会盛行的道德虚无主义与价值相对主义之间的不可公度性，理想与现实的矛盾性令赫索格思绪紊乱。

小说开端对赫索格在路德村那座残破的房屋及其行为的描写，展现出一个正在遭受婚姻失败的打击、疑似精神失常、被困于思想迷雾的中年知识分子形象。赫索格独自待在伯克夏一幢瓦尔登式的旧房子里，他与大自然和谐共处，生活极其简单。以前，赫索格非常讲究衣着饮食，而现在，只靠啃干面包、罐头豆和干乳酪充饥，有时直接采摘杂草丛生的花园里的果实吃。他睡在一张没铺被单的床垫上，或直接裹着大衣睡在花园里的吊床上，周围是长得高高的杂草、刺槐和小枫树。他的大脑随时聆听着自然界的一切声音：清晨乌鸦的聒噪，黄昏画眉的啭啼，夜晚猫头鹰的悲鸣。处于自然状态的赫索格很真实，具有倾听事物传递出它的本质的能力。但婚姻失败的沉重打击，使他心绪不宁、思维混乱，已经看不清事物的本来面目了。当他放眼望去，“四周灰蒙蒙的一片”，“什么也看不清楚，几疑自己已经半瞎了”（2）。不论从所处环境，还是从心境来看，赫索格俨然是个“囚徒”。当赫索格努力从其杂乱的思绪中为自己失败的个人生活理出一个头绪时，许多象征符号——心理分析理论、抽象思想或象征性事件、场景和人物，都涌现在赫索格的脑海里，他试图通过这些内化了的美学思想、哲学思想和道德标准来解决自己的情感问题，然而，他不知道正是这些思想割裂了他与实实在在的现实的关系。离婚使得赫索格对温馨的家庭、成功的事业、幸福的生活、满满的自信、坚实的理想都化为泡影，原本看似坚不可摧的东西如干土般散落了一地，迷人的风景成为一片废墟，崇高理想和人道主义信念像玻璃一样裂成碎片。他越是想用脑海里习得的知识和抽象概念认识世界，认识现实，竭力地想弄清楚他的事业和生活到底发生了什么，以便解开心中一个个疑团，越是作茧自缚。

写信就成为赫索格理清思绪、认识自我的方式。他写信给岳母解释他之所以长时间没去看望她的原因，给泽达尔姨妈写信，抱怨她替玛德琳和格斯贝奇的幽会打掩护，写信给情人们表明她们给他带来的安慰。他还写信给同事史密特斯，提出自己对新课程设置和美国教育弊端的看法。他通过写信，与州长讨论才智、知识分子在公众事务中的地位；告诉总统美国的税务制度的弊端；与主教探讨纽约街头流浪汉喝醉酒后在教堂里的破坏行为和亵渎神灵的做法；向警察局长抱怨社会治安问题；向物理学教授请教哥德波的理论中重金属到达地球中心的方式问题；给军队将领提出自己对导弹发射场的场地选择问题的疑问；与《纽约时报》的主编探讨放射性尘埃、“冒险哲学”、生态破坏、科学家的社会理论和道德理论问题、将原子弹等杀伤性极强的武器用于战争的问题，以及报纸等媒体的报道对公众的误导性和欺骗性；与德国教授探讨德国问题；与尼采、怀特海和杜威讨论“冒险”、天性、良知和领袖人物的权力欲给人类造成的危害问题，等等。可见，写信就是赫索格与自己不认同的思想观念辩论的方式。

贝娄将书信体小说、互文性手法和意识流技巧结合在一起，使赫索格的书信与他的意识流、内心独白和自由联想交织在一起，构成了一系列具有相似性或相近性的潜对话，将小说作为各种思想交锋的场域。而赫索格则是作者批驳当时流行的虚无主义文化观和存在主义悲观思想，展现“头脑文化”对“心灵文化”的压制，提出通过爱和同情来建立人与人之间联系的人文主义思想的面具。赫索格写给好友夏皮罗的信就充分证明了这一点。夏皮罗是教育再生产的典型产物，他非常博学，总是旁征博引，滔滔不绝。然而，在赫索格看来，他的高谈阔论是空洞肤浅的，即使是夏皮罗以驾着马车叫卖烂苹果为生的老爹也比夏皮罗“更富有人生真谛”（70）。赫索格在信中，提到他们曾经探讨过的一些问题，如：文化的宗教基础是否已濒于崩溃，传统是否穷途末路，信仰是否已经破产，道德沦丧，良心堕落，等等，揭示出文化再生产及符号暴力对大众的影响，并表达了他对荒原、异化和末日说的不认同。

想到你如此糊涂地误入歧途，真令我痛苦不堪。经过了这么些战争和大屠杀，你居然还以美学观点来评论近代史！[……]

但是，我并不以为我的处境安适。在这个时代里，我们都是幸存者，深知我们付出过的代价，因此各种关于人类进步的理论不适合我们的身份。[……] 我们在可怕的战争中得到统一，我们在畜生般的愚蒙中受到种种革命的教育，受到“思想家”所导演的人为饥馑的教育，因此作为现代人类（到底是不是呢），我们也许已经做了本来几乎无法做到的事情——学到了一点东西。你知道，文明不因古老而衰落泯灭。[……] 另一些东西正在产生出来，它们比较接近孔德的想象（经过合理组织的劳动的产物），而非施本格勒的想象。施本格勒对古老的资产阶级欧洲进行了标准化，在这一标准化的全部罪恶中，最大的罪恶可就是施本格勒一伙人自己被标准化了的学究式学问——这种粗劣刻毒的货色在大学预科里炮制出来，又由守旧的官僚在人为的训练中强加给人们。(75)

赫索格的这段话，逼真地描绘了消费社会中的各种场域，以及各种充斥于场域中的斗争，展现了一个特殊主体是如何被生产出来的。人类学家和社会思想家布迪厄认为，文化型塑着人们对现实的理解，构成人类交往的基础，确立并维持社会等级。“任何运用象征暴力的权力都会将它所特有的象征力量加诸于其权力关系上，也即任何权力都会凭借掩藏作为其势力基础的权力关系，操纵着有意义的强加，并赋予其合法性。”① 贝娄也洞察到，教育给公众的头脑中塞满了各种思想观念，并引导或训练他们为人处世的方法。教育机构通过排除和监看的运作方式，排除某些观念，传授某些价值，再生产了使其运作的权力关系。② 在赫索格看来，空洞的教条和包罗一切的体系威胁着人的独立思考和人格；教育再生产与传播媒介的意向性代替了个体的价值判断，一些知识分子放弃了独立思考，不断地言说大学和大众媒体所传播的观点。天才人物的见解，有时很快就会变成知识分子的口头禅，例如：施本格勒的“普鲁士社会主义”，“荒原文化观”之类的陈词滥调，“隔离”之类的廉价精神兴奋剂，无聊之徒挂在嘴边的“虚伪”和“孤独”(74)。赫索格无法接受这些虚无主义和悲观主义的观点，觉得这些由大学机构炮制出来、被标准化的学究式问题是通过文化再生产强加给人们的枷锁。赫索格清醒地认识到，在后现代社会中，大众媒介、文学官僚机构和学校等在文化再生产中对意义的销

---

① Pierre Bourdieu and Jean-Claude Passeron, *Reproduction in Education, Society and Culture*, London: Sage Publications, 1990, p. xv.

② Ibid..

蚀所造成的后果：加剧个体心灵的异化，影响个体心理健康，肢解了社会心理，并导致个人的卑微、自我的丧失、心灵的萎靡和情感的压抑。

赫索格对美国高等教育的观点不仅表明教育再生产对个体的独立判断的能力和想象力的压抑，也表明了作者的反智倾向。贝娄质疑美国的高等教育，他认为，20世纪上半叶，众多美国人接受了高等教育，但从60年代的社会制度中，美国人才开始感觉到现代学说、概念和感情对他们的影响，觉察到心理、教学和政治观念的渗透作用。[①]“教育灌输给人们的枯燥理性在很大程度上造成了人类的无聊和痛苦”，人们的头脑文化过分地尊崇“思想的集体力量”和推动文明发展的科技，几乎不去评估想象力和个人才能。[②] 作为一名大学教授，赫索格也有同样的识见。他认为，那些来大学接受教育的人“*表面上只是追求文化知识，事实上他们所渴望的，最需要的，是良好的辨别能力、分析能力和掌握真理*”[③]，然而，教育灌输给人们的并不是“真正的东西”，而是“极其荒唐的胡言乱语”（28）。在赫索格看来，美国教育并没有教给人们辨别、分析问题的能力，也没教给人们真理，因而，美国教育并未完成教育应有的责任。在这里，贝娄借赫索格之口，表达他对美国教育的批判。同样，贝娄的这种反智倾向也在其文章中表述出来。“我们所受到的教育，除启蒙外，还是对真正的真理的一种回避”，“我们每天面对人类赖以生活的技术奇迹，却像野蛮人那样落后，教育帮忙掩盖了这一点。”[④] 贝娄指出那些接受过高等教育的人，在区分自然和人工制品方面，并不高人一等。这里，

① Saul Bellow, "Nobel Lecture," *It All Adds Up*, New York: Penguin Books, 1994, p. 92.

② Saul Bellow, "A World Too Much with Us," *Critical Inquiry* Vol. 2, No. 1 (Autumn 1975), p. 6.

③ 原文为斜体。小说中，赫索格信件的内容均为斜体。

④ Saul Bellow, "Mozart: An Overture," *It All Adds Up*, New York: Penguin Books, 1994, pp. 4-5.

自然既指自然事物的本质，也指人的本质，也即，贝娄所说的“原初的人”，而人工制品不仅指人造物的世界，也指知识和思想。贝娄曾自述，他所有的作品中都有一个“原初的人”，这不是一个由教育、文化和历史条件造就的人，而是一个先于历史和文化的人，具有某种不变的、不可教授的、灵魂本身的东西。贝娄否定思想观念对人的积极影响，坚持自我本质，不屈从于社会上那些改变、教育和限制人们的形形色色的力量，主张人不应该屈从于外界的压力而改变自己，不能丢掉自己的灵魂——人的本质。假如人被这些因素彻底改变，他就丢掉了自己的灵魂；假如人抵制这些世俗的力量，他自己的优势就会展现出来。[①] 依爱默生之见，人的灵魂是一种光明，是智能和意志的主宰，是我们存在的背景。[②] 贝娄对人的灵魂的强调和真理的获致有赖于人心内在的自明判断的观点，与爱默生思想遥相呼应。

第五章中赫索格进行自我剖析的一段内心独白，更为明确地展现了各种思想观念、科学分析和符号暴力对个人意识的影响和“头脑文化”对“心灵文化”的压制。赫索格沉浸在离婚后的痛苦中，他想从情人雷蒙娜那里获得一丝安慰，但雷蒙娜非但不能给他慰藉，还像其他现实导师们一样，对赫索格进行一番说教。赫索格试图接受雷蒙娜理论性的说教，“服从老师的习惯在他身上如此根深蒂固”（200），但内心却很矛盾：

> 但他该如何描述这一课呢？或许可以从他内心的极度混乱开始，或从他正在颤抖这一事实开始。为什么？因为他让整个世界压在自己身上。例子呢？好吧，譬如说，做个男人是什么意思。在城市里。在一个世纪里。在转变之中。在一群之中。受到科学的改造。被有组织的力量压服。臣服于强大的控制下。处于机械

① Matthew C. Roudané and Saul Bellow, “An Interview with Saul Bellow,” *Contemporary Literature* Vol. 25, No. 3 (Autumn, 1984), p. 276.

② R. W. Emerson, “The Over-Soul,” Joel Porte (Ed.), *Ralph Waldo Emerson: Essays & Lectures*, New York: The Library of America, 1983, pp. 386-387.

化产生的环境中。在基本希望破灭后。在一个没有共同责任又贬低人的价值的社会里。数字的增长使自我变得毫无意义。耗费几百万军费去反对外国的敌人，而不愿为国内的秩序付出任何代价。让残暴的举动和野蛮的行径在大城市里横行。同时，压力来自千百万发现齐心协力、统一思想能取得成果的人。犹如无数万吨水形成的海底有机体。如同潮水打磨石头。美好的超级机械为无数人展开新的生活。难道你会剥夺他们的生存权？难道你会要求他们去操劳，去挨饿，而让你享受那美妙而古老的所谓价值吗？你——你自己就是群体中的一份子，是所有人的兄弟。要不，你便是个忘恩负义的家伙、空头理论家、白痴。(201)

这段文字将个人在后现代社会中的生存境况描述为："残暴的举动和野蛮的行径在大城市里横行"，个人"在一个没有共同责任又贬低人的价值的社会里"，"受到科学的改造""被有组织的力量压服"和"臣服于强大的控制下"，"自我变得毫无意义"，统治者对意识形态的主宰"如同潮水打磨"着个体的棱角。这些描述揭示出赫索格对美国现代社会和政府的嘲弄和辛辣讽刺，对主流意识形态对个体思想意识的统治及其对人的个性和自主性的抹杀的愤慨。同时，这段文字表明，生活在个人丧失了自我与价值的现代社会中，赫索格感到外部世界（实用主义、文化霸权和意识形态）给个体太多的压力，个人不可避免地受到科学技术的影响、政治意识形态的控制和商品符号的包围。一方面，政府将主要精力和财政投入军备竞赛和对付其他国家上，忽略了对国内社会秩序的维护，导致社会秩序混乱，暴行肆虐，城市人的生命随时受到威胁。另一方面，各种思想体系、权威言论和意识形态影响并宰制着人们的思想，资本主义的合一化、均质化让人们丧失了自我和个性，社会现代性使得工具理性取代了古老的价值观念。在赫索格看来，现代性促使进化渐渐成为自觉的自然，而伴随这种自觉意识出现的是，人类意识到自己正在丧失自然赋予的力量，失去了本能，牺牲了自由和冲动，因此，人类发展变成了"一出堕落颓废和自我报复的戏剧”（164）。这种自觉意识使人类意识到自己的卑微渺小，不得不压制个人情感和冲动。

除了外部世界、意识形态、符号暴力给赫索格难以抗拒的压力外，赫索格的头脑文化总是压制着他的心灵文化，压制着他内心的真实感情。他的情人雷蒙娜说赫索格“总是喜欢扮演一个温顺敦厚的角色，尽量藏起自己原有的那一套”（15）。花店的老板雷蒙娜被塑造为花神，她成熟、性感、有活力，常常给赫索格很大的安慰。雷蒙娜一心想嫁给赫索格，赫索格也爱雷蒙娜，并将雷蒙娜视为亲密的朋友、知心人，可离婚的重击令赫索格开始惧怕婚姻。埃默里克医生建议赫索格带一位小姐去乡下或海滨休息一段时间，通过性爱缓解紧张情绪。雷蒙娜让他去美丽的蒙克托，在她的一幢房子里休养。可赫索格担心，如果接受雷蒙娜的恩惠，他也许会因此牺牲自己的自由，再次被套上婚姻的枷锁。尽管他非常爱雷蒙娜，尽管他的内心大声疾呼“嫁给我吧！做我的妻子！让我摆脱苦恼！”（66）但他还是被自己内心的真情和冲动吓坏了。经过一番科学分类和推理分析，赫索格认为，虽然从各方面来看，雷蒙娜都非常适合他，雷蒙娜不仅崇拜他，而且具有他所赞许的真正的家庭情感，但他不能娶她，因为当他以婚姻的形式捆住雷蒙娜时，他实际上是作茧自缚。于是，他逃离了雷蒙娜，去了葡萄园。贝娄曾说，在美国，知识分子就是被禁锢在私人生活中进行思考的形象。① 个人生活对赫索格来说是一种折磨，他试图运用头脑中的各种思想观念，来解释他的个人生活失败，却发现没有一种思想能解释或解决他所面临的问题。由于思想无力穿透情感混乱、信念缺失的现实，外部世界和现实在赫索格眼中变得异质和离散。赫索格意识到陈腐的思想观念和僵化教条不能帮他摆脱窘境，令其徒生羞耻感。他企图通过放纵情欲来排遣羞耻感，重新找到情感与信念的支撑点。然而，这种羞耻感是他辗转与几个情人之间也无法消

① Gordon Lloyd Harper and Saul Bellow, “Saul Bellow: An Interview,” Earl Rovit (Ed.), *Saul Bellow: A Collection of Critical Essays*, New Jersey: Prentice-Hall, Inc., 1975, p. 16.

除的。在贝娄看来，这种经过粉饰的人物并不是真正的自我，真正的自我被隐匿起来了，成为一股潜在的力量，真实的性格也藏在深处。[①]对作家而言，"重要的是他们应该发现他们是什么，他们是谁；这就是创新，就是创新所在"。[②] 赫索格先是沉默，希冀事实不言自明，但日益积郁的苦闷无处倾诉，不得已拿起笔疯狂地言说。写信不仅是赫索格揭穿玛德琳与格斯贝奇散布的谣言、证明自己神志清醒的方式，是他与自己对话，与外界的思想观念斗争的方式，也是他宣泄不良情绪、表达对亲情、友情和爱情的途径。通过写信，赫索格逐渐清除了思想的迷雾，在自我反思和自我批判中认识了自我。

爱默生不主张盲目接受书本知识，他认为，学者应该独立思考，要有独立的人格和独创性。作为 20 世纪的知识分子，赫索格也强调个人的独立思考和自主性的人格。赫索格具有自觉的批评意识，他不接受现实导师的处世方法、陈词滥调或权威人士的观点。赫索格被困于个人生活的悲剧中，倍感耻辱和无能。为了维护自己的尊严，他以写信的方式，对各种教条、僵化思想、惯常观念、权威话语，以及主流意识形态进行批判。萨义德提出，知识分子应当清楚地认识自己所处时代，疏离任何意识形态的规划，抗拒大众媒体传播的形象、官方叙述和权威说法，保持着批判意识，肩负起破除限制、支配人类思想和交流的刻本印象和化约式类别的重任，为自己的信念发言。"不论是演说、写作、教学还是上电视，知识分子是以代表为业的个人"。[③]作为知识分子，作家具有向公众且为公众表达信息、观念、态度、哲学或意见的能力。20 世纪的美国社会是一个娱乐社会，外部世界里丰富多彩的娱乐活动使人精神涣散，大众文化、工业和掘金吸引着人

---

① Saul Bellow, "Where do We Go from Here: the Future of Fiction," Irving Malin (Ed.), *Saul Bellow and the Critics*, New York: New York University Press, 1967, pp. 211-212.

② Saul Bellow, "Literature and Culture: An Interview with Saul Bellow," *Salmagundi* No. 30 (Summer 1975), p. 8.

③ Edward W. Said, *Representations of the Intellectual: the* 1993 *Reith Lectures*, New York: Vintage Books, 1996, p. 13.

们，被权力操纵的大众传媒越来越成为大众的政治无意识的催眠术，使大众处于一种自动接受其所传播的一切的无意识状态。阿尔都塞（Louis Althusser）洞识了意识形态对人的宰制，并将学校机构、家庭、传播媒介等都视为意识形态机器。[①] 这些意识形态机器作为统治阶级宰制人们的权术游戏，尤其通过大众传媒对其所传播或筛选的信息体现出来。人们被丰富的物质产品和“公共大噪音”——大众媒体、新闻从业者、专家和专业人士等为巩固统治阶级的意识形态而制造的舆论，或为阶级、种族或性别的特权意识编织的批评话语——所包围，致使他们缺乏独立思考和明辨善恶的能力。大众媒体的意向性扰不仅乱了公众判断力，还腐蚀了艺术，致使大众艺术和大众的思考越来越迎合政治的要求。而官僚体制的理性化更是使人们患上了一种群体感觉麻痹症。贝娄通过文学创作，质疑大众传播媒介所传播信息的虚假性及其文化霸权，批判新闻媒体和政治对人的思想与行为的操纵，对人的内在需求的忽略，以及对人的内在精神的挤压。贝娄在《尘封的珍宝》中表达了他对现代社会中统治者对人民进行的洗脑、心灵控制和社会操纵的不满。他认为，“那些对我们现代处境抱着最为辛辣见解的小说家，可以充分利用小说艺术”，“让现代世界已经死去的情感和存在状况保持其生命力”，像 19 世纪和 20 世纪最优秀的小说家那样，“替人性确立定义，替生活的继续和小说创作进行辩护”[②]。贝娄在《赛姆勒先生的行星》中写道，新闻媒体的从业者“制定概念，编造论点，然后让历史跟着他们的话走”，“意识形态的麻醉剂强烈有效”[③]。官僚和专家们在社会上推广并强化所谓的神圣不可侵犯的事情，只不过统治阶级剥削和侵犯私人领域的技巧。由于思想受制于政党的幽灵，一切理论的思辨都被弄成一副不诚实的样

---

① ［法］阿尔都塞：《意识形态与国家机器》，载陈越编《哲学与政治：阿尔都塞读本》，吉林人民出版社 2003 年版。

② Saul Bellow, “The Sealed Treasure,” *It All Adds Up*, New York: Penguin Books, 1994, p. 63.

③ Saul Bellow, *Mr. Sammler's Planet*, New York: Penguin Books, 1971, p. 170.

子，变成了暗中纵容的面具和党派行为的伪装①。在意识形态的宰制下，人不自觉地成为意识形态机器的一部分，总是按照意识形态要求的方式行动，被社会上流行的某种思想体系所影响和支配，没有独立的思想和个人主见，导致个人意识的萎缩。在赫索格看来，人类正在丧失自然赋予的力量—本能、自由和冲动，公众对社会现象和政治生活中的丑恶现象普遍保持沉默，自觉意识压制了个人的冲动，个人不得不接受政治意义上所谓的权威。赫索格努力抗拒大众媒体对其思想的宰制，独立思考，忠实于自己的经验和判断力，忠于自己对现实和真实的想像，作出独立自主的判断。“当我们的社会越富于政治性（就‘政治’二字最宽泛的意义是指集体的迷恋与强制），人的个性似乎越来越消失”（162）。同时，赫索格吁求公众有自己的思想和主见，有崇高的准则，把言论自由的精神从奴隶的沉默中解放出来，揭发社会的丑恶与公共领域和私人领域中的虚伪现象，他相信公众自由地表达政治意见对国家、对社会和对个人都是有益的。“也许在群众的文明意识里，第一个需要就是表达精神。这种精神，从奴隶的沉默中解放出来，揭发社会的丑恶，把多少世纪积累下来的痛苦统统吐出来。”（163）显然，赫索格是一个本能和精神奇特地交织在一起的混合体，而不是文明教育、衣饰、举止、风度和文化的产物——那种大脑像个废纸篓似的塞满了现成观念的人物。

普通大众与像赫索格这样的高级知识分子相比，受思想观念和象征符号的影响更加深入。同众多受尼采历史观和实用主义价值观影响的人一样，玛德琳被塑造为不断地寻找救助她的人或思想的新女性。赫索格刚结识玛德琳时，玛德琳正在试图从另一种宗教信仰（她是犹太人，却皈依了天主教）中获得救赎。后来，文化和思想取代了宗教，成为玛德琳心中的救星，但她更感兴趣的是“在社会上往上爬和出风头”（112）。玛德琳与赫索格结婚前，她的父亲将唤醒他女儿精神沉睡的希望寄托于赫索格，她的母亲也希望赫索格能拯救玛德琳。

---

① Allan Bloom, *The Closing of the American Mind*, New York: Simon and Schuster, 1987.

“现在一切全靠你了，你得给她唯一能帮助她走上正道的东西。”（109）而爱慕虚荣、喜好交际的玛德琳更是将声名显赫的文化史专家赫索格视为她的救星，“她上天入地，苦心孤诣地去找的，正是一个有雄心壮志的赫索格”（93）。在一年的乡居生活里，赫索格整天埋头于自己的研究，玛德琳认识到赫索格并不是她的救星。她要赫索格回归大城市的生活，并要求赫索格将她的情人格斯贝奇一家人安置在芝加哥。有一条假腿的格斯贝奇则被塑造成一个虚假的人。刚开始，渴望成为知识分子的格斯贝奇是赫索格的追随者，但赫索格一味地沉迷于自己的研究，格斯贝奇就想通过与玛德琳的亲密关系来触及到赫索格。当赫索格知道玛德琳和格斯贝奇背叛了他后，他才明白，玛德琳、格斯贝奇和他就像是一个演喜剧的小组，他扮演了供丑角调侃的副手，而处处在模仿他的格斯贝奇则是赫索格第二。赫索格才认识到，格斯贝奇与他在性格、行为方式和品位等方面对比鲜明。赫索格较为保守，努力按照他所知道的高尚原则生活，不喜应酬，而格斯贝奇则追逐时尚，爱出风头。格斯贝奇是个花花公子，有很强的表现欲，总穿着在赫索格看来俗不可耐的时尚、华丽、色泽鲜艳的衣服来掩盖他的假腿。为了模仿赫索格，格斯贝奇竭力佯装出知识分子的样子。玛德琳和格斯贝奇的奸情众人皆知，只有视格斯贝奇为好友的赫索格被蒙在鼓里。当赫索格感觉到他和玛德琳的婚姻出了问题后，出于对格斯贝奇的信任，赫索格去找格斯贝奇诉说。格斯贝奇“拙劣地摹仿着学者探究高深学问的样子”（60），给了赫索格一些建议。在赫索格和玛德琳离婚后，格斯贝奇还通过与赫索格探讨马丁·布伯（Martin Buber）的作品，将他夺走赫索格的妻女变成了深奥玄妙的宗教学说，让赫索格觉得他之所以受难是他咎由自取。显而易见，《赫索格》是那些扼杀爱默生意义上具有独立思考、自主人格之人的教条与僵化思想的讽刺。

通过以上分析可见，《赫索格》揭示出教育再生产对个体情感的销蚀，贝娄对美国高等教育的质疑及其试图调和智性与情感的中庸思想。贝娄认为，20 世纪上半叶，众多美国人接受了高等教育，但从

60年代的社会制度中，美国人才开始感觉到现代学说、概念和情感对他们的影响，觉察到心理学、教育观念和政治思想的渗透作用。[①]同样，《赫索格》应和了贝娄的小说创作观，小说家在描写人类生活场景时，应该对庞杂的人类经验进行筛选取舍，以宣扬并强化日常生活中的秩序感。贝娄主张，艺术的责任就是要在混乱中到达平静，在喧闹中吸引人们的注意力。[②] 现代社会充满喧嚣和混乱，各种各样的经验冲击着人们的心灵和头脑，符号暴力的强度超出了精神的承受力。人类缺失了社会责任感，也没有了生存价值。赫索格准备枪杀玛德琳和格斯贝奇之前，格斯贝奇充满父爱地给赫索格的女儿琼妮洗澡的那一幕，深深地触动了赫索格，令他认识到，他复仇的欲望不过是一个念头而已。在超我的指导下，赫索格恢复理智，打消了复仇的念头，其内在光辉的闪现，体现出作者对人的前本质（即善良本性）的信念及其反智倾向。在小说结尾处，赫索格意识到，"他接受的教育纯粹是一派胡言，但那个原初的摩西·赫索格［即被教育社会化之前的赫索格］还没有灭绝。"[③] 人性的复归和对女儿的爱，使赫索格喧闹的内心世界恢复了平静。可见，赫索格这个虚构的人物形象，表现出贝娄对基督教意义上的那种绝对的善、最高的善所寄予的厚望及其在物欲横流的荒漠上寻找精神绿洲的努力。

第二节 社会担当与个人生活

爱默生在《文学的道德》中提出，学者是将古老箴言"认识你自己"和现代格言"研究大自然"合并为一的思想着的人。"学者是

---

① Saul Bellow, "Nobel Lecture," *It All Adds Up*, New York: Penguin Books, 1994, p. 92.

② Gordon Lloyd Harper and Saul Bellow, "Saul Bellow: An Interview," Earl Rovit (Ed.), *Saul Bellow: A Collection of Critical Essays*, New Jersey: Prentice-Hall, Inc., 1975, p. 15.

③ Matthew C. Roudané and Saul Bellow, "An Interview with Saul Bellow," *Contemporary Literature* Vol. 25, No. 3 (Autumn, 1984), p. 277.

世界的研究者，世界之价值的研究者，是世界如何重视人的灵魂的研究者。”① 贝娄以敏锐的洞察力，细致入微地观察和体会着现代社会和现代人的生活方式，探究现代社会中个体生命的样态。《赫索格》通过呈现人物的感觉意识，来描绘当代人的焦虑、苦闷、孤独和堕落。小说的内在进程主要表现为：赫索格通过回忆，重估其过去的生活经历、研究目标和人际关系，认识自我，重新建构有意义的生活。赫索格对崇高理想的追求与其个人生活之间的冲突，体现出知识分子的社会责任和家庭伦理责任之间的矛盾。

在刘易斯·科塞（Lewis A. Coser）看来，不是所有学术界的人或专业人员都是知识分子，知识分子是为理念而生的人，不是靠理念吃饭的人。② 依照拉塞尔·雅各比（Russell Jacoby）的观点，只有积极参与公共文化的知识人才是真正的知识分子。③ 葛兰西在《狱中札记》中将在社会中履行知识分子作用的人分为两大类：传统的知识分子（如老师、教士、行政官吏等代代从事相同工作的人）与有机的知识分子（主动参与社会，为阶级或企业组织利益，赢得更多的权力，获取更多的控制的人）④。班达（Julien Benda）将知识分子界定为一小群才智出众、道德高超的哲学家-国王，认为他们构成人类的良心，视知识分子放弃职守、妥协原则为背叛。⑤ 萨义德认为知识分子既不是调节者，也不是建立共识者，“他或她全身投注于批评意识，不愿接受简单的处方、现成的陈词滥调，或

① R. W. Emerson, “Literary Ethics,” Joel Porte (Ed.), *Ralph Waldo Emerson: Essays & Lectures*, New York: The Library of America, 1983, p. 96.

② Lewis A. Coser, *Men of Ideas: a Sociologist's View*, New York: Free Press, 1965.

③ Russell Jacoby, *The Last Intellectuals: American Culture in the Age of Academe*, New York: Basic Books, 2000.

④ Antonio Gramsci, *Selections from the Prison Notebooks*, London: The Camelot Press, 1971.

⑤ Julien Benda, *The Treason of the Intellectuals*, Trans. Richard Aldington. New Brunswick, NJ: Transaction Publishers, 2007.

迎合讨好、与人方便地肯定权势者或传统者的说法或做法”[1]。按照萨义德的说法，知识分子在表达自己的关切时，不可避免地受到个人世界与公共世界的影响，任何观点一旦形诸文字并发表出来，就已经进入了公共世界，而个人也不可能只是某个理念、运动或立场的傀儡、发言人或象征。因此，不存在纯属个人的知识分子，也不存在纯属公共的知识分子。

随着科技的发展，20世纪的资本主义意识形态日益成为一种消解人的主体性和自由的异化的文化力量。无往不胜的科技令人怀疑以前所有有关个体自我和主体的观念，拉康宣布个体主体“我”的死亡，具体的个人的主体变成了伪主体。这一思想为阿尔都塞沂用，其意识形态理论的核心是意识形态将个人询唤为主体。后现代社会强大的异化力量引发了文化焦虑感和危机感。大部分作家开始描写个人的卑微渺小、无能无助，展现人们内在精神的作品走向式微。在这样的历史背景下，贝娄回眸19世纪的超验主义思想家，试图启迪人们关切精神和道德，寻求内在秩序，以拯救世界。赫索格是一位社会责任感极强的知识分子，他关切社会核心价值观，不满现代社会价值虚无和道德堕落的现状，拒绝接受科学思想已使一切以价值为基础的理想陷入混乱状态的论点，认为人类的价值不会由于宇宙空间的扩大而毁灭，坚信理性、信仰、人性和道德依然存在。赫索格极度夸大知识分子为社会“立法”的作用，将自己视为西方文明的守护人和拯救者，并自诩为现代浮士德或浮士德精神的化身。浮士德为歌德诗剧《浮士德》中上天入地，孜孜以求地追寻人生之真谛的人物形象，是人类在不断的自我否定中超越自我的具像，表征着羁绊于必然王国里的人类对自由王国的追求。赫索格借此形象来表明自己对思想之独立自由的追求。作为一位专治文化思想史的教授，赫索格深受启蒙思想的影响。他的宏伟蓝图是通过自己对浪漫主义和基督教的研究，重申崇高

---

① Edward W. Said, *Representations of the Intellectual: the* 1993 *Reith Lectures*. New York: Vintage Books, 1996, p. 23.

思想和价值观念，纠正人们的错误观念和思想，拯救西方文明大厦于将倾。“世界全靠他的新作问世，因为他的新作将改变历史，影响人类文明的发展。”（105）赫索格保持着知识分子的社会批判意识，抗拒僵化的教条和陈腐的思想观念，竭力维护社会公义与真理，防止心灵的怠惰和情感的迟钝，努力使自己符合社会的良心的形象。他的研究“将会对现代的生活状态提出一种新的看法”，他希冀在研究中指出一种宇宙整体观，以警醒世人，“个人生活是靠和宇宙间的一切重新联系起来才能存在”（39）。赫索格想在自己的研究中“推翻浪漫主义的自我的独特性，修正古老的西方浮士德式的意识形态，探讨‘虚无’的社会意义”（39），揭示出贝娄思想的中庸之处：他既强调个人的社会担当，又注重个人生活的重要性。同时，赫索格的这一愿望也揭示出贝娄创作思想的发展变化：他在《奥吉·马奇历险记》中将奥吉塑造为一个追求浪漫主义的自我独特性的人物形象，在《雨王亨德森》中，让亨德森通过精神探索，发现人不能太注重个人的得失，个人的价值体现在造福社会。而在《赫索格》中，赫索格进一步把个人和社会，乃至整个人类文明联系起来，试图推翻浪漫主义者抱持的自我具有独特性这一主张。可见，赫索格虽然富有浪漫的气质，但他并非全盘接受浪漫主义思想。

赫索格生活在一个精神价值陷于混乱的时代，工业文明嘲笑人们对精神生活的要求，嘲笑赫索格式高尚的期望、道德上的痛苦和对真与善的向往。实利主义和商业文化剥夺了人的尊严和价值，将人变成实现目的的手段，变成没有自己的目的和意义的东西，作为人存在的背景一直保持着的东西现在正在消失。作为一个国家，美国的目的就是制造“并非人类必需的商品”，美国人“被迫接受某些荒唐或虚伪的事情，把它们看作神圣不可侵犯”，而这样做的结果是人们的私生活“受到剥削和统治技巧的侵犯”，正在丧失“自然赋予的力量”——本能、自由和冲动（162—163）。依照西美尔的观点，现代都市人受到强烈的神经刺激，感觉迟钝，处理与他人之间的关系时很务实，只注重实用和效率，把他人当作工具加以利用（2000）。① 但赫索格却鄙夷工具理性，他像哲学家一样，关注最高级的事情——创造性理性，以德报怨，以及人类古老的智慧。赫索格坚信，充满温情的生活才是有意义的生活，崇尚个人为真理、秩序、和平作出牺牲的理想，并立意要改善人类生活。他将自己的学术研究同全人类的前途联系在一起，希冀通过他的研究，揭示个人生活的意义，启迪人们如何过好个人生活，以拯救岌岌可危的西方文明。赫索格对有意义的个人生活的追求，可以追溯到他上中学时。当时，他代表全班演讲时的演讲词，是从爱默生的文章里摘录出来的：世界上主要的事业，就其壮丽而言，就是造人。一个人的个人生活，比一个国王更雄伟，甚至超过了历史上的任何国王。虽然我们承认我们的生活平淡无奇，我们现在不是完美的人，但每个人都应该为狂喜或天启打开胸襟（160）。赫索格笃信道德观念是实实在在地存在着的，因而，他"顽强地，甚至可说是固执地、盲目地去做一个好人"（93）。出于对精神价值的关怀，他警醒世人注意，"德性已经逐渐变成一种免费的商品，就像空气一样"（160）。在他看来，虽然现代人的个性是无常的、分裂的、摇摆不定的，缺乏坚定的思想和明确的原则，但人的道德力量或者精神力量可以从其平凡的生活中衡量出来（107），关于人性和善良的"美妙而古老的价值"依然存在（201）。赫索格不仅希望自己的研究能昭示世人，道德情感和传统的良心法则在生活中的重要性，而且身体力行，恪守着道德规范，总想着个人作为社会一份子应尽的责任。无论做什么，人格和德性是他为人处世的准则。赫索格的这些观点，反映出贝娄对现代性造成的精神价值耗丧和私人领域的消失的挞伐，及其对社会公理、正义和道德的关切。赫索格这一人物形象的精神气质及其对知识分子的社会作用的关切表明，贝娄作为知识分子，希冀给道德堕落和价值真空的现代社会提供道德标准和有意义的生活方式，体现出贝娄文学济世的情怀。

① ［德］西美尔：《金钱 性别 现代生活风格》，顾仁明译，学林出版社 2000 年版。

但赫索格并不是一个完全超越于世俗之上、沉迷于深奥玄妙的研究的知识分子。他不仅观察整个社会、全人类的生存，乃至宇宙及宇宙中万物的秩序，审视他的时代和环境公认的观念和假设，思考人的本质、人类生活和社会法则，也通过回忆自己支离破碎的生活细节，来构建个人历史和个人生活的整体面貌，并努力使自己混乱的内心世界呈现出某种秩序。他的自我意识赋予他从外部观察自我，超越自我，反观自己与周围世界的能力。虽然在陷入痛苦时，他也会祈求上苍，让他放弃“追求自我与自我发展的重负”，回到人群中去寻找“原始性的治疗”，去体验玛德琳、桑多及其他人努力强加给他的思想意识——面对现实、注重实利，以及与爱女分离的痛苦（92—93）。这些现实主义者试图摧毁他的自尊和他对忠于自我的个人生活的企求，让他精神崩溃，让他像许多人那样憎恨一切。然而，赫索格却一直都中规中矩，从不跨越他所恪守的尺度。当他和雷蒙娜共度良宵时，赫索格想，也许像大众那样纵情享乐就是生活该有的方式，也许他经历的痛苦和付出的代价，可以让他有权不理睬这种生活方式可能会引起的非议。但离开雷蒙娜后，他“又变成了那个无法逃避的摩西·埃尔凯纳·赫索格了”，于是他开始反思人性，自我批判，自我嘲弄。

> 啊，我是个什么东西——是个什么东西！［……］在我身上有什么善良，有什么持久的善良么？［……］难道在生与死之间就没有别的什么了？没有自由？只有冲动？那么我内心所有的一切善良又如何呢——难道它没有任何意义？难道它只是个笑话？难道只是个使人感到幻想是有价值的虚假的希望？（207）

显然，赫索格的自我意识使他同时把自己看作主体和客体，从而导致了痛苦和焦虑的产生。赫索格内心的挣扎，是由于他身处道德虚无的社会，却依然坚信人性是善良的、实实在在的。“我知道它不是假的。我可以发誓”（207）。贝娄主张，小说家应该将自身同情感和理想概念联系起来，为生活的无助和卑劣找到一种补偿。小说所表现的人性，乃是作家自己的人性。[①] 很明显，贝娄试图通过赫索格这个形象揭示人性的秘密。

后现代社会是一个物质至上、拜金主义和享乐主义的消费场域，伦理道德规范已经失去了原来的作用，以前人们珍视的人与人之间的基本情感不复存在了。爱人类的思想逐渐变得空洞苍白，爱变成了“中产阶级的空话”（37）。“大量的‘价值’都被工业技术吸引走了”，“文明，甚至于道德，都包含在技术改革之中”，新技术代表了理性和仁慈，思想却变成了虚无，心灵被麻木了（164）。实利主义者们对物质和金钱的崇尚和享乐主义的价值取向，令赫索格对人的本性产生了怀疑。“我们应该是什么就是什么，这是必要的。但我们是什么呢?”（66）可见，尽管遭遇了妻子和朋友的双重背叛，赫索格依然关切人类精神价值。他珍视亲情，看重人与人之间的基本感情，保持着良知和个人尊严。他认为，在这种情况下，“需要对人类的品质重新作出全面考虑，甚至还需要重新发现人类的品质”。他相信，“人类还是有一些品质等待我们去发现的”（164）。出于这种愿望，他在日常生活中，注意从一些细节上发现人与人之间的基本情感。即使是在地铁站，从被数不清的、摩肩接踵的乘客擦亮的木栅门上，他也找到了一种人与人之间的联系，认为“这是以一种最简便的方式表达的兄弟情谊”（176）。很明显，赫索格试图通过人与人之间的基本情感的信念和爱人类的思想，来应对工业技术造成的情感的消逝，以此制衡人们的拜金主义和享乐主义。这表明了贝娄用精神追求救赎被物化的人类的思想。赫索格呼吁重估人类的品质，重新发现人类的品质，以及他对人与人之间的兄弟情谊的信念，揭示出贝娄的新人文主义思想。贝娄通过赫索格这一形象将人性理想化，使其作品具有高度的浪漫幻想的成分，启迪人们从高级自我与低级自我的冲突中寻找自

① Saul Bellow, “The Sealed Treasure,” *It All Adds Up*, New York: Penguin Books, 1994, pp. 60-61.

我提升和净化的机会。

玛德琳和格斯贝奇的背叛，使赫索格遭受情感和婚姻方面的沉重打击，令他的生活陷入混乱状态，思维继之也紊乱了。贝娄希冀通过小说创作，重新对人类的品性作出全面的考虑，用“一种更加广泛、更加灵活、更加丰富、更有条理、更为全面的叙述，阐明人类究竟是什么，我们是谁，活着为什么等问题”①，从现实生活中，“找出基本的、持久的、本质的东西”②，为人们提供一种秩序感。作家是“秩序思想的奴隶”③，应该通过想象赋予混乱的人类生活某种秩序。为了展现赫索格如何在混乱中发现内在秩序，从而实现内心的平静，贝娄运用书信体和意识流技巧，安排赫索格通过写信重新认识自我、他人和社会。

写信是赫索格认识自我的知觉场。在第五章中，小说以第一人称叙事，让赫索格直接向读者表明他写那些信的意图，邀请受述人（或读者）见证他心灵的变化。“我希望你看出我摩西·赫索格正在改变。我要求你作为我心灵改变奇迹的见证人”（165）。为了说明造成赫索格现状的原因及其行为的动机，作者运用倒叙的手法，让赫索格回忆往事并反省自我，试图在其杂乱的思绪中为自己混乱、失败的个人生活理出一个头绪。小说以回忆的方式，来揭示赫索格的生活碎片和写信怪癖的成因。赫索格无法容忍前妻和挚友所散布的关于他精神失常的谣言，他开始写下一封封信，渴望从中求得证实、帮助和支持。为了“进行解释，说出实情，阐明自己的观点，为自己辩护，澄清事实真相，以正视听”（2），赫索格躺在公寓里的沙发上，自我反思、自我批评，把自己想象成“一座专门制造个人沧桑史的工厂。自己的一生，从出生到死，都一幕幕呈现在眼前”（3）。赫索格将他的

---

① Saul Bellow, "Nobel Lecture," *It All Adds Up*, New York: Penguin Books, 1994, p. 96.

② Ibid., p. 88.

③ Saul Bellow and Norman Manea, "'Before I Go'—A Conversation with Norman Manea," *Salmagundi* 131/266 (Summer 2007), p. 161.

个人生活与社会问题和世界大事联系了起来，在一封写给自己的信中，赫索格自嘲道："亲爱的摩西·赫索格先生，你从何时开始关心起社会问题和世界大事来的？直到最近，你过的还都是不问世事的懒散生活。可是突然间，你成了浮士德精神的化身，对现实不满，要实行世界性的改革。变得爱骂人，贪求口舌之快了"（68）。很明显，这封信只不过是赫索格的自我符号，给自己写信是赫索格通过被符号解释对象化的我来理解自我的一种方式。在写完给医生、律师和主教等人的信后，赫索格突然意识到，那些信是"多么荒诞、愤怒的信啊！里面充满了怨恨和狂乱"，人们可从赫索格信件的字里行间看到"一张疯狂的、论理的脸"（155）。赫索格写完给《纽约时报》、讨论人的欲望的破坏性的信后，他立刻就意识到写这种信不仅毫无意义，而且有可能给自己招来灾祸。"你一定是疯了，给《纽约时报》写这种东西！在这个社会里，有着千千万万心怀不满的伏尔泰型的人，他们满肚子怨气，成天都在报章上找寻最尖锐、最恶毒的词句。[……] 你这套十足的文字游戏，怎见得比他们的胡言乱语正确？"（50）自我认识是由自我批评构成的，自我批评补充自我认识，只有增进自我认识，才能激活自我批评的能力。赫索格将自己客体化为自我思索的对象，站在他者的立场反观自我，以协调他的两个自我——"主我"和"宾我"。为了较为客观地认识自己，赫索格经常从他者的角度来审视自己。赫索格从镜中看到自己苍白而病态的脸，"一张心藏忧郁而外表装作若无其事的人的脸"，他赫索格微笑地看着镜中自己的化身——替罪羔羊赫索格、情人赫索格、大知识分子赫索格。赫索格尽力在分裂性的现代社会中扮演着各种角色，但"事实毕竟是事实。我还是赫索格。我非做赫索格不可。除我之外，再没有人可做赫索格了"。一番自我嘲弄之后，"他还是得回复到'故我'，把'故我'应做的事做完"（67）。据此可见，小说将故事的片段与赫索格的推理、分析和归纳喜剧性地并置在一起，展现了高度发达的资本主义社会中，个人生活的碎片化、平面化，以及小说家通过想象在小说世界构建生活整体化的努力。

《赫索格》体现出作者对知识分子在现代社会的作用和个人生活的重要性的反思。通过与外界的思想交锋，赫索格最终认识到，所谓知识分子的思想特权只不过是另一种形式的束缚，因此，他停止了写信。赫索格还领悟到他婚姻失败的原因是，他过于强调个人的社会担当，而忽略了家庭伦理责任。因而，他准备接纳雷蒙娜，开启他人生的新篇章。赫索格的思想转变，体现出贝娄对知识分子的社会责任与家庭伦理责任的思考。作为知识分子，贝娄非常重视作家的社会作用，同样，他也很看重个人生活。贝娄曾如是谈及他创作《赫索格》时的想法："我想到，在自由社会里，个人生活应该是很重要的"，但是，"在美国和所有的文明国度里，个人私人生活已经成为一种可耻的或屈辱的东西。人们认为自己是个傻瓜，卑微得荒谬，其存在毫无意义。"① 贝娄试图在《赫索格》中，通过展现现代知识分子面临的道德困境，探究人们觉得他们的私人生活微不足道的原因，以表明个人生活的价值和意义。《赫索格》通过呈现象征性符号暴力对现代人的思维意识、情感和生活的冲击，延续了好人该如何生活的道德主题。赫索格对人的本质的拷问及其对个体生活内在意义的追求，凸显了贝娄的人性诉求。戈德曼认为：一个作家所创造的想象的、连贯的或几乎严格一致的世界结构，与其所属团体和阶级的整体结构趋同，作家的创作活动代表了其所属社会群体或集团的创造性实践，文学和艺术表征其所处时代的整体性世界观和精神结构。② 同理，《赫索格》中的想象世界与贝娄所属社会群体——知识分子，在整体性世界观和精神结构方面具有同构性。该小说几乎综合了贝娄之前所有小说的主题，寄托了贝娄作为知识分子的社会责任感、社会正义和社会关怀，体现了贝娄的文学济世情怀。而小说以赫索格打扫庭院，期待与蕾蒙娜共进晚餐结尾，表明他已经认识到个人生活的重要性，体现出文学

① Saul Bellow and Robert Robinson, "Saul Bellow at 60—talking to Robert Robinson," *Listener* 93: 2393 (February 13, 1975), p. 218.

② Lucien Goldmann, *Towards a Sociology of the Novel*, London: Tavistock Publications, 1975.

叙事的诗性正义。

第三节 田园理想

乌托邦（utopia）指一个理想的群体和社会构想，或理想完美的境界。自从托马斯·莫尔（Thomas More）在他的《乌托邦》（*Utopia*，1516）一书描写了他理想化的乌有之乡的愿景以来，“乌托邦”一词已经成为文学历史上最熟悉的一个双关语。从词源上，乌托邦是来自两个希腊语的词根“ou”和“topos”，“ou”意为“没有”或“好”，“topos”是“地方”。它们的复合词便是“没有的地方”或者“好地方”，即“空想的国家”，延伸为理想的和不可能的完美事物。后来从乌托邦又衍生出诸如“乌托邦主义”，“反乌托邦”，“生态乌托邦”，“宗教乌托邦”和“田园乌托邦”等概念。

在文学方面，自现实主义以来，很多以城市为背景的作品都受到田园理想的影响，描绘一种人类社会与自然共同相处的“田园乌托邦”景象。自发现新大陆以还，田园理想就被用来界定美国的含义，时至今日，田园理想仍然影响着美国人的想象。田园理想以文学形式和政治形式体现美国人的人生观，已经成为“美国式的一种社会理论”①。爱默生在《年轻的美国人》（“The Young American”）中，以美国田园生活预言者的姿态，详细阐述了美国浪漫主义田园理想②。随着现代性的推进，很多作家厌恶由工具理性和享乐主义所主宰社会现实的冷酷无情，在作品中表达出对更纯朴、更贴近自然的和谐生活方式的向往和憧憬，表现出田园理想共同的心理根基。贝娄的作品在写实中流露出浪漫主义的田园梦想，试图通过想象性文学作品给人们提供一个精神小憩的所在。贝娄创作中期的小说充分地体现出他这种

---

① Leo Marx, *The Machine in the Garden*, New York: Oxford University Press, 1981, pp. 3-4.

② R. W. Emerson, “The Young American,” Joel Porte (Ed.), *Ralph Waldo Emerson: Essays & Lectures*, New York: The Library of America, 1983, pp. 211-230.

文学济世的情怀。贝娄认为：“作家以写实的手法写作，同时又要创造出适当的环境，来展示生活的魅力，［……］题材也许是平凡的、低下的、堕落的；所有这一切都有待艺术来拯救。”① 贝娄的作品以城市小说为主，在他笔下，城市意象蒙上了一层温柔的怀旧面纱，表现出一种田园乌托邦的情结。

在大众化社会中，没有可供当代的华兹华斯们回忆往事的清净之地。艺术，在贝娄看来，关乎在混乱中心创造出宁静，那种“台风眼中的宁静”。② 贝娄试图在小说中创造出一种宁静，他将外部世界与人的内心世界和思想意识联系在一起，安排他笔下天真的主人公以各自的方式，从纷乱喧嚣的城市生活逃到僻静的乡野，在平静中找到属于自己的精神家园。贝娄曾在一次访谈中指出，他的作品中直言不讳地谈及了美国城市生活的堕落。③ 贝娄笔下的芝加哥是一个令人愤怒而可怕的现代世界，芝加哥作代表的美国是一个荒芜社会，充满了暴力和犯罪。贝娄在创作时主要用心理现实主义手法，浓墨重彩地展示生活在芝加哥和纽约这样的大城市中的现代人的意识流动和精神变化。他在篇幅不多的外部环境描写中，总是用贬抑性的词语，而对乡村风景的描写则充满了诗意的想象，使城市生活环境和乡村美景形成鲜明对比，赋予其作品田园乌托邦的色彩。

贝娄小说中的环境描写，表现出一种城市和乡野相对立的“双重意识”，展示出主人公对田园生活的向往。城市在他笔下是一个喧嚣的、藏污纳垢的地方，集中体现了现代人拜金主义、享乐主义和实用主义的价值取向。城市里污浊的环境和混乱的社会秩序反映出个人生活的混乱无序；乡野风光淳朴而又富有诗意，是交织着精神的奔放和灵魂的深切的生存空间，表征出一种城市生活所不能拥有的美好幸

---

① Gordon Lloyd Harper and Saul Bellow, “Saul Bellow: An Interview,” Earl Rovit (Ed.), *Saul Bellow: A Collection of Critical Essays*, New Jersey: Prentice-Hall, Inc., 1975, p. 13.

② Ibid., p. 14.

③ ［美］索尔·贝娄：《作家应追求自由的风格》，载王宁、顾明栋编《诺贝尔文学奖获奖作家谈创作》，北京大学出版社 1987 年版，第 442 页。

福。爱默生说：当人置身大自然时，会感到神清气爽，所有的私心杂念都会荡然无存。[1] 为了对抗或逃避这种非人的社会，贝娄小说中的主人公都负载着贝娄回归田园牧歌式的时代的梦想。他们厌恶城市，寄希望于回归自然，寻求灵魂的解放和自由，在神奇美妙的自然中物我两忘，充实精神，获得内心的平静。贝娄对自然的浪漫化描写给现实披上了田园诗般的抒情光环，体现出对由森林、村落和农场组成的安宁的绿色王国，或由阳光、沙滩和海浪组成的梦幻般纯洁三国的向往。在爱默生看来，大自然是美与人类意志的混合物，人在荒野会发现某种比在城市里更为亲近的、更有意味的气氛，在静谧的田野上，人能看到某种像他的本性一样美好的东西，就会被一种更崇高的思绪或更美好的感情所征服。大自然如同一剂良药，能使那些因劳累过度的人，或者对于那些因人情险恶而导致身心残破的人恢复健康。[2] 贝娄的小说中存在同样的田园理想。在《赫索格》《洪堡的礼物》和《更多的人死于心碎》等作品中，主人公对淳朴环境的渴望与对内心平和的欲求之间有着密切的联系。赫索格在喧嚣的城市中备受婚姻失败的痛苦，还要疲于应付那些现实导师。每当他身心俱疲，就会渴望逃到乡野去，远离喧嚣纷乱的物质世界造成的精神压力。他期待美妙的自然能化其郁结，舒展压抑的精神，暂时令他解脱人生苦恼。而这种短暂的回归既为他们回避现实提供了一种可能性，也使得他们能再次精神饱满地投入城市生活之中。

贝娄用外部环境的描写来烘托气氛，映衬人物的内心世界，用外部世界的喧嚣肮脏来衬托人物内心世界的混乱，把光明和快乐联系起来。城市是一个集中体现各种文化、种族、思想、观念、生活方式等碰撞、交织或融合的巨大场域，尤其体现了社会文化的发展变化对人的生活和心理所产生的影响。马克思、涂尔干、西美尔和韦伯等哲学

① R. W. Emerson, "Nature," Joel Porte (Ed.), *Ralph Waldo Emerson: Essays & Lectures*, New York: The Library of America, 1983, p. 10.

② Ibid., pp. 9-49.

家和社会学家，均视都市文明为现代西方文明的本质。在小说家笔下，城市不仅是故事发生的物理存在空间，也隐喻了故事的文化背景，在此意义上来说，城市就是一种文学转义，带有特定的转喻和象征意义。利罕（Richard Lehan）认为，城市与五花八门的文学运动，尤其是与小说和继之而起叙事模式，有不可割裂的关系。“城市是都市生活加之于文学形式和文学形式加之于都市生活的持续不断的双重建构”①，城市和城市文学有着相同的文本性，“阅读文本已经成为阅读城市的方式之一”②。城市深深地影响了贝娄的文学创作。贝娄对城市生活的熟悉程度强化了其小说的表现力，并使其有效地评价了人与环境之间的关系，流露出有批判意识的小说家对现代化进程对城市文化和人类生活的影响的忧思。对贝娄来说，城市不仅是反映美国社会文化的一面镜子，而且是批判社会文化话语的一个对象。

虽然贝娄笔下的主人公渴望找到一个淳朴的、宁谧的地方，过一段相对简单的生活，让精神从物质的重压下解放出来的倾向，但与卢梭的反社会、与社会脱离的思想不同，贝娄主张积极入世，在群体中实现个人价值，所以贝娄主人公都会经历寻找—成长—回归的流浪模式。在《赫索格》中，赫索格虽是一个在大城市长大的犹太人，却对乡居生活出奇地喜爱。城市生活的混乱无序、喧嚣聒噪，处理各种人际关系和应酬令赫索格筋疲力尽。这种喧嚣的城市环境不利于他的研究，因而，他渴望到一个幽静的地方，安心地完成他的研究。简朴静谧的乡间和美丽神秘的自然，是他思考和创作的理想工作场地。赫索格追求“富有灵感的环境”（165）。他认为，“我们已经形成了一个新的乌托邦式的历史，一种田园牧歌式的历史，拿现在去和一种想象中的过去相比较，因为我们恨这个世界的现状，（但我们）对现在的这种仇恨，还缺乏足够的了解”（165）。在赫索格看来，充满灵感

① ［美］理查德·利罕（Richard Lehan）：《文学中的城市：知识与文化的历史》，吴子枫译，上海人民出版社 2009 年版，第 3 页。

② 同上书，第 9 页。

的环境并不是一种憧憬，而是属于全人类，人类应该生活在一个充满灵感的环境中，懂得真理，向往自由，爱别人，追求充实的生活，在清明的意识中和死亡同住，否则，心灵就是设法逃避死亡，屏息凝神，希望成为永生。贝娄在《赛姆勒先生的行星》中写道："重要的考虑是，生命应该恢复它原有的丰富，正常的心满意足的饱满。一切旧的发霉的东西都应该予以摧毁，当然这样我们才有可能更接近于自然。为了使现代科技所取得的种种成果保持平衡，我们必须更接近自然。"① 赫索格在写为他带来名望的专著《浪漫主义与基督教》时，为了贪图乡村生活，他逼着黛西（他的第一任妻子）陪他在康涅狄格东部熬过了一个严寒的冬天。与玛德琳结婚后，他用老赫索格留给他的遗产在马萨诸塞州偏僻的路德村买下一幢旧房子，并带着玛德琳再次开始乡居生活。出于个体的社会责任感和历史使命感，赫索格准备撰写一本有关西方传统中的"良心法则"的重要性、道德主义情感的起源及相关问题的书，书名为《心灵现象学》。他需要到一个安静的地方进行写作，而偏僻的路德村是最理想的地方。当玛德琳提出离婚，赫索格被婚姻危机所困扰时，就特别怀念蒙托克白色的沙滩、闪烁的阳光和雪白的海浪，希望能俯卧在沙子上来暖暖他令人不安的腹部。面对自然，他胸中便会涌起一股狂喜，尽管他有自己的悲哀。沙滩、阳光和海浪这三个常见的自然意象勾勒出一幅令人神往的美丽海景，使得赫索格兴味盎然，暂时忘却烦恼。

为了使主人公亲近自然的倾向合理化，小说表现了机器入侵花园后造成了生态环境危机。纽约市的街道两旁砖石房屋鳞次栉比，又热又挤，街上的景物停滞呆板、死气沉沉。各式各样的汽车燃烧着廉价燃料，喷着有毒的废气，密密麻麻地塞在一起，令人头昏脑涨、透不过气起来。熙熙攘攘的人群在机器的喧闹中，为了生活目标拼命奔波的样子，令人恐惧。中央车站内拥挤的人群、怒吼的引擎、嘈杂的声音、污浊肮脏的电灯、地铁闷人的气味，使人昏昏欲睡。这种令人窒

① Saul Bellow, *Mr. Sammler's Planet*, New York: Penguin Books, 1971, p. 17.

息的城市景象使赫索格为自己能逃离城市，到海滨呼吸新鲜空气而暗自庆幸。与城市喧嚣、污浊、混乱的景象形成鲜明对比的是，长岛海峡的淳朴静谧的美景。空气异常清新，平静的海面呈现出一片浅蓝，翠绿油光青草间杂着朵朵野花，映入眼帘的是一片片森林、一个个牧场，海峡中莹蓝色海水深邃、壮阔、清澈见底。赫索格看到海底的石块和阳光照在上面那闪闪的万道金霞，这生机勃勃、明亮灵动的美妙景象令他激动不已。受美景的感染，赫索格由衷地赞美造物主，沉重的精神负担和心理压力顿时释怀。超验主义者认为，自然是心灵的象征。[①] 在贝娄笔下，客观环境是主人公内在精神的外化，恶劣的外在环境导致精神生态的恶化。当赫索格处在城市肮脏的环境中时总感到苦闷压抑，原本焦躁不安的内心更加烦躁。到了乡下，他与周围的如诗如画的景观融为一体，危机重重的婚姻带来的压力和烦恼烟消云散了。显然，贝娄将纯洁美丽的自然风景视为人类治疗精神的源泉。

在《赫索格》结尾处，赫索格放弃玛德琳，放弃了无谓而又令人疲惫的自我、没完没了的思想、解释一切的冲动和为全人类“立法”的想法后，回到乡下。几个月来的痛苦、纷扰和压力全都消失得了无踪迹，他感到无比轻松和快乐。在经历了困惑和挫折之后，赫索格回到乡下，打扫属于他自己的花园，等待情人的造访，在静谧的环境和平静的心态中，为自己找到了一个新的统一体，恢复了自我感和个人尊严，精神得以升华。这表明，在后现代社会，个体并非一个孤立的院子，或一座孤岛，而是身处与他人的边缘地带。人不能画地为牢、故步自封，应该向他人敞开自己，在于他人的交往中，给予他人的过程中发现自我。贝娄将外部世界与人的内心世界联系在一起，用城市的喧嚣衬托出乡野的宁静，大自然为疲于奔命的城里人提供了精神驿站，折射出文学意象的心理驱动力。贝娄亲近自然的思想与爱默生和梭罗的超验主义思想遥相呼应。

---

① R. W. Emerson, “Nature,” Joel Porte (Ed.), *Ralph Waldo Emerson*: *Essays & Lectures*, New York: The Library of America, 1983, p. 24.

小 结

综上所述，《赫索格》探究个人生活是否有价值的问题。赫索格这一人物形象表现出贝娄试图用中庸思想中的中和、不走极端的思维形式，中正平和的价值构成，来抵制放纵感情欲望与唯理论的偏颇。由于贝娄对理解力和想象力之间的联系及思想在想象性文学中所占位置的深深地关切，在其创作中，贝娄将道德和思想观念融入他的作品，希冀通过小说创作提供一个可以使精神有所依托的家园。很好地诠释了他"小说是精神得到庇护的一间小屋"的思想。[①] 他笔下人物不断地探索，在寻找立足点的过程中自我成长，或像奥吉·马奇一样渴望找到值得为之奔波的命运，或像赫索格一样不断思索人生真谛，并试图阐明真理王国和价值标准王国永远不是绝对分开的。他们最终通过喧嚣到达宁静地带，找到心灵栖居地和精神家园。贝娄的小说体现出对传统伦理道德的执着和对爱的吁求，折射出贝娄积极入世的思想和人文关怀。

《赫索格》承续了贝娄小说一贯的主题：探寻符合道德的生存方式。在该小说中，贝娄弥合了《奥吉·马奇历险记》中个体的独特性主题和《雨王亨德森》中个体价值在于为人类造福的主题，揭示出贝娄在依据历史语境的变化不断地调整自己的创作思想，探索不同社会语境中人们的生存困境。虽然主人公的生存背景有所不同，但人物对精神家园的追寻却是贝娄作品中不变的主题。《赫索格》开头将被困于思想迷雾的赫索格置身田园，结尾时赫索格释清迷雾、准备翻开生命新篇章，再次回归田园，流露出对田园乌托邦的憧憬。但贝娄并不主张消极遁世，他对现世的态度还是积极欢唱的。赫索格为恢复对个人价值和尊严的体验和信念，不断地与自己以及挑战其尊严的外

① Saul Bellow, "Nobel Lecture," *It All Adds Up*, New York: Penguin Books, 1994, p. 97.

部力量进行斗争。最后，他借助对超验人性的把握，重新发现了自己的内部力量和完整性的根源——人性、美德和爱。赫索格形象的道德意蕴和贝娄文学济世的思想在《赛姆勒先生的行星》中表现得更为直接，也更加突出。

第四章

《赛姆勒先生的行星》：道德想象

贝娄曾说：艺术只是借用经验，用于它自己的特殊目的，而不是复制经验。[①] 贝娄在《赛姆勒先生的行星》中展现20世纪60年代美国社会生活图景，借主人公的所见所闻，暗示他对时代的看法，寄予他的乌托邦思想。小说从赛姆勒先生的视角，呈现美国20世纪60年代的解放运动对个人和社会所造成的后果——个性扭曲、性疯狂、激进、享乐主义和社会的病态，表征现代性所造成的文化虚无、拜金主义、精神涣散、道德理想的沉沦和人文精神的式微，反映出贝娄对传统道德的坚守、对人与人之间爱的呼唤、对激进派的抨击、对"解放的神话"[②] 的质疑和对星球殖民的反对。在贝娄的作品中，《赛姆勒先生的行星》的道德说教意味最浓。赛姆勒是一个传统的人文主义者，他执守着传统的伦理道德，希冀重建惨遭践踏的道德系统。赛姆勒的伦理道德观念、价值观及他对享乐至死的年轻人的批判态度，折射出贝娄作为一个进入中心的外来者竭力保持"政治正确"和文化保守主义的立场，以及用爱构建人类共同体的乌托邦思想。

人是社会群体的一个组成部分，一部作品只有被纳入生命和行为的整体中才能得到它的真正意义。社会群体的行为往往有助于理解作品的行为。[③]《赛姆勒先生的行星》描写了美国20世纪60年代的反

---

① Saul Bellow, "Facts that Put Fancy to Flight," *It All Adds Up*, New Ycrk: Viking, 1994, p. 64.

② Jean Baudrillard, *The Consumer Society: Myths and Structures*, London: Sage, 1998, p. 89.

③ Lucien Goldmann, *The Hidden God: A Study of Tragic Vision in the Pensées of Pascal and the Tragedies of Racine*, Trans. Philip Thody. London & Henley: Routledge & Kegan Paul, 1964, p. 7.

文化运动所造成的社会问题，揭示出自我与世界之间的相互影响。因此，本章将《赛姆勒先生的行星》与美国20世纪60年代的社会生活联系起来，以获知作品所蕴含的哲理性和现实意义。

第一节 断裂的文化

20世纪60年代，美国社会面临着文化焦虑和文化危机：社会秩序混乱，传统的权威中心受到挑战，传统的道德价值观念堕落了，由传统和权威确立的社会关系也消失了，以前坚不可摧的信念荡然无存，社会上弥漫着消极厌世情绪。这种文化危机在反文化运动中表现尤为显著。反文化运动，又称对立文化、反主流文化，指与美国20世纪60年代出现的社会政治、文化领域的一切抗议运动，包括校园民主运动、妇女解放运动、黑人民权运动、反战和平运动、环境保护运动、同性恋者权利运动等方面的政治“革命”，同时，也包括摇滚乐、性解放、吸毒、嬉皮文化，以及神秘主义和自我主义的复兴等方面的文化“革命”。反文化运动以青年人为主，激进的青年学生反对越南战争，反对父辈的传统文化和价值观念（也即资本主义理性文化道德法规及文化意识形态和价值观念），不满当时社会上存在的诸如人权、自由等社会问题，主张用激进手段进行社会政治改革，以表达他们对主流文化、对现存制度的不满与批判，与占主导地位的文化抗争。因而，人们通常又称之为“新左派运动”。这些青年人崇尚个性，追求自由，提倡性自由，寻求个人的解放，特别是性道德方面，欲争取更多的社会权利，却又找不到出路。因此，他们逐渐自我放纵，寻欢作乐：酗酒、吸毒、纵欲、留长发、着奇装异服、酷爱摇滚、参加一些反传统的活动，力图从根本上否定和颠覆美国主流价值观及其伦理道德，使得性自由和吸毒成为美国社会的难题。“反主流文化是生活方式的一次革命，它主张对刺激的活动、对幻想的探索，以免于约束的名义追求多种形式的乐趣。它宣称自己‘敢作敢为’

和反对资产阶级社会。”[①] 反文化运动反抗以技术为主体的社会，对当时的美国社会产生了重大影响。贝娄在《赛姆勒先生的行星》中，展现了美国反文化运动（如性解放、文化虚无主义、无政府主义）对社会及个人生活带来的不良影响，揭示出20世纪60年代美国文化的断裂，反映出贝娄作为知识分子对文化断裂和文化冲突的自觉反思和批判。

在《赛姆勒先生的行星》中，20世纪60年代美国的文化裂变首先体现在个人生活和社会生活层面上的文化观念自觉不自觉的冲突。“20世纪政治和意识形态的动荡，绝非仅限于战争、经济衰退和革命，它们还被那些卷入其中的人以最直接的个人方式体验到。它们既是社会骚动，又是人际关系以及人的个性危机。”[②] 小说记录了赛姆勒的侄子格鲁纳临终前的几天里，赛姆勒的遭遇和他所观察到奇怪的社会现象与人们的古怪行为，由此引发了赛姆勒对种族冲突、政治、历史、伦理道德、月球殖民、人类的未来、生与死、人与人之间的联系、情亲、责任的思考，戏剧化地展示了大城市中的种族、性别、经济、阶级、宗教和两代人之间的冲突。贝娄在记录60年代美国社会文化状况的同时，呈现了主人公的意识，成功地调和了“新闻式小说”（像社会历史一样精于提供信息的小说）和“情感小说”，弥补了新闻式小说精于提供信息，却不关注正义，缺乏独立的人性内容的不足之处，也克服了情感小说由意识支配，缺乏对外部世界的描写的弊端。贝娄依靠意识流叙事技巧和小说家的直觉洞察力记录了各种解放运动引起的社会生活的变化，小说中展现的现代与传统的对话、生存意义的贬值、价值的颠覆与重建等重要的主题，表征出知识精英对美国60年代的文化冲突和裂变的自觉反思和批判。赛姆勒是一流的观察者，他的左眼视力非常模糊，但右眼却乌黑发亮，观察力非常敏

① Daniel Bell, *The Coming of Post-Industrial Society*, New York: Basic Books, Inc., Publisher, 1976, p. 483.

② Terry Eagleton, *Literary Theory: An Introduction*, 外语教学与研究出版社2004年版，第131页。

锐。赛姆勒在观察外部世界时，转动着两只视力不同的眼珠，同时思考着至少两套问题。赛姆勒经常用右眼来观察事物，用左眼回顾过往，希冀“发现一些模式、计划、意义来激活精神能量”①，并以此为参照对现代社会与现代人进行道德批判，因而，该小说具有浓厚的道德说教的色彩。

赛姆勒饱经风霜、学识渊博、观察细腻、判断力敏锐，是一位具有悲悯意识和批判意识的旧式知识分子。他与他人和社会保持一定距离，冷静理智地对他所观察和经历的社会乱象做出质询、判断、剖析和解释，审视他生活中和周围的现实存在，思考生命本体的意义，并自觉地彰显出一种受难意识和道德批判意识。小说呈现了赛姆勒这个大屠杀的幸存者，在遭遇恶行和观察并体验了人类的疯狂时，对整个人类的生存状况及未来的思考。小说对格鲁纳的儿女安吉拉和华莱士、装扮得像个王子似的黑人小偷和叛逆、激进的大学生等人的描写，展现了年轻人通过标新立异、追求个性自由和性解放等行为来反抗习俗造成的严重后果：无政府主义、性疯狂、享乐主义、自我的迷失、存在的空虚。年轻人的行为方式将贝娄对 20 世纪下半叶的美国社会所抱持的观点具象化：美国人的生活方式是后历史时期特有的生活类型，美国在世界上的真正存在，预先勾画出了全部人类的“永恒现在”的未来。人回归动物性，似乎就不再是一种尚未出现的可能，而是一种已经存在的确实了。② 赛姆勒用大海比喻人们对于事实的感觉的剧增，用陆地来比喻观念，将虚假意识形态对人们思想意识的麻醉作用比作大海对陆地的侵蚀。在他看来，公共生活对私人生活的压制，导致人们将其精神价值隐藏起来。大众文化对外部世界的各种解释，如同大海中的怒涛一样侵袭着人们的观念。在文明秩序的掩护下，人们实践着野蛮风尚，放任自流的生活方式使得“灵魂，这只可

---

① Ruth Miller, *Saul Bellow: A Biography of the Imagination*, New York: St. Martin's Press, 1991, p. 195.

② Saul Bellow, "The Distracted Public," *It All Adds Up*, New York: Penguin Books, 1994, pp. 153-169.

怜的鸟儿，抑郁不乐地栖息在解释的上层建筑之上，不知道往哪儿飞去才好”[①]。但人的“灵魂自有它需要的东西，有它与生俱来的知识”（8）。赛姆勒不赞成人类可以在没有规则、秩序和尊严的状态下生活的观点，他悲叹大众沉迷于新奇古怪的事物和行为，拒绝文化标准，致使社会道德遭到践踏、精神生活趋于贫瘠。

在《赛姆勒先生的行星》中，年轻人放纵非理性的无意识状态与美国60年代的文化焦虑和文化危机密不可分，体现出现代人的无思想性和虚假意识形态对个人的影响。这种影响首先表征为个人的疯狂行为和中产阶级的价值危机。20世纪60年代，公共领域的动荡不安将人们置于一个被动的处境。科学技术、政治和隐性权力等使得个人意志软弱无力，并引发了各种稀奇古怪的行为。人们以解放和性自由等诸如此类的名义，猛烈地抨击传统的价值观和动机模式，在私下里放纵自己，享受完全的自由，以反抗社会对他们的限制。因而，赛姆勒就好像被各色各样的“疯子”所围困，常常有人来请教他，或向他吐露隐私。他的女儿苏拉和女婿非弗、侄女玛格丽特、亲戚布鲁克斯、格鲁纳的女儿安吉拉和儿子华莱士等，都有某种怪癖，苏拉整天收集各种垃圾；没有艺术细胞的埃森梦想成为艺术家；玛格丽特常常以已故丈夫的口吻讲话；安吉拉沉迷文化工业所提供的所谓时尚的生活方式和身体意象；华莱士不顾父亲病危掘开屋内水管去寻找父亲藏匿的不义之财；而布鲁克斯则迷恋女性的胳膊。赛姆勒难以理解周围的社会现实和人物，但又无法摆脱。“人类，不管你在哪儿碰上他们，总是那么盘根错节，层出不穷，供应着大量的怪东西，叫你应接不暇。”（32）整座城市也似乎处于混乱无序的状态，人人做着各种疯狂的行为。“阿特·赛姆勒是纽约怪癖人的知心朋友，是野蛮人和一个野蛮女人祖先的助理牧师，又是精神失常的登记人员。”（95—96）赛姆勒总是管华莱士叫“疯子”，他明白女儿苏拉也是个疯子，而且

① Saul Bellow, *Mr. Sammler's Planet*, New York: Penguin Books, 1971, p. 5. 在本章以下内容中，凡是直接给出页码的引语，均出自《赛姆勒先生的行星》该版本。

他常常疑惑自己是否神智正常。在赛姆勒看来，有大量的证据证明人类已经疯了。

小说以 70 多岁的老人赛姆勒为意识中心，以年迈的人文主义者赛姆勒为固定视角，来观察美国社会中形形色色的疯狂行为。赛姆勒观察到美国社会是腐败、堕落、暴力和虚伪的，现代人的极端、狂热揭示出现代西方社会个体道德责任的缺失和文化的断裂。赛姆勒经常大步流星地走过街上的行人和车辆，穿梭于充斥着暴力、性、拜金和赶时髦的大城市中。因此，他为贝娄观察社会生活和普通人的日常生活场景提供了一个固定的视点，以便作者采用广角镜和长短焦交替等电影拍摄手法逼真地展现现代美国社会。赛姆勒即是生活场景的观察者，他在不断地观察、倾听，并用他旧式的人文主义思想和大屠杀中死里逃生的经历来衡量所观察到的一切。在他眼中，纽约变得比那不勒斯或萨洛尼卡还糟，就像是一座亚洲或非洲的城市，金玉其外败絮其中。当“你打开一扇嵌着宝石的大门，就置身在腐化堕落之中，从高度文明的拜占庭的奢华，一下子就落进了未开化的状态，落进了从地底下喷发出来的光怪陆离的蛮夷世界”（8）。然而，在这扇门的两边很可能都是野蛮粗鄙的，尤其是，在两性关系方面。在赛姆勒看来，纽约虽为新世界的中心，但纽约居民只注重感官享受，随心所欲地标新立异，寻找野蛮的自由生活方式。显而易见，现代文明非但没有使得人类进入人性状态，反而陷入了更加的野蛮状态。该句中的隐喻和对比手法，凸显了现代文明社会的野蛮状态，高度概括赛姆勒对现代社会文化的批判，及其对现代性和各种解放叙事的质疑。但赛姆勒是一个文化保守主义者，他对社会现实颇多不满，却不主张通过革命途径来改变生存境遇，就他的记忆所及，每种革命都是为了正义、自由和尽善尽美兴起的，可最后却是一次比一次更加虚无。他虽否认自己拥有高度道德原则的知识分子的特权，自以为始终必须运用最纯粹的标准，去敲击芸芸众生的头颅。

小说从赛姆勒的视角，描写试图以身体符号和性解放来表征他们对维多利亚时期的旧价值的颠覆与反叛的大学生，揭示出作者对激进主义的批判及其文化保守主义态度。大学生被描写为肮脏、无知、令人厌恶的讽刺漫画式的人物，赛姆勒对给他诵读的大学生（有几个是激进分子）的观察、判断和评价，表现出他对激进主义的批判。从这些大学生的阅读能力来看，他们缺乏教育，如同12岁的孩童一样幼稚，以至于赛姆勒不得不给他们教授诵读的学科、解释相关术语、分析词源。作为老式的知识分子，赛姆勒发现，他无法适应20世纪60年代这些激进的年轻人叛逆、反传统、反权威的价值观和生活方式。男生长发蓄胡，肮脏，缺乏风度，是一些愚蠢的平等主义者，女生身上散发着臭味，她们媚人、愚蠢、荒谬，爱抱怨，性意识太多。“也许这些可怜的小姑娘决定和大伙儿一起发臭，以此来藐视一个建立在神经官能症和虚伪之上的腐败传统。”（31）赛姆勒认为，生活豪放不羁的主张害苦了她们，这种生活方式造成的一个后果就是，她们“丧失了女性气质，丧失了自尊。在她们厌恶权威之际，她们不愿意尊敬任何人，甚至是她们自己”（32）。从这样的描写中，读者可以看出性解放造成的不良后果，以及赛姆勒对以身体为符号颠覆旧价值的批判。在反文化运动中，激进的青年将性放纵视为自由的象征，改变美国社会的工具。在赛姆勒看来，年轻人想通过这些方式来表明他们的个性和创新性，但实际上，他们却是被自己的冲动所支配着的。他们的穿着打扮、生活方式和思想意识，只不过是他们体内颤动、烦躁的隐秘冲动的体现，而这种冲动常常是有害的、粗俗的和盲目的，是理性和体面的伪装无法掩盖的。在文化工业中，自我特性总是虚假地表现为自然的东西，而事实上它只不过是由社会支配的垄断商品，所谓个性也只不过是一种幻象，对意识形态的自由选择也演变为选择同一种意识形态的自由。

小说中最能体现年轻人的疯狂与叛逆的场景，是赛姆勒被邀请到哥伦比亚大学演讲时的场面。赛姆勒受邀去哥伦比亚大学做关于30年代英国的演讲。在演讲场地，赛姆勒发现，这是一个在半圆形露天剧场式的教室里举行的群众性的集会，教室里挤满了人。首先映入赛姆勒眼帘的是“一大片蓬松而茂密的、混杂的、人的花朵的景象。它散发出恶浊的、腐败的、亵渎的臭气”（34）。教室既乱又脏，就连圆顶和电气装置也都满是油污和灰尘，在赛姆勒看来，如同用现代电器装备的原始人生活的洞穴一般。赛姆勒就“对着这个照亮的乱哄哄的洞穴”（36），开始讲第二次世界大战前英国的精神氛围和知识分子的心情。作者用电影摄影机式的镜头展现了教室的全景，用特写镜头再现听众的外貌、精神状态与物理环境的脏、乱、臭，以及斑驳与嘈杂的混乱场面。这一场景描写所使用的隐喻、反讽和通感等修辞手法，给读者的视觉、嗅觉和听觉等方面造成强烈的冲击。动静结合的画面感具有强烈的移情作用，令读者对集会上大学生的肮脏猥琐，浅薄鄙俗，缺乏自尊，不懂得尊重他人的做法心生厌恶。在赛姆勒的视线中，着装奇异、神态不同的人混杂成一大片花朵的景象，但是这些花朵不仅没有花应有的馥郁芬芳，而且恶臭难闻。高等学府的教室，本该是一个高度文明的场所，却像个疯人院，了无文明迹象可循。作者用散发着恶浊的、腐败的、亵渎的臭气的混杂的、人的花朵和乱哄哄的洞穴，来比喻会场及在场的大学生留给赛姆勒的糟透了的印象，反映出赛姆勒对大学生激进运动的批判态度，并为演讲的中断埋下伏笔。会场的嘈杂令赛姆勒丝毫感受不到演讲的欢愉，也没有得到听众些许的鼓舞。演讲突然被一个穿着牛仔裤、蓄着浓密的大胡子、体型肥硕的青年男子打断了。他冲着赛姆勒大喊大叫，进行恶毒的人身攻击。他以赛姆勒老了、早已没有了性能力为由，说赛姆勒已经不中用，没有什么可以传授给他们的了。在场的年轻人也跟着起哄，他们满口污言秽语，叫嚷声里充满了敌意。60 年代美国的经济发展和科技变革导致了社会的高度组织化和一体化。年轻人受享乐主义影响，不堪忍受社会的一致化模式，便寻求新的生活方式，以反抗主流社会。这些激进的大学生的言行，形象化地体现了反文化运动中年轻人为反叛主流社会文化模式采取的群居、性放纵、吸毒和奇装异服等方式所造成的后果。虽然赛姆勒早已从文化工业的产物（《时代》杂志和安吉拉送给他的一些妇女杂志）上，看到过那些反映时代变迁的层出不穷的新鲜玩意，也从社会的急速变化中，了解到一些时尚人物、激进的生活剧院、裸体表演的勃兴、狄奥尼索斯、宇宙飞船、舞台上的行为主义性表演和披头士的哲学，等等。但是，大学生的激进远远超出了赛姆勒对文化工业对人的影响的期待视野。赛姆勒惊呆了，在狂欢化的骚乱中，一个年轻姑娘领着他离开了讲台。这个戏剧性场景的真实性与年轻人的恶意中伤深深地震撼着赛姆勒。大学生把粪便、青春和性潜力作为判断标准，令他感到荒诞离奇。他开始质询激进主义者的实质，并为他们的返祖、退化现象倍感激愤。“这一切是性交与粪便混成的战斗精神，是爆发、辱骂、威胁，是北非猿猴的嚎叫。或者像树林中的蛛猴那样，把粪便排泄在自己的手里，然后尖叫着，向树下的探险者扔去”（37）。赛姆勒对这种将性能力作为判断标准的精神分析学说、将胡说八道说成排泄物的文学和心理学运动满腔怒火。这些言行类似猿猴的大学生表明，现代人不仅丧失了自我感，还丧失了人际交流的语言能力。他们滥用或扭曲了人类知识、语言和经历，落入了精神分析的圈套，体现出一个普遍的社会现象——性疯狂。

《赛姆勒的行星》展现了反文化运动对美国社会的文化和道德观念产生的深刻影响，体现出处于社会巨变——新旧时代断裂时期的知识分子对价值断裂与道德标准失范的深切体会。在以追求年轻态为时尚风格的现代社会中，不仅年轻人，就连老年人，也表现出原始生命力的颤动，整个社会似乎陷入了这种疯狂。人们曾推崇的一切理想和价值标准都已烟消云散，只剩下“那继承了为世人所贬低的一切的疯狂的群众”和病入膏肓的社会景象，已经闻得到“腐败的气息”，看得到“文明自杀的冲力”在猛烈地推进着（29）。由无法适应快速变迁的社会而出现了精神健康问题的并不是个别人，整个社会都患有某种精神病。除了固守传统道德观的赛姆勒和珍视亲情的格鲁纳外，跟迷恋女人臂膀的布鲁克一样患有“性精神病”的人多如牛毛。然而，没人会像布鲁克那样，为自己违背了道德准则而难过得哭泣。显而易见，在贝娄看来，20 世纪以来，性革命虽然在一定意义上缓和了维多利亚时代严酷的性道德禁忌，但也造成了令人不安性混乱的局面。

现代人把性与爱混为一谈，性、爱分离导致了性放纵、性泛滥和爱的被压抑。贝娄通过赛姆勒之口批判了性解放造成的性与爱分离的悖论。赛姆勒认为，现代人已经不能像过去那样认真地对待性了，也没有了维多利亚时代那种孤单隔绝的性的苦恼。每个人似乎都有性方面的恶习，并且向全世界诉说这些恶习。“性的问题始终是，永远是，仍然是个没完没了的问题”（50）。第二次世界大战后美国经济飞速发展，科技的进步和经济的繁荣改变了美国传统的价值观念和生活方式。传统的新教伦理道德被享乐主义所取代，清教主义的良苦用心行将化为乌有，被上帝摈弃的罪——性——摇身变为现代人寻欢作乐的宠儿。在异化力量的支配下，整个社会呈现出精神失常的状态。人们崇尚自然原始，导致社会上弥漫着野蛮人的热情和种族歧视，精神或道德约束力成为一种落后的、被忽视的力量。人沦落为毫无价值的东西，变成了“没有灵魂的专家”，“没有心肝的肉欲主义者”[①]。这些西方文明衰落的迹象，众多患有严重性精神病的人，令崇尚典范的赛姆勒产生疑问：“现代人怀有一种创新热，认为每个灵魂都是独特的。这是一个好想法。一个真正的想法。但能用这些形式来表现它吗？用这些拙劣的形式？”（184）由此可见，在60年代的反文化运动中，人们普遍用身体符号和性解放来反叛和颠覆传统价值观和生活方式，但是在贝娄看来，性解放只不过是精神空虚、道德堕落、价值真空的体现，是人的返祖和文明的衰微的征兆。

20世纪60年代，旧价值观变得空洞，传统不再可行，自我意识危机和认同危机被意义感丧失的危机所取代，人类变得冷漠而被动。现代社会文化的断裂，生存压力导致了焦虑的产生，价值观的断裂，令人不可避免地放弃内在精神，转而追求外在的符号。这些危机尤其体现在年轻一代与他们的父辈之间的代际冲突。在《赛姆勒先生的行星》中，这种冲突在具体体现为华莱士和安吉拉与他们父亲的冲突。

① Max Weber, *The Protestant Ethic and the Spirit of Capitalism*, New York: Scribner, 1958, p. 124.

华莱士和安吉拉是第二次世界大战后美国出现的“婴儿潮”[①] 的产物。这一代人生于富足社会，从小被灌输了美国富强繁荣、自由与平等的思想，但在成长过程中经历的社会现实，如：肯尼迪总统遇刺，越战，民权问题等等，却与社会理想相矛盾。他们为此感到失望，便寻求新的生活方式，以反抗美国主流社会及他们父辈的价值规范，成为反文化运动的主体。华莱士一语道破代际冲突。“我属于不同的一代人。首先，我从来不曾有任何尊严，完全是一系列不同的观念，生来不懂尊敬。”（194）华莱士告诉赛姆勒，年轻人没有“根”观念，而且在某个地方“扎根也不是现代人的想法”（197）。华莱士的言行表征着现代人拜金主义和物质至上的观念。华莱士认为他爸给他的信托储蓄存款根本不够他挥霍，就千方百计地寻找发横财的机会。从华莱士头上那一道笔直的纹路，赛姆勒想象出骚乱的象征。纽约这座国际大都会就是一个“颤动的、喧嚣的、可怕的”“乌烟瘴气的城市”（116）。疯人院似的闹市区肮脏混乱，大学是另一种方式的肮乱，绿化带已经失去了跟宁静圣所的联系，公园没有了从前的诗情画意，过去令人安静地沉思的浓荫也不及从前整洁了。由于美国人已经放弃了赛姆勒所珍视的价值，赛姆勒无法接受变化中的“现在”，回忆过去和在伦敦时的那段较为文明的日子，成为赛姆勒逃避现实的心理避难所。

另外，赛姆勒多次看到的黑人小偷的穿着打扮和行为举止，也体现出年轻人对社会主流价值观和生活方式的反抗。小偷打扮得像个“非洲王子”，穿着驼毛上衣，戴着黄金镶边的太阳镜和金耳环，浑身散发着法国迪奥香水的味道。他就像一只大黑兽，在哥伦布圆形广场与威尔第广场之间寻觅可以吞食的对象，直接挑战着赛姆勒所执守的传统道德价值观念。当小偷在公共汽车上公然行窃时，其他乘客装作若无其事，视而不见，人们的冷漠令赛姆勒震惊。当他向警察报告

① 第二次世界大战后美国出现了一次人口出生高峰期，在此期间出生的人被称为“婴儿潮”的一代。

此事时，警察对此类事件也不感兴趣。赛姆勒觉得，这是对以民主标榜世人的美国的极大讽刺。“美国！（他对自己说）向全世界宣传自己为全世界最理想、最具典范的国家。”（13）赛姆勒在哥伦比亚大学的演讲被中断后，乘坐一辆拥挤的公共汽车向闹市区驶去。当他再次看到那个小偷肆无忌惮地偷钱包，并厚颜无耻地威吓受害人时，他觉得自己心动过速了。不幸的是，那个小偷发现他在暗中观察。赛姆勒挤下车，经过一阵躲藏后，走进自己住的那幢大楼。没想到，那个小偷出其不意地走到他背后，将他逼到一个角落，并强迫赛姆勒看他的生殖器。对小偷而言，生殖器是性力和生命力的唯一象征，他想通过这种方式来恫吓赛姆勒。他以行为主义的方式向赛姆勒表明他充满了生命力和性力，年迈瘦弱的赛姆勒难以与他抗衡。从精神分析学的角度来看，性力枯竭标志着生命力的丧失。但赛姆勒并不认同这种学说，“渴望各种象征的人类总想表达他们自己也不知道的东西，个别事实充满了信息和意义，但人们拿不准这些信息到底意味着什么”（19）。以小偷事件为例，当赛姆勒将他的遭遇告诉内侄女玛格特后，玛格特立刻饶有兴致地从小偷的出身、阶级、种族、心理、审美和政治方面分析个没完，而华莱斯则产生了生物学家般的兴趣。但赛姆勒认为，小偷之所以这么做，是因为对现代人来说，“它是高度正统和君临一切的象征”（46）。由于现代人用身体符号或性解放来反对旧价值，一股性的疯狂席卷着西方世界。但在赛姆勒看来，这不是对旧价值的颠覆，而是心理分析和存在主义等来自欧洲的舶来品对美国人及其性革命的影响所在。

小说的另一个创作背景是美国的登月计划。由于美国的登月计划，对登月研究方面的资讯及讨论充斥着新闻媒体，但赛姆勒将登月计划视为人类疯狂的另一个症候，对人类的未来忧心忡忡。他认为，月球并非人类的天堂，虽然地球已经被人们践踏得千疮百孔，但这毕竟是人类唯一的家园。赛姆勒觉得，人类之所想逃离地球，是由于人们过于夸大他们生活条件的悲剧性特点，过于强调那些已经崩溃的信念。“过去相信的，信任的，今天心酸地被包围在无情的嘲笑之中”

(9)，但这样做不合适，也不正确。在赛姆勒看来，人们如此热衷于讨论登月计划，并积极地高价订购飞往月球的票，是受到了媒体的鼓动和官方意识形态的影响。但他不认同这种技术统治论及技术可以满足人类需求的观点。他觉得，人们之所以如此热衷于登月，是由于现代人失去了学会辨别、区分并独立地判断社会上流行的思想观念的对错与善恶的能力。面对如此疯狂的人类，有时赛姆勒也会想象月球上的事物，思考去月球殖民的可能性，因为地球已经越来越不适合人类居住了，他梦想着贞洁的象征月亮女神阿蒂米斯（Artemis）能净化世人。由是观之，在《赛姆勒先生的行星》中，贝娄关注社会传统的断裂及其对个人的影响。赛姆勒对反文化的批判表明，贝娄质疑价值相对主义、女权运动和性解放，抨击现代人关切身体而忽略了精神需求所导致的欲望和道德的对立。贝娄在商品逻辑所统辖的道德虚无的后工业时代，探讨道德、精神的内在超越性和人生的价值与生存的意义，揭示出贝娄的新人文主义思想及其对精神文化价值的认同。同时，他对传统伦理道德所主宰的生活的回眸，表现出贝娄的怀旧倾向和忧患意识。

第二节　爱的缺席

自文艺复兴以来，对个体价值和个人理性的信念一直主宰着西方人，与伦理人道主义相关的基督教传统价值观（如爱邻如己，服务社会等），是社会主流价值观。然而，随着现代性的展开，核心社会价值观、个体的价值和尊严感的丧失，人赖以生存的根基的虚无化，造成了西方世界精神生态的失衡，人处于心与物、人与世界的分离。生活在焦虑、空虚时代的现代人出现了人格的分裂、情感的消逝和爱的缺失。很多艺术家和思想家都试图找到应对现代人人格分裂的良方。贝娄也通过小说这种艺术形式揭示出人应该依靠自己的内部力量，凭借爱的纽带来建构人类共同体，证明人的伟大，实现个人价值的思想。作为敏感的知识分子作家，贝娄意识到，现代人因与文化、宗教和道德传统的割裂而失去了某些人之为人的东西——个体的内在性、主体性和价值，人必须重新发现其价值，才能成为一个完整的人。

贝娄不认同解放性、释放个性和打碎偶像是现代人所追求的更高目标的观点，并将身体解放称为“伪解放”。他认为，“解放（或许是伪解放）”，对某些人而言，“是更高的目标”，但事实上，这种论调使人们沉湎于各种可能性或无限新颖性之狂喜的诱惑之中，同时，也给人们带来了无限的不安，使得价值逃离了人类的特殊性。[①] 在《赛姆勒先生的行星》中，贝娄想象性地展示了现代个性解放的后果——虚假个性的张扬。人们极大地表现自我、个性和创造性的诉求，生动地呈现了一幕幕极具讽刺、人格分裂的真人即兴表演式的纽约街头景象。“个性化的每次进步，都是以牺牲个性为代价的，尽管它是以个性的名义发展起来的。”[②] 在赛姆勒看来，“当人类为自己找到人这个名字后，他们就花费大量的时间来扮演人”（187）。这与美国社会学家戈夫曼（Erving Goffman）的拟剧理论（dramaturgical approach）声气相通。戈夫曼借用戏剧表演的术语，提出了解释人类行为的社会理论——拟剧理论。该理论认为，在人际互动过程中，行动者就像舞台上的演员一样，努力展示自己，总是有意无意地选择适当的言辞、表情或动作等进行自我表演，塑造自己给他人的印象，并据此做出符合行动者愿望的反应[③]。这种角色扮演的行为，致使60年代出现的许多事物令人惊讶地同过去相似。赛姆勒感叹道：现代人煞费苦心地以十分艺术的姿态来“表演一个人，一种奇怪的欲望，企图追求新颖独特，追求出众，追求利益”，在欲望的驱动下，现代人既是典范的衍生物，又是对典范的否定（183）。这种戏剧化表演的经常

① Saul Bellow, “The Distracted Public,” *It All Adds Up*, New York: Penguin Books, 1994, p. 164.

② ［德］霍克海默、阿道尔诺：《启蒙辩证法》，渠敬东、曹卫东译，上海人民出版社2006年版，第141页。

③ ［美］欧文·戈夫曼：《日常生活中自我呈现》，冯钢译，北京大学出版社2008年版。

性、普遍性及其千篇一律的表演形式令赛姆勒深恶痛绝。这一现象的普遍性和单调乏味恰恰说明，极力地追求新奇和个性的现代人不过是历史长河中的一个碎片，极其普通而又缺乏个性和创新性。这是由于文化工业造成了个人与社会的虚假同一性，祛除了个人的个性，使主体变成了一种幻象。因此，在赛姆勒眼中，走在百老汇大街上的不是独具个性、极富创新的个体，而是各种各样的复制品。“在人们感到极度无能为力的时候，他们演奏个性这个乐器就更响亮更猛烈。”(187) 赛姆勒并不反对创新，相反，他认为创新是有必要的，但人首先得知道自己的立足处，也得有可以模仿的典范，在没有典范的情况下，想象伟大是不可能的。近两个世纪以来，在文明的国家里，大多数人都在为个性解放和个人权利而斗争。“显然，这场革命，从很多方面来说，是正义的一次胜利”，但是，革命同时“也带来了种种新的不幸和苦难”。因此，从最广泛的意义上来讲，这场革命并不完全成功，因为革命致使“我们掉进许多丑恶的东西中了”（183）。可见，赛姆勒不主张革命，他认为革命只会造成一种混乱，产生“更多的可能性，更多的演员、类人猿、盲目模仿的人，更多的发明，更多的虚构、幻觉，更多的想象，更多的绝望”（120）。赛姆勒对将现代人视为“超人”的观点持批评态度，将现代人疯狂地创新而导致的种种无政府主义的行为归咎于人类对自己的境况、对历史缺乏思考，缺乏善恶、对错的判断力和盲目创新。他觉得，那种“认为一个人能为大众，而不是为极少数人，做出一番事业来，是一种危险的幻想”(183)。对他而言，个人不是实现其他人目的的手段，个体和家庭是社会的基本组成部分，个人具有思考、辨别的能力，能独善其身，就是个体对社会的贡献，这也是个体的价值所在。

《赛姆勒先生的行星》中丰富的动物意象，形象地展现了现代人的非人化和人格的分裂。在贝娄看来，思维是人的特性，没有思想的人类是低等动物“类人猿”。在小说中，作者多次使用了动物意象来指称人类，将整个人类称之为“类人猿”，将激进的大学生描写成令人讨厌的生物。小说中人物均被隐喻为某种动物，并具有某种动物性。被性困扰的人被称为弗洛伊德的“鼠人”（Rat Man）；格鲁纳低声骂来病房向他要钱的女儿安吉拉为“母牛”；安吉拉认为，女人都是臭鼬，身上有很多味道，将她弟弟华莱士称为“怪僻的猫”；而华莱士认为，女人太放荡、不值得信赖，都是动物，并称他姐姐安吉拉为“猪”；黑人小偷被描写成“大黑兽”；生物物理学家高文达·拉尔被描写成“毛茸茸的家伙”，长着“野兽般棕色的眼睛”；探月考察的宇宙飞行员是“超级黑猩猩”；格鲁纳戏称赛姆勒“彬彬有礼的瘦猴儿”。赛姆勒和拉尔一致认为：虽然人类的理解力在不断地提高，外表也在演变，但人就像一个东西，一个动物，至少像教堂里的一只耗子。

而小说第六章中哥伦布圆广场上弗菲尔和黑人小偷打斗的场景描写，则充分说明了现代人的冷漠、爱的缺失和人格的分裂。赛姆勒急于回到医院去看随时可能会死去的格鲁纳。因为赛姆勒从华莱士用水淹了顶楼联想到，这可能隐喻着格鲁纳大脑中那个血管瘤的破裂。赛姆勒非常后悔没有留着医院陪着他，他知道格鲁纳此时最需要有人陪着他，跟他说说话。格鲁纳最需要的应该是他的儿女华莱士和安吉拉，可这两个年轻人却不想尽这个责任和义务，甚至没有同情心和怜悯心。同情是人世间的一种需要，但在现代社会中，同情的言论，希望与欲念的声音，悲恸的呐喊“受到了压制，仿佛是违法的”（209）。在半路上，赛姆勒的思绪被一个多人围观的打架场面打断了。他看到弗菲儿和那个小偷在打斗，惊慌失措的弗菲尔受伤了，被小偷紧紧控制着，根本无力自卫。弗菲尔用眼睛请求越来越多的围观者能出手相助，但他们都无动于衷。小偷想夺走拍下他偷窃行为的相机，可弗菲尔拒不放手。赛姆勒请求围观者将两个人分开，也没人愿意。赛姆勒突然觉得自己完全是个外人，他的“嗓音、声调、句式、态度、脸庞、思想及一切，全都是外来的”（230）。赛姆勒让他站在一边看热闹的女婿艾森去找警察，可艾森不想惹麻烦，以不会讲英语拒绝了。而警察正在忙着逮人或开罚单，在市民需要他们时，他们总是不出现。赛姆勒看到，这些精神麻木、看似在场实不在场的围观者如同精神分裂症患者一样，正欣喜若狂地等待着这场打斗能满足他们受到戏弄、欺骗和挨饿的需要。他感到自己无能为力，形同死亡，强烈的恐惧感涌上他的心头。仿佛灵魂和肉体分离的一般，赛姆勒看到自己不是站着，而是奇怪地斜倚着，侧面看起来很古怪。"那不是他本人。那是某个精神贫乏的人——这一点触动了他。某个在人与非人状态的人，处于满足于空虚与满足、充实与虚无、有意义与无意义、这个世界和无有世界之间"（232）。赛姆勒请求艾森想办法将两人分开，艾森就用手里的那个装着铁器的包狠狠地砸向小偷。当艾森打算打死小偷时，赛姆勒制止了他。艾森用战争时经验告诫赛姆勒："对于这种人你不能只揍他一顿。当你揍他时，你必须认真地揍他。要不然他会杀了你。"（234）赛姆勒被艾森的言行气得发抖，觉得艾森是一个杀人狂似的疯子，他同情小偷，尽管小偷可能是个狂妄自大的疯子。叙事者用自由直接内心独白揭示出赛姆勒此时的心情。赛姆勒讽刺性地将世界比喻为一座大型游乐场，华莱士、弗菲尔、艾森、布鲁克还有安吉拉等人都在里面游戏、表演，玩得很快乐。这种游戏、相互娱乐和自我表演令赛姆勒感到害怕，"这真可怕！让人受不了！令人无法容忍！"（236）

年轻人对创新和个人解放的崇尚以及他们与现有文化的彻底决裂，使得代际冲突成为社会的主要矛盾。作者借用了加塞特（Jose Ortega Y. Gasset）提出的"大众"及其"被宠坏的孩子的心理"的概念（1994），来表现年轻人个性的扩张和人格的分裂。加塞特认为，现代社会中，文化、信息和技术的广泛传播，只是产生了一种新的野蛮人——大众。"他［大众人］的生命欲望自由扩张，因此，他的个性也在扩张；他对所有能使其生存轻松的人和事持激进的、不感激的态度。这些特征构成了众所周知的被宠坏的孩子的心理。"① 格鲁纳的儿子华莱士和女儿安吉拉就表现出"被宠坏的孩子的心理"。格鲁

① Jose Ortegay Gassett, *The Revolt of the Masses*, New York & London: W. W. Norton & Company, 1994, p. 5.

纳过分地宠爱儿子和女儿，但他的儿女却表征出现代人的精神不健全，他们冷漠、叛逆、毫无同情心、缺乏责任感和创造力。因而，在赛姆勒看来，率性而为的华莱士和安吉拉还像个婴孩。他们有着一样的神情，“有一种暗示幼年时期或婴儿幻想的样子”，安吉拉“还像婴孩似的，只是那双眼睛并没有放弃性爱经历的神色”（127）。二十出头的华莱士是个天生的赌棍，总爱幻想，对任何话题都有狂热的兴趣。他努力刻苦，不停地奔忙，是典型的人格分裂的现代人。由于他的兴趣爱好过于广泛，精力太过分散，他急于求成，但又一事无成。他差一点就成为一个物理学家、数学家、律师、工程师、行为科学的博士、酒徒和同性恋者。他是一个持有执照的驾驶员，想在父亲格鲁纳死前，要一笔数目可观的钱，来买飞机和设备。他认为，飞机飞行几小时就可以赚到很大一笔钱，这样他就可以用一生剩余的时间来攻读哲学、完成数学哲学博士学位了。华莱士一心做着发财梦，他怀疑父亲将一大笔钱藏在家里的某个水管中，就置病危的父亲于不顾，撬开家里的水管，将家里淹了个透彻。赛姆勒珍视家庭感情，觉得华莱士太不近人情了。华莱士的例子表明，人类是自己激情、生理状况与生物现象的囚徒，不断地想为自己找出路，但又永远为自己的激情与感觉所禁锢。

现代人的疯狂令赛姆勒不安地意识到，现代生活所产生的不是英国作家威尔斯（G. H. Wells）所设想的进步，而是对不受约束的自我主义的新型崇拜。“不论是革命家，超人，还是圣徒，是信仰骑士，甚至都以匕首或手枪的思想最大限度地戏弄和考验自己，简直是无法无天。”（52）为了表现他们的个体完整性，年轻人穿波斯长裤，蓄连鬓胡子，甚至放火烧图书馆。实际上，他们的“整体”是由技术人员、工程师和寡头政治所宰制的。因而，赛姆勒质疑人们所谓的完整性（145），认为人只不过是历史长河中的一个碎片。在小说中，贝娄多次运用了圆或圆形运动作为重要的意象，以表明人类历史的周而复始。譬如，赛姆勒观察到的小偷总是在哥伦布圆形广场偷窃；赛姆勒在哥伦比亚大学半圆形露天剧场式的教室内进行演讲；华莱士的眼眶被描绘为轨道（orbits）；等等。小说中道德标准的体现者——埃利亚·格鲁纳——在赛姆勒的脑海中也呈现出循环往复的动态模式。“埃利亚奇怪地、连续地再现，仿佛他的脸在围绕着轨道运行——好像他是一个卫星。”（179）在赛姆勒看来，“现在出现了许多令人惊讶的同过去相似的事物”（183）。爱默生认为，人类历史是不断更迭的大循环圈，个人沿着这个圆圈的轨迹进行活动①，贝娄在《赛姆勒先生的行星》中，将人类活动描写为环形舞，前进是为了倒退。这看似是黑色幽默，却表达了人类生活的基本实质。

第三节 道德旨归

贝娄自觉地接受了自柏拉图以来文以载道的传统文艺观，深深地关切理解力和想象力之间的联系，思想在想象性文学中所占的位置。他主张现代艺术也应该寓教于乐，肩负起救赎人生和道德重建的职责。贝娄在其文章《作家作为道德家》中写道：“道德功能不能从艺术中剥离”②，作家应该承载道德家的功能，在创作中通过有效的想象方式来达到教谕目的。在其创作实践中，贝娄将道德和思想观念融入他的作品，人物塑造是其小说的关键，而人物形象主要通过其思想意识来揭示，人物的思维活动遂成为推动情节发展的重要方式。由于这些人物，多为勤于思考的知识分子，呈现人物意识流动的篇幅远远大于人物的行动描写。这使得主题思想成为其小说最重要的因素，而叙事和情节推进则是展现作品主题思想的方式。在贝娄看来，无论作家将自己视为道德家，还是具有“客观严肃性”的艺术家，都承担着牧师或教师的责任③。现代小说应该在现代人的混乱生活中创造出

---

① R. W. Emerson, “Nature,” Joel Porte (Ed.), *Ralph Waldo Emerson: Essays & Lectures*, New York: The Library of America, 1983, p. 45.

② Saul Bellow, “The Writer as Moralist,” *Atlantic* Mar., 1963, p. 62.

③ Ibid..

一个宁静的“台风眼”，在到达纯洁的结论之前，先涉足泥泞嘈杂的地带。[①] 贝娄的这一主张贯穿了他小说创作历程，他的每部小说都将人物置于不同的生活场景，在混乱中探索人性、现代人的生活状况及美好的生活方式，他笔下的人物常常流露出对良好品性的渴望和对符合天道人心的生活方式的憧憬。

贝娄认为，文学反映现实的重要手段，是启示现实必不可少的源泉，能召唤我们转向崇高和美好的情感。[②] 20世纪的危机和灾难削弱了人类的情感，情感欠缺或无能为力的罪孽感，使人们怀疑自己做人的基本价值，长期以来孕育文明民族的道德情操已不能同人们对残酷和罪恶的厌倦相抗衡了。因此，艺术家必须从他的精神中获取力量，以抵制时代的主要异化力量，从精神上感召和启蒙大众，令其摆脱虚假意识形态的影响。

在《赛姆勒先生的行星》中，贝娄戏剧化地展现了一幅美德消退的荒原景象。该小说充满了幻灭感和忧患意识，可以说是一部道德悲悼小说。正如爱默生所说：“人类的基础不是在物质里，而是源于精神之中”[③]，赛姆勒将现代社会中美德的消退和道德的堕落，归咎为现代人过度沉溺于对物质财富的追求而忽略了精神追求，任由理性排斥想象力，造成了现代社会的重重危机。“中产阶级由于未能创造出一种自身的精神生活来，只把一切都投在物质发展上，因而面临灾难。”（117）这种看法印证了马克斯·韦伯（Max Weber）的观点，现代资本主义社会完全受物欲的宰制，受机器生产技术和经济条件的制约，宗教观念已经转化为经济冲动，对财富的追求耗尽了人们的宗

---

① Gordon Lloyd Harper and Saul Bellow, “Saul Bellow: An Interview,” Earl Rovit (Ed.), *Saul Bellow: A Collection of Critical Essays*, New Jersey: Prentice-Hall, Inc., 1975, p. 14.

② Saul Bellow, “Allan Bloom,” *It All Adds Up*, New York: Penguin Books, 1994, p. 279.

③ R. W. Emerson, “Nature,” Joel Porte (Ed.), *Ralph Waldo Emerson: Essays & Lectures*, New York: The Library of America, 1983, p. 45.

教感情，因此，社会成了一座冰冷的铁笼。[①] 《赛姆勒先生的行星》传达了良知对人们的道德劝谕：在60年代这样基本道德问题异常混乱的时代里，每个人都应该凭内心深处的良知、道德责任感、正义感、对合法性的感知和自明判断，担负起构建人类共同体的个体责任，而不是依靠足以解释并正当化一切事情和行为，以各种笼统、抽象、假定为前提的理论，从确定的事实和个体责任的论域中逃逸出来。

赛姆勒大概是贝娄笔下最有思想的人物，他在冷静地观察和分析社会，在遭遇暴力和死亡的同时，为社会现实和传统辩护。70年来，赛姆勒一直在内心深处进行着思考，对一切都有独立的判断，且固执己见。赛姆勒所思考的问题，如性疯狂、犯罪、自我的迷失和扭曲、阿波罗登月所表征的科技进步和死亡等，也是小说要突出的主题。小说通过描写围绕着赛姆勒发生的一些事件和他接触的人物来揭示主题，而事件主要是通过一些场景来叙述的。小说共有六章，分为22个场景，每个场景都与现代人的某种疯狂相关。这些场景的并置和连缀建构出充满差异与断裂的异质空间。作者以赛姆勒对这些事件的思考为动因，来转换场景，推动故事情节发展的进程。因此，赛姆勒在小说中具有双重功能，他既是一个客观观察者与评判者，又是一种叙述策略。当赛姆勒用视力好的右眼观察事物时，那只损坏了的左眼似乎转到另一个方向，独自专注于另一些不同的事情。他的好眼睛记录人物、行动和周围发生的事件，左眼象征性地将社会上正在发生的事件提交给内省分析、历史和哲学视角。因此，小说呈现出一种从行动到反思的循环叙事框架和场景并置，间杂着赛姆勒从过去到现在、从私人领域到公共领域、从生到死的内在意识的流动。

为了能客观地展现社会文化弊病，贝娄让赛姆勒与其观察对象保持一定的情感和心理距离。赛姆勒既置身其中，又超然物外，自以为

---

① Max Weber, *The Protestant Ethic and the Spirit of Capitalism*, New York: Scribner, 1958.

他是大家“中间的一员”，但他清楚地知道他并不是（184）。他确实感到，由于他在精神方面专注于同当前太不相称的柏拉图式的奥古斯丁的13世纪，专心致志于那些太不相同且太遥远的事物，他与自己的同类疏离了。即便如此，他在观察周围的世界时还是抱着一丝同情。通过观察，他发现人已经丧失了人性，唯一不变的是人如何看待自己对他者应负的责任。赛姆勒在大屠杀中九死一生的经历，他丰富的人生阅历和渊博的学识确立了他在家人眼中的权威。赛姆勒的家人试图担负起对崇高美德和文明的责任，但是徒劳无益，由此导致了他们的自我烦恼和焦躁不安。赛姆勒被他们视为旧时代和传统道德标准的象征，把他等同于法官和牧师的角色。这些人都因身份的缺失而痛苦，希望从他那里寻求他们生存的意义和证明。不管赛姆勒愿意与否，他们均向赛姆勒讲述他们生活中的病态细节。面对年轻人的种种疯狂行为，赛姆勒感觉到这一代年轻人毫无价值观念。在与他人的交流中，赛姆勒努力地灌输一些他认为很重要的价值。但由于长期置身于这些人中，赛姆勒对自己的感觉也有些模糊了。矛盾的身份让赛姆勒只有借助“过去”才能全面地评判“现在”。因而，赛姆勒对往昔及传统道德的记忆，就成了他评价社会和他人的标准。同时，赛姆勒过去的经历也为他阐释现在提供了方法和参照系，让他能像看待他人一样客观地看待自己。贝娄赋予赛姆勒的这种距离感和客观性，一方面，很适于观察纽约生活中的那些退化或返祖现象；另一方面，也是混乱异化的城市环境造成的一种症候，是人们应对混乱无情的生活环境的一种策略。虽然小说中所叙之事都是围绕着赛姆勒发生的，可赛姆勒在心理和思想上与周围人的疯狂和社会环境的混乱保持着一定的距离，他痛苦，但又难以回避地参与或被卷入周围的世界。批评家利昂·塞米利安认为，作家在作品中进行了某种道德评价，这些对生活的评价本身也同时评价了作家自己。在塞米利安看来，小说的形式渗透着作家的道德观念和世界观。“在作为叙述方法的写作角度背后，存在着一个道德角度。[……] 作者的态度奠定了作品的基调，为小说提供了微妙的内在统一的因素。”[①] 贝娄不动声色地随意地出入人物的内在意识，减少了叙事者对人物意识流动的干预，将人物的内在意识直接暴露出来，模糊了叙事者的叙事和赛姆勒的视角之间的界限，不露痕迹地通过赛姆勒发表其对反文化运动的批判，表达其对20世纪60年代美国社会、西方世界，乃至全人类的看法。《赛姆勒先生的行星》中的道德教谕及其丰富的哲理性，有力地说明了贝娄用爱、责任和道德重建人类共同体的乌托邦思想。

在《赛姆勒先生的行星》中，思想与行动的联系不仅是文学形式问题，还是一个道德问题，小说中的每一思想、情节的重复和事件的再发生都服务于小说中的道德批评。赛姆勒对旧价值观与伦理道德的坚守，对20世纪60年代美国社会文化的针砭及其毫不掩饰的道德愤怒，表现了知识分子面对精神颓废、道德沦丧的社会现实时的“心灵的呐喊”[②]，揭示出贝娄的文学济世情怀。赛姆勒在语言和思想方面与贝娄几乎毫无二致，《赛姆勒先生的行星》可谓“贝娄的个人圣经”[③]。

贝娄在小说中描写个人对社会转型时期的城市景象的反应，关注城市和文化方面的问题所引发的个人问题。面对20世纪60年代的社会动荡、静坐、抗议、城市暴力和不满的情绪等，贝娄通过创作来让人们理解混乱的社会环境。“全世界是一个舞台，所有的男男女女不过是一些演员；他们都有下场的时候，也都有上场的时候。”（《皆大欢喜》第二幕第七场）贝娄经常用演员和剧场的意象，表达出这样的思想：人生在世是一场悲喜交加的戏剧，所有的人都是参与其中的演员。“托克维尔曾预言，在民主国家，公众从作家那里所要求的，

① ［美］利昂·塞米利安：《现代小说美学》，宋协立译，陕西人民出版社1987年版，第70页。

② Alfred Kazin, “Though He Slay Me …,” Gerhard Bach (Ed.), *The Critical Response to Saul Bellow*, Connecticut & London: Greenwood Press, 1995, p. 175.

③ Charles T. Samuels, “Bellow on Modernism,” Gerhard Bach (Ed.), *The Critical Response to Saul Bellow*, Connecticut & London: Greenwood Press, 1995, p. 180.

是剂量越来越大的激动，越来越强的刺激。他可能没有想到，公众竟然会如此广泛地自己来上演活剧，会把世界舞台变成所有人的舞台。”① 在《赛姆勒先生的行星》中，小说通过场景叙事和场景的转换，给读者展现了一幕幕即兴的真人情景剧，并以此凸显现代人的自私、疯狂和野蛮。同时，作者让赛姆勒以内心独白的形式，以传统人文主义思想为判断标准，表达他对他人、社会和人生的看法。赛姆勒大段大段的哲理性思考，使作品充满了道德想象，而赛姆勒则成为作者表达其道德观的面具。赛姆勒热爱光明，遵循某种人生的道德体系，在庸常的日常生活中寻找永恒的东西。赛姆勒这一形象，表明贝娄在一个混乱无序的社会中寻找道德生活的证据，向读者提供发现自己生活于其中的大千世界里的诗意的努力。

小说开篇采用叙事化话语与自由间接引语相结合的方式，揭示出赛姆勒所处的困境——思想观念和行为方式之间的矛盾性。他不顾自己的年龄和处境，总是坚持对的事情，不知道他被派驻伦敦当记者的那二十年留给他的英国绅士般的生活态度，全然不适于他作为一个曼哈顿难民的地位和处境。然而，在现代社会，若有人坚持一切都必须是对的，那他就会被视为怪人，因为“对还是不对，主要在于解释”（5）。加达默尔的解释美学赋予解释者三重职能：解释、辩护和批判。解释者在解释的同时，会为自己的观点辩护，并批判与异己的观点②。在后现代社会，知识分子变成了专事解释之人，他们不断地解释事件的根源、历史、结构和缘由。但是，所有的解释都带有解释者的主观性和意向性，或“政治无意识”。赛姆勒总是悉心地体验和观察现代人和社会生活，并做出道德判断，但他不愿意解释什么。在赛姆勒看来，解释是件苦差事，因为大量的事实和感觉强烈地冲击着人们的观念，造成信念和责任感的缺失，他们大都把这些解释当成耳旁风。赛姆勒对解释潜在危险抱

① Saul Bellow, “The Distracted Public,” *It All Adds Up*, New York: Penguin Books, 1994, p. 169.

② ［德］汉斯-格奥尔格·加达默尔：《真理与方法》，洪汉鼎译，上海译文出版社 1999 年版。

有戒心，但总有人把他当成倾诉对象，他不得不为他们做些分析和解释。“人人都会向所有的人解释一切事物，直到准备好下一个新的共同版本。这种版本——大约一个世纪以来人们相互传播的东西的一种残余，将会像旧版本一样，是一种虚构。”（17）在他看来，所有的争论和解释都带有某种意向性或隐含着某种意识形态，因此，解释常常把人类的精神生活搞得无法控制。就现代人而言，重要的是考虑如何恢复生命原有的丰富性，而不是沉迷于解释。为此，人们必须更加贴近自然，以平衡现代科技取得的种种成果（17）。虽然现代人缺乏区分善恶、对错能力而导致的社会秩序的混乱和人们普遍的冷漠令赛姆勒非常担忧，他总是忙于思索，“宛如曼哈顿岛上一座沉思的岛”（62）。他为公共汽车上看到那个黑人在行窃时流露出巨兽的厚颜无耻，以及其他乘客对此熟视无睹感到愤慨，甚至迁怒于那些毫无察觉的被偷者，为报告此事时警察局的无所作为感到愤怒。虽然赛姆勒清楚地知道，人们已经习惯了城市里的罪恶，但他还是渴望会有奇迹发生。这种渴望促使他多次乘坐那趟公共汽车，以便再次观察扒手行窃时人们的反应。“恐惧，罪愆，谋杀使所有的现象，生活经验中最平常的细节都变得生动起来。艺术能启人心智，邪恶一样寓有启发。”（11）仅从大街上四处可见的、被人为毁坏的电话机，变成小便池的公共电话亭，赛姆勒就觉察到现代社会中在文明秩序保护下的野蛮粗鄙，传统信念遭到无情的嘲讽，旧价值观被扭曲。“人们今天证明懒散、愚蠢、浅薄、混乱和贪欲是正当的，把往昔尊崇的一切翻了个底朝天。”（9）赛姆勒感到世事变迁，今非昔比了。“清教主义的苦心经营即将结束，黑暗的邪恶工厂成了明亮的邪恶工厂，道德败坏者变成了快乐的宠儿”（28）。官僚机构如同铁笼，隔绝自然、压抑人性、扭曲情感，并改变着人类的思维方式。即便如此，赛姆勒还是觉得，人们过于夸大生活的悲剧性，过于强调信念已经崩溃。如今人类普遍上演死亡之戏，但人类还不想结束自己的生存，因为在生存意志中暗含着一种道德观念，在疯狂的表象之下，仍然存在回归正常生活的浓厚意识。赛姆勒相信，在现代社会中，高尚的行为并没消逝，消逝的是过去关于行为的话语，是形式和符号的缺席；成为历史的不是荣誉，而是荣誉这个词；不是美德，只是美德这个词被贬为胡言乱语，也不是同情，而是曾为人类生存之必需的同情的话语。

虽然赛姆勒不认同“末世学”，但他还是像目睹过世界崩溃的人那样忧心忡忡，担心现代人内心世界的混乱及其极端的行为和自我放纵的生活方式会导致世界的再次崩溃。在他看来，人类的革新热潮和原始野性是不正常的，文明的目的不是让人类退化。在文明处于垂危之际，有些知识分子以革命、非理性、本能、性和自由等名义攻击文明，以满足他们难以餍足的欲望。然而，西方文明还没有衰颓到无法控制的地步。那些处于人类灵魂最深处、还没被人类发现的知识，会给聪慧机敏又富洞察力的人带来机遇。大城市里“那些疯狂的街道、淫秽的梦呓、生活中出现的怪异事物，瘾君子、酒鬼和在市中心公开庆祝他们的绝望的性变态者”（61），让赛姆勒觉得创新和解放给人类的带来了新的不幸和苦难，使得社会上“感情得不到报答，心灵找不到慰藉。无限的虚假；无限的欲望、无限的可能性；向复杂现实提出无限的不可能实现的要求”（183）。赛姆勒非常同情现代人因他们的新消闲和自由受难，他觉得除了爱他们以外，最好的方法是使他们“获得某种内在的秩序”（183），因为每个人在内心都拥有同样的真理或精神的张扬，这是人类共同分享的一份最丰富的财产。人类的生存意志体现出一种道德观念，责任使人正直，爱使人获得秩序感，人类还没有悲观主义者认为的那么糟，世界上存在着像人这样一种动物，人类曾经有过，现在依然还有一些人的品性。

小说揭示现代人疯狂的一个背景是伊利亚·格鲁纳的生命垂危，以表明爱、责任和美德是联结人类的纽带。爱、责任和美德将赛姆勒、格鲁纳、玛格特、安吉拉、华莱士、苏拉和布鲁斯等人联系在一起。现代人往往把人与人之间的关系当成一种“社会契约”，但是在与他者的契约关系中，个体根本无法建立任何内在的联系。① 赛姆勒

① ［德］霍克海默、阿道尔诺：《启蒙辩证法》，渠敬东、曹卫东译，上海人民出版社2006年版，第141页。

说：责任有时让人觉得痛苦，但是“责任的痛苦能使人正直，这种正直可不是微不足道的”（177）。贝娄在塑造格鲁纳这一人物形象时，明显运用了犹太文化传统作为道德支撑，赋予格鲁纳以重亲情、遵守传统道德观等犹太传统美德。格鲁纳是个感情用事的人，虽然他十岁就离开故土克拉科夫，但却深爱家人，缅怀祖父母，同情并帮助其他亲戚，对故国旧土怀着柔情。爱是人存在于世的一种结构，是一种独特的原始生命力，它将人与其所爱联结为一个整体。爱指向人与自我、人与他人的统一。[①] 第二次世界大战后，当格鲁纳从报纸刊登的难民名单里看到了阿特·赛姆勒和苏拉·赛姆勒的名字，出于对家人的爱和责任感，他于 1947 年将赛姆勒从欧洲难民营里带到了美国。后来，又将赛姆勒的女儿苏拉接到美国。从那以后，他一直在接济、照顾赛姆勒父女，“没有一天忽略，没有一句恶语”（172）。格鲁纳有着古老的家庭情感和民族认同感，虽然在美国生活了五十多年，有豪华的宅第和劳斯莱斯高级轿车庇护着他的犹太身份，但他骨子里仍是个移民。格鲁纳遵守老派的礼节，他将赛姆勒视为一个旧时代最后留下的人物，虽然赛姆勒只比他大六七岁，他对赛姆勒毕恭毕敬，甚至赛姆勒的经历——战争、大屠杀和苦难——也受到尊敬。赛姆勒也懂得他对格鲁纳的重大历史意义。格鲁纳一向坚持要得到他亲近的人的认可，很喜欢和像赛姆勒这样的老亲戚一起叙家谱。起初，赛姆勒不太明白，成功的格鲁纳为何对自己的种族怀有特殊的感情，但是，当赛姆勒亲眼看到人们的冷漠时，他深切地理解了其中的缘故。格鲁纳的生命即将走向终点，他的脑子里有一根大血管已经变得很薄了，随时可能崩裂，因而，他召唤出自己的最佳品质，表现出豪侠行为。他内心有很强的保护本能，是一个可以依靠的、为别人着想的人，“悄悄地施舍行善是他的乐趣”（227）。作为医生，他知道自己不久于人世，就尽量安排好他的子女和赛姆勒父女以后的生活，甚至连他的司机也在考虑范围之内。格鲁纳对于家人的基本感情和对他人的帮

① Rollo May, *Love and Will*, New York: W. W. Norton & Company, Inc., 1969.

助并不植根于他的本能需要，而是产生于当时特殊的生存环境。赛姆勒认为，格鲁纳用其行为阐释了犹太教教义中的契约观。契约观是犹太教的一个极为重要的神学观念。在犹太教义中，契约指上帝与人的协议。这种契约观体现出“神”与“人”之间的关系是一种互利互助、有义务的双向选择的关系。神对人有义务和责任，而人必须依据律法生活，传播上帝的旨意，兆示使人必须遵守戒律及信念。格鲁纳死后，赛姆勒如此评价了他：格鲁纳尽其最大能力，在死亡即将来临之时，还像孩子般热切地做着他的善良本性要求他所做的一切，他知道他必须符合他的“契约条件”，而且他也的确符合（251—252）。列维纳斯表明，个体责任是他人对我而言的唯一的一种存在形式，是他人在场、接近的形式。这种责任是主体的本质和主要的基本结构，是无条件的。[①] 格鲁纳主动承担了他作为主体对他者应该承担的无条件的责任，并体现出承担道德责任的愉悦。在希冀复兴传统伦理的赛姆勒看来，对家人具有真挚情感的格鲁纳就像黑暗中的一线光明，但遗憾的是，整部小说中唯有赛姆勒关切这抹光何时熄灭。格鲁纳的形象表明：人难免一死，但人可以、应该也必须为人的本质作一些标记，承担作为人的责任和义务。据此可见，犹太传统文化对贝娄的影响，他将犹太教对责任与义务的强调及对爱的宣扬，融入超验主义思想，以独特的道德关怀启迪现代人。

赛姆勒为格鲁纳悲伤，尽可能地多去医院陪他。他告诉格鲁纳的儿女，格鲁纳是个好人，并试图劝说他们善待格鲁纳。可是，漂亮、热情、富有的安吉拉，外表优雅，本质却很粗俗。她捐钱给黑人杀人犯和强奸犯，作为为他们辩护的基金，但对自己的家人却缺乏爱、同情心和责任感。当她的父亲因病住院时，她还在无拘无束地寻欢作乐，过着放荡淫逸的生活。即使是在格鲁纳弥留之际，安吉拉去医院的目的，不是去陪伴自己的父亲，而是想得到更多的遗产。显然，她父亲已经给她的

① Emmanuel Levinas, *Humanism of the Other*, Trans. Nidra Poller, Urbana: University Illinois Press, 2003.

50 万元存款和免税的市政公债难以满足她的贪欲。她弟弟华莱士的做法与她如出一辙。华莱士去医院看望他父亲时，不关心他父亲的病情，却和主治医生热烈地讨论运动，他不明白华莱士为什么在他父亲病危之时，大脑还是完全被生意、名誉地位和死亡占据着。面对华莱士和安吉拉一贯的冷漠空虚和毫无责任感，赛姆勒由窗外建筑上的拆毁标记、图形或涂鸦，联想到人类的堕落，想到使生活更有意义的方法、灵魂对永恒存在的专注和人类的疯狂。赛姆勒回忆起他在大屠杀中死里逃生的情形，试图通过今昔对比，找到时代精神的预兆和人类已经发狂了的例证。华莱士与那些“幻想一个筋斗进入更高的社会阶层”的人一样疯狂（76），他来医院的目的是，在父亲咽气之前，要一笔钱买飞机，以便他靠航拍当地的植物来挣钱。然而，华莱士认为非买不可的飞机，在他的合伙人弗菲尔看来，却是出于华莱士对驾驶飞机的病态爱好。安吉拉和华莱士虽为手足，却总是相互指责、诋毁对方。格鲁纳非常厌恶自己儿女的做派，他清楚地知道他女儿是个“放荡的姑娘”（142），儿子是个“高智商的傻瓜”（143）。出于舐犊之情，他还是给他们钱，让他们舒适地生活。临死前，他希望他女儿能成熟而理智地对待自己，结束她混乱和放纵的性生活。相比之下，玛格特喜欢发表长篇大论、处处模仿已故丈夫，但她很善良，热切地希望做好事。玛格特是赛姆勒已故妻子的侄女，她收留赛姆勒，并为他做些力所能及的事情。从作者在“她的确是善良的”这个分句后加括号，以旁白的形式标注、补充说明或强调的“这是关键问题”（18），可以看出，对叙事者（抑或作者）和赛姆勒而言，善良本性是人之所以成为人的关键所在和人性的永恒内核。人之所以是高级动物，是在于他有思想，但是，如果缺乏良知，人只不过是有知识的动物。当赛姆勒面对被各种无理智的疯狂行为所主宰的社会现实，发现伦理观念假定的心灵的自律遥不可及时，不得不努力在现实生活中寻找生活的内在意义，坚信人性本善，坚守道德底线，提倡人的内在光辉对人行为的制约作用，以现实个体与社会的平衡与和谐。

贝娄试图连接自我与他者、自我与社会、主观与客观、行动和性情之间的关系，在事实描写的同时，采取道德评判的态度，对社会和文化进行诊断。他笔下的人物竭力保持一种举世昏睡我独醒的状态，避免沦落为迷失的孤独个体。他将赛姆勒塑造为一个敏感的观察者，“在百老汇外面漫游的哲学家”，让他来观察“烟雾腾腾、满是白痴、哆哆嗦嗦、发着恶臭的百老汇”，观察那些“如此反复无常、焦躁不安的动物，如此神经紧张、好奇的动物，易于患上如此多疾病的、易于痛苦和厌烦的类人猿”（117—118），以及依据美学标准“复制出的各种各样的人”（119）。透过他的独眼，赛姆勒看到，太多表明人类的疯狂、文明的衰落和世界末日的来临的征兆，这令赛姆勒经常将人类的疯狂和死亡联系起来，然而，也正是这些观察更加强化了赛姆勒对秩序、理性和传统的信念。赛姆勒渴望“摆脱庸常和有限，成为一个从大自然、种种印象和日常生活中解脱出来的灵魂”（95），他明白自己跟不上时代潮流。虽然他的个人意见也会受到其他人的影响，但他相信，一个人应该尽量怀着一颗有教养和仁慈之心生活，意识人类神秘的潜力，“相信善良的多种原型倾向，对美德的渴望并非偶然”（110）。虽然，贝娄通过文学创作的形式来探讨和表征人的价值存在方式，希冀用小说揭示个人生存意义，为心灵寻找诗意栖居的家园，启迪人们在其混沌的存在中发现明朗的价值存在，以便在绝对价值虚无和终极意义失落中，肯定个人生存的意义，让人看到希望。

上述可见，贝娄认同传统的文学功能论，认为在当下的语境中，文学最基本、最重要的功能便是促进人类心灵的成长，启迪人们听从内在的光辉，自我救赎，从而实现人类的自救，因此，文学应该承担起道德教化的职能，升华或净化阅读主体的道德品质，建构理想社会形态的美好愿景。爱默生认为，“文学的功用就是给我们提供一个高台，我们从上面可以俯瞰我们的现实生活，提供一台起重机，我们可以用它移动我们的现实生活。”① 虽然在现代性的影

① R. W. Emerson, “Circle,” Joel Porte (Ed.), *Ralph Waldo Emerson: Essays & Lectures*, New York: The Library of America, 1983, pp. 408-409.

响下，艺术作品愉悦他人、培养其良知和情感方面的作用一再遭到质疑，但贝娄依然主张，艺术的遵旨是内在化和道德教化，力主作家必须承担道德家的责任。“艺术是社会用来拯救思想最糟糕的疾病——意识腐败——的良药”[①]，作家应通过艺术“为生活的无助和卑劣找到一种补偿”[②]，用想象力来表现美德，道德问题是文学一个最根本、最重要的目的（贝娄，443）。贝娄在《作家作为道德家》中探讨了现代社会作家应该承担的道德责任，认为文学要在道德危机中生存，就必须具有很强的道德教谕。[③] 20 世纪的人们，生活在一个愤世嫉俗的世界里，人们对一切都持怀疑态度，很多文学作品都在嘲弄世界，而贝娄则渴望拯救世界，他崇尚生命、和平和文明，反对暴力和死亡，用希望对抗愤世嫉俗主义，通过道德想象、借助人类共通的人性，给生活在混乱喧嚣的消费社会中的现代人以一丝光亮，表现出对道德和人类终极价值的关怀。“社会状况越糟，对肯定性的要求就越强烈；境遇越灰暗、阴郁、可怕，就越需要色彩和多样性；人类越具欺骗性，他们就越希望听到善行。这是自然规律”，人类应该停止关注自己的痛苦，“为他人而活，为他人行事”。[④] 由于社会现实不如人意，人们迫切地需要在文学作品中听到他们从哲学、社会学和纯科学那里听不到的声音——善行。在贝娄看来，文学依然是描绘和评论世俗现实的一种方式，具有世俗化宗教的功用——启迪或救赎的功能。贝娄的文学艺术揭示出这样一个道理：对每一个人来说，存在都是多种多样的，只要存在的多样性有着某种意义、趋向和实际价值，人们就能看到真理、和谐及正义的希望，而希望就是生活的一部分。阿伦特的《人的条件》一书，激发人们去思考那些让人成为人的境况，并表明人类无论处于何种

---

① Saul Bellow, “Culture Now,” *Intellectual Digest* 3 (September, 1971), p. 80.

② Saul Bellow, “The Sealed Treasure,” *It All Adds Up*, New York: Penguin Books, 1994, pp. 60-61.

③ Saul Bellow, “The Writer as Moralist,” *Atlantic* Mar., 1963, pp. 58-62.

④ Ibid., pp. 60-61.

境地，只要人的境况没有彻底地被改变，仍是可以怀有希望的。①而贝娄通过《赛姆勒先生的行星》表达了，无论什么时候，人类都能通过人与人之间爱的纽带，构建人类共同体的乌托邦思想。

小 结

《赛姆勒先生的行星》呈现了美国20世纪60年代的文化裂变在现实生活中的体现，以及文化危机造成的两代人之间的冲突与情感的消逝，表征出贝娄对激进主义的批判及其文化保守主义态度。在赛姆勒看来，激进的年轻人为了反抗权威和既定的社会规范，太过于张扬个性和个体的自由，造成了无政府主义和道德堕落之社会状况。赛姆勒认为，张扬个性应该以承担个体的家庭和社会伦理责任为前提，倡扬爱人类，让个体真正担负家庭伦理责任和社会责任才能拯救人类。

然而，从小说中的一些细节，我们可以看出贝娄思想的矛盾性。首先，贝娄强调人要有自己的思想，保持人的善良本性，具有判断是非、明辨善恶的能力。他赋予赛姆勒非凡的思想意识，想通过思考，通过今昔对比，认识和理解现实世界与现实生活，使内在生活呈现出某种秩序，但是赛姆勒的思考并没有导向有效的行动。在第三章，叙事者两次表明，能冷静客观地观察和判断事物的赛姆勒也曾对自己的看法正确与否心存疑虑，这减弱了作者对当代社会的批判力度，同时，也令人怀疑赛姆勒对现代人生活场景的观察的准确性和正确性。其次，赛姆勒对现代社会有所批判和讽刺，但并非全然否定现代社会。他对旧体系有所怀疑，却又不知道如何构建新体系。赛姆勒生来不喜欢公开流露自己的情感，他欣赏的是某种克制。他主张创新，但必须用理智来制约创新，也不能违背人的基本品质。可见，赛姆勒主

---

① Hannah Arendt, *The Human Condition* (2nd ed.), Chicago & London: The University of Chicago Press, 1998.

张调和理智与情感、灵与肉、个性与共性、传统与现代，以爱、责任和美德构建乌托邦社会。在《赛姆勒先生的行星》中，贝娄通过场景描写，揭示了现代人精神麻木所导致的后果，在《洪堡的礼物》中更是赋予主人公对精神生活的探索及其生命意识神秘主义色彩。

第五章

《洪堡的礼物》：艺术救赎

从《奥吉·马奇历险记》到《洪堡的礼物》，贝娄小说的超验色彩逐渐浓郁，人物从积极地参与外在社会生活，走向思辨和内省，人物的理想主义精神也逐渐被自我怀疑和对社会的失望所取代。《洪堡的礼物》以两代知识分子的遭遇与命运为线索，描写了知识分子对现实的不满与拯救心灵的渴望，人性化地展示了美国社会和文化，更深入地揭示了丰裕社会中美国中产阶级追逐名利和感官享受对精神维度造成的极大冲击和挤压，以及对人类审美原有的精神满足与心灵滋养功能的巨大威胁。小说展现了生与死、理想与现实、肉体和灵魂、高雅艺术和通俗文化之间的冲突，表现了“两岸交流”、灵魂不死、精神延续的主题，充满了神秘主义色彩。

由于贝娄相信人有灵魂，他在描写现实生活时，更深入地穿透人类生活的表象，以呈现人丰富的内在现实、剖析人的心灵。《洪堡的礼物》表现了人依靠灵魂来抵制将自我变成外界牺牲品的力量，达到精神觉醒的重要主题。贝娄通过运用不同的人称代词，让主人公兼叙事者查理·西特林从多个角度凝视自己、反思自身，以揭示西特林的精神成长过程；通过时空交错、对比与反衬等手法，来展现新旧两个世界、过去与现在、两位主人公对待物质与精神的态度之间的对比，来揭示西特林对人生的意义和死亡的思考，对超越于物质之上的精神世界的追求，及其精神成长与自我觉醒；运用重复、平行结构、互文、象征、意识流等技巧，来呈现西特林对人与人之间的爱的执着，及其对个体的生命意义和内在本质的探索。本章通过分析物质与精神、生与死、灵与肉、公共领域与私人领域之间的张力，揭示西特林的精神成长、自我觉醒与自我救赎的心路历程，展现小说所传达的精神独立、灵魂不死与艺术救赎的超验主义思想。

第一节 物质与精神

贝娄努力在具象世界中探索普遍性，因此，笔下的现实具有双重性：一是物质的、追求享乐的现实；一是超验的、通过想象得到的现实。贝娄坦陈，他的小说总是徘徊于两个世界之间。① 贝娄小说表现了人在永远无法取得成功的世界上的游荡和人对于超验力量的渴望。② 凯斯·俄普代尔指出，贝娄"用现实生活中的细节描绘了一个超验的现实"，超验性赋予具体细节以精神价值。③

在《洪堡的礼物》中，贝娄试图调和超验主义和个人灵魂不朽的思想，用大量的篇幅来展现人智学和自我不朽（或者说灵魂不死，生命轮回）思想对西特林的影响，表明只有经历苦难或死亡，人的灵魂才能得到拯救。人智学（Anthroposophy）是由鲁道夫·斯坦纳（Rudolf Steiner）所创立的"精神科学"。"Anthroposophy"是由斯坦纳将希腊语中的前缀"Anthro-"（意为"人类的"）和"Sofia"（意为"智慧"）复合而成。在斯坦纳看来，在可见的物质世界之外，还存在着精神世界，而人智学就是要运用科学的方法来研究人的智慧、人类以及世间万物之间的关系。斯坦纳声称，人智学是一种探索精神世界的知识的途径，把人的精神引向宇宙中的精神的认识途径。④

---

① Saul Bellow, "Nobel Lecture," *It All Adds Up*, New York: Penguin Books, 1994, pp. 88-97.

② Howard M. Harper, *Desperate Faith*, Chapel Hill: University of North Carolina Press, 1967, p. 7.

③ Keith Opdahl, " 'True Impressions': Saul Bellow's Realistic Style," Edmond Schraepen (Ed.), *Saul Bellow and His Work*, Brussels: Centrum voor taal-en literatuurwetenschap, Vrije Universiteit, 1978, p. 62.

④ Rudolf Steiner, *Anthroposophical Leading Thoughts: Anthroposophy as a Path of Knowledge*, London: The Rudolf Steiner Publishing Co. 1973.

每个人都能独立、自由地发展自己的精神生活，都又能通过修炼达到最高的精神境界。西特林深受斯坦纳的精神科学的影响，将自己视为斯坦纳的精神主义教义的阐释者。他相信灵魂“不需要生理基础”①，可以独立于肉体而存在。在童年时，灵魂塑造着自己的肉体，也即建设着自己的主体，这种塑形会随着童年时代的结束、随着人成为社会的人而终止。这是由于被思想改造过的世界压抑并扭曲了人对世间万物的认知，使人们视野局限在一个狭小的空间。在西特林看来，人的思想主宰着人的身体，决定人将会成为什么样的人；人是个体生命与生活的意义的给予者和创造者，想象力能激活人的生命力，给沉沦的生命带来澄澈之光。虽然既定的知识和常识以不可思议的力量和方式制约着人们的想象力，一旦想象力摆脱了对经验和生活常识依赖，就会进入人的内心世界，展示精神深处的种种复杂而特异的禀赋，展现人类心灵的内部有别于现实秩序的另一种真实景象。

因此，在《洪堡的礼物》中存在两个迥异的世界：一个是充满喧嚣的、疯狂而强大的物质世界，另一个是带有神秘色彩的超验的精神世界。贝娄通过展现外在的物质世界与内在的精神世界之间的冲突，来体现现代社会中公共领域对私人领域的入侵，以及两者间的冲突与对立，西特林公开的神秘经历（他对斯坦纳的人智学的研究和实践），使这两个世界的冲突变得更加复杂，也赋予该小说中的两个世界多重意义。物质世界是一个巨大的以功利为目的隐喻场，充满了形形色色的诱惑，像洪水猛兽般压抑着精神世界，而精神世界则是人类生命和精神生活的世界，在这个内在的宏观世界，充满了人的情感、想象、意志、观念以及价值等。庸俗的物质主义，将个人等同上帝，渴望满足各种欲望，而超验的世界则将人视为和谐宇宙的一个有机部分。在物质世界里，人最终难免一死，而在超自然的世界里，人的肉体虽已灰飞烟灭，但精神却是不朽的。

① Saul Bellow. *Humboldt's Gift*. New York：Penguin Books，1976，p. 367. 在本章以下内容中，凡是直接给出页码的引语，均出自《洪堡的礼物》该版本。

小说中的两个世界首先表现为新旧两个世界——旧芝加哥和新芝加哥。作者采用对比手法，描写昔日破旧但充满人性的芝加哥与今日拜金、粗俗野蛮的芝加哥，并以此来呈现城市发展、时移境迁对个人生活的影响。现代的、喧嚣的、拜金的芝加哥和旧的、破败的、贫困的芝加哥形成鲜明的对比，这新旧两个世界，一个表征着充满了商业竞争和权力斗争的残酷现实，另一个则体现了人物内心世界中从未被毁灭或践踏的温情和道德。人们大都忘却了旧世界，可在西特林具有强迫性乡土意识，在他的脑海中，旧世界却依然是那么的生动温暖。国际都市芝加哥是现代化快速推进的产物，科学技术和工业文明加速了城市建设的步伐，令芝加哥的城市面貌日新月异。唯科学、唯工业、唯技术、唯物质的价值导向使芝加哥日益奢华虚浮，物质成功至上的价值目标导致社会公理与道德标准的失范、精神生活的荒芜、高雅文化低俗化和文明的衰落。西特林厌弃被科学知识和技术理性粉饰过的新芝加哥，在他看来，芝加哥是一座“没有文化却渗透着思想的城市”（70），但没有文化的思想只是滑稽的代名词。在城市心理学家西特林看来，从芝加哥这个粗俗的城市“可以审视工业主义下人的精神状态”（108）。小说运用借代的修辞手法，用芝加哥代指美国。从西特林对芝加哥的态度，可以推知他对美国的态度。“其实，我对美国——芝加哥正是美国——的态度从来都不是百分之百的。我一直在寻求某种文化保护。”（302）芝加哥人有着强烈的渴望和欲望，他们崇尚功利主义，渴望刺激和极端的事物，尽情地释放着自己的能量、欲望和激情。社会上充斥着暴力、凶杀、欺诈、偷盗、吸毒和各种腐败现象，给像西特林一样带着信仰、爱情和希望的人们带来深沉的痛苦。西特林只能将自己的灵魂或永恒的精神藏在他的帽子下面，即使是和有识之士提出精神问题，谈论脱离肉体的精神力量，西特林也感到踌躇不决，因为他不愿意被人们认为是个怪人。就连洪堡也责备西特林把一生消磨在好高骛远的高超的意识上去了。他认为，高超的意识“天真无邪，意识不到本身的邪恶”（236）。在这样的背景下，西特林认为，与外部世界一样，每个人都有自己内在的奇迹，但最明智的办法莫过于为这些奇迹——“你特有的东西，也即你的怪癖”——都保养起来（51）。

西特林自认对他的出生地芝加哥了如指掌，但近期发生的一切（离婚案，吸血鬼似的法官和律师，车被砸等，人与人之间的冷漠无情等）让西特林感到，芝加哥已经变得如此陌生。他原来认为，“我是在这里长大的，我熟悉这个地方，这个地方也熟悉我”，可是在现在，“我个人的抱负已成为泡影，我的观念是一种异国情调”（229）。与西特林的童年时期相比，芝加哥已经发生了很大的变化。芝加哥的大部分地区都破落不堪，有的地方在重建，有的地方还是老样子，整座城市“就像电影蒙太奇，升起，倒下，又升起”（72）。西特林所熟悉的狄维仁街上，随风乱滚的风滚草给人一种凄凉之感。西特林对城市的丑恶深有感触，渴望高雅文化能照亮庸俗的日常生活，救赎鄙俗的现实世界。“在现代的这种赎回平凡的潮流之中，一切卑劣的东西，统统通过艺术与诗，被灵魂的至高无上的权力赎回了。”（73）因而，西特林总是忆起旧芝加哥，这个旧世界与他的内心世界有着莫大联系，它就像一座内在生活的庙宇，而回忆就是一种爱的形式，是对其价值的珍视。可见，贝娄对内在自我或超验精神的关注，使得小说主人公总在寻找隐藏在表面之下的一种超验的现实。①

小说中的另外两个世界是此岸和彼岸。此岸与彼岸之间的交流使得小说充满神秘主义色彩。《洪堡的礼物》运用意识流和平行结构将过去与现在交织在一起，将事件的叙述与西特林的沉思穿插起来，通过控制事件进的程及其引发的联想与思考，收放自如，边叙边议，来展现洪堡的死引发西特林所作的关于生与死、成功与失败、生命的意义的思考及对灵魂的救赎。此外，作者还运用重复的写作手法，让西特林多次提及他父母、情人黛米及洪堡的死亡，通过精神修炼来与死者交流的努力，以此来展现西特林对死去的亲友的怀念，对洪堡的缅

① Ellen Pifer, *Saul Bellow Against the Grain*, Philadelphia: University of Pennsylvania Press, 1990, p. 2.

怀兼愧疚。与贝娄笔下的其他主人公一样，西特林习惯于静坐沉思，好让自己心灵逃离外部世界，得到片刻安宁。物质世界窒息了人的精神，麻痹了人的灵魂。只要离开可感知的世界，人才会体验到“那从未觉醒的灵魂的每个部分都苏醒了”（219）。西特林通过回顾往事来认识自己，思考人生，寻找生活的意义，因此，回忆和沉思占据了小说的主要篇幅。“每当黄昏来临，我总要这样坐下来，回忆各种往事的细枝末节，回忆见过的、做过的和说过的一切。我能够通过对一天生活的回顾，从背面或者侧面观察我自己。”（117）西特林质疑苏格拉底关于人只能在与他人的交谈中才能认识自己的观点，因为他“倾心于华兹华斯所喜爱的东西——树木、花卉和水”（97），宁愿对着景色遐想，或对着湖水发痴，并借此摆脱内心的沉郁和不安，也不愿去听那些功利主义者的交谈。西特林八岁时在结核病疗养院里就养成了沉思的习惯，很容易感情冲动。肺结核使他将呼吸与快乐联系在一起，阴沉的病房使他把快乐与光明联系在一起，把墙上的光与内心的光联系在一起，使他成天地祈祷并赞美上帝。成年后，他仍然感到自己被渴望戕害了，他总有一阵阵轻微的冲动，病伴随着热情的晕眩。亲友的离世，让西特林不断地思考着生与死的问题。洪堡的死，或者说，洪堡的遗产，更是向他、向大众提出死亡这个令人深思的问题。西特林总是想念洪堡与死去的亲人，想象着来世也许又会见到他们。虽然他的父母已过世多年，但西特林经常到他父母的坟头去祭拜他们。他也日夜怀念死去的情人黛米。而诗人洪堡之死对他来说意味深远，他花了过多的时间思考死亡，并跟死者交谈。随着时间的流逝，当人们开始怀念洪堡时，西特林更加悲痛地思念着洪堡，经常在梦中与洪堡相遇。西特林觉得，死者存在与否取决于人们的意愿。“如果我们愿意让死者活着，他们就活在我们心中。”（304）西特林相信，死人和活人构成一个社会，死者仍然活跃在地球上。人在生命的最后阶段往往会做一些符合道德观的事情，用自己的道德行为来启迪世人，因为人临死前，都会“最后把车轮转向有利的方向，把从人世取得的道德观传达给来世。人世是你能够得到这种道德的地方，而来世则是需要它的地方”（395）。

贝娄对生与死的思考是贝娄小说的重要主题之一。《洪堡的礼物》中，西特林更是多次提到惠特曼所提出的死亡问题，及其对惠特曼的思考。他认为死亡问题是惠特曼为作家所规定的任务——惠特曼“坚信民主将会失败，除非诗人把它写成关于死亡的伟大诗章”（367）。贝娄相信，人与人之间的关系是永恒的，人很难放弃人与人之间的情感。活着的人与死去的亲友之间的联系，也不会被死亡所阻隔。“当你死后，还可以见到那些你爱着的已过世的人们。[……] 我们终将和我们爱着的亡人相聚。”① 贝娄总觉得他已故的母亲就在他左右，从未离开。贝娄笔下的西特林也具有同样的情感。他常常思念那些死去的亲人和朋友，神游那些令人窒息的坟墓，想象着来世与他们相见。西特林认为，“真正的生活在此岸与彼岸之间流转，真正的生活就是此岸与彼岸之间的一种关系”（448）。他相信，人死后不久，“没有生机的肉体就腐朽了，又变成形形色色的无机物”，而“灵魂却获得了新生”（209）。斯坦纳认为，人在清醒与睡眠之外，还有第三种状态。受斯坦纳的影响，西特林认为，死者活跃在每个活着的灵魂的无意识里。死者就在我们周围，我们看不到他们，是因为我们形而上学的观念将他们拒之门外，但是，当我们熟睡时，死者就靠近我们了。洪堡死后，西特林念念不忘洪堡，常常在梦中与他相见。第一次在梦中见到洪堡时，西特林喜极而泣。当洪堡告诉西特林，他死后终于明白了一切，西特林对死亡也有了新的认识：在那些亡灵看来，新世界如同一艘愚人船，在社会和自我的重压下拼命地挣扎，可是，当人们离开浑浑噩噩的尘世进入永恒时，他们就会恍然大悟，开始省悟各种往事，将世间的一切看得明明白白。洪堡曾经给他造成的心理伤害也随之冰释。西特林通过阅读洪堡死前的来信与明信片上的诗句来缅怀洪堡，渴望为洪堡做些事情来弥补对他的歉疚，以慰藉自己不

① Saul Bellow and Norman Manea, “‘Before I Go’ ——A Conversation with Norman Manea,” *Salmagundi* 131/266 (Summer 2007), p. 183.

安的心灵。西特林试图与死者进行交流，总想为他们做一些事情，以救赎自我。这样的超验主义思想，令他不断地渴望救赎，渴望找到救赎的可能性。这是贝娄对内在自我或灵魂的信念的写照，表征着他作为有良知和社会责任心的知识分子对精神的守望。

《洪堡的礼物》以两代作家的遭遇和命运为线索，运用对比和反衬的手法，讲述两代作家成功与失败的经历，展现20世纪30—70年代美国社会生活的画卷，凸显社会的发展和时代的变迁对知识分子的精神、品性、情操和社会地位及文学艺术（诗歌）价值的影响。洪堡在30年代初凭借诗集《滑稽歌谣》一鸣惊人，成为令人羡慕和追随的著名作家。洪堡开始为《党派评论》和《南方评论》撰写评论性文章，得到T. S. 艾略特和依弗·温特斯（Yvor Winters）等人的赞赏，又成为花花公子出版商的编辑顾问，并在普林斯顿大学教书。成功后的洪堡忙于扮演诗人的角色，把本该用于完善自己的诗歌创作艺术的精力投入对金钱、权利和社会地位的追求，扼杀了想象力和生命力。直觉、想象力和对高尚的精神生活的追求是诗人的特质和力量所在，梦想是诗人的力量和兴趣的源泉。“诗人就是他内在的本色，因为一个声音在他的灵魂中鸣响，这灵魂具有同社会、国家、政权相等的力量。”（305）洪堡妄想通过疯狂、怪癖等使自己变得有趣，但他并不具备消除世界的错乱、蠢动、喧嚣的力量，神志不清阻碍他听到事物的本质。因此，20世纪40年代末，洪堡这颗耀眼的明星很快就陨落了。在某种程度上，洪堡的失败是由他一手造成的，因为他成名后将本该用于诗歌创作的精力，误用于扮演表演诗人这一身份。洪堡本质上是个高尚的人，一种充满着精神和伟大的但没有发挥出来的能力，但令人遗憾的是，他滥用了他的创造力，将其诗歌创作的天赋用于他的个人安排，扮演了一个浪漫主义诗人的传统角色。爱默生认为：“每当人性的淳朴、思想的独立性受到低级欲望的破坏——这些欲望包括对财富、享乐、权力与赞誉的贪图垂涎——杂乱与虚假就会取代原有的简洁与真理；而作为人类意志解释者的那种自然力量，也在某种程度上消散了。"[1] 对物质世界里的财富、权力和享乐的追求，摧残了洪堡了精神生活，消磨了他的创作力和生命力，膨胀的私欲使他变得狂妄自大、灵魂迷失，消解了他作为诗人对社会应有的价值。追逐名誉、地位和女人，耗费了洪堡很多精力，他再也没有发表过作品。作者借洪堡的妻子凯瑟琳之口，表明洪堡的创作力衰竭的原因，"洪堡有着太多的私人安排，把太多的才华用到那些安排里去了"（361）。洪堡的计划一再受挫，便寄希望于爱好文学的斯蒂文森能竞选成功，出任美国总统。那时，他便可成为斯蒂文森的"魏玛政府"的"歌德"，文学艺术家们就可以在美国大展宏图。当艾森豪威尔击败斯蒂文森后，洪堡觉得黑暗笼罩着大地，他急于谋得普林斯顿大学的一个教职以便有个栖身之所，并不惜卷入社会上的明争暗斗，卷入历史和扮演历史喜剧"这种拙劣的社会竞赛"（124）。他渴望得到平静的心境，急于回到一种能够重新写诗的状态，然而，他忧虑重重，觉得社会把他挤干了，"世界不断地干扰着我，我必须恢复以往的魔力。我觉得我仿佛生活在现实的边缘，若即若离"（127）。他劝说西特林助他一臂之力。看着洪堡的脸因隐秘的激情和妙计显得红一块、白一块时，西特林为洪堡感到非常难过，"伟大的思想紧邻着膨胀的灵魂。被放逐的灵魂渴望着故国旧土。每个活着的人因失去故国旧土而哀伤"（124）。虽然西特林觉得洪堡的行为非常荒唐，但出于对洪堡的同情，他决定帮助洪堡争取一个诗歌讲座的席位。洪堡在他回光返照之际写信告诉西特林，他并没有像西特林所期待的那样，成为20世纪伟大的美国诗人，尽管"多少人在等待那位诗人呀！多少灵魂都在希望那梦呓般的力量和甜蜜来涤净意识上的陈垢，从一个诗人身上学到显然消失了四分之三的生命的遭遇啊！"（332）在洪堡穷困潦倒、挣扎在死亡的边缘的那段日子里，他连诗都读不成了，更别说写诗了。当他试图阅读柏拉图的《费德罗篇》时，他发现他没有力

---

① R. W. Emerson，"Nature，" Joel Porte（Ed.），*Ralph Waldo Emerson*：*Essays & Lectures*，New York：The Library of America，1983，p. 22.

量去承受柏拉图诗句的魅力，因为“那原始的清新的自我已不复存在了”（333）。西特林很善于观察，西特林是个伟大的观察家，总是在机敏地观察人们，就“好像他能看见他们，而他们看不见他”（366）。洪堡为西特林提供了反思人生和艺术的范例。多年后，当西特林陷入沉思时，往事历历在目，恍如昨日，洪堡的行为让西特林不得不深思生活究竟是什么？人生的意义何在？西特林认为洪堡失败的根本原因在于，在消费社会，诗歌艺术很难与科学技术的力量及其创造的奇迹竞争，导致了诗歌的没落。俄尔甫斯的音乐艺术（琴声）能感动木石，但诗人却不会做诸如子宫切除术和将飞船送出太阳系这些只有现代科技能做到的事情。奇迹和威力已经不再属于诗人。

可见，在物质至上、成功至上的社会背景下，商品权利话语与通俗文化的共谋，消解了高雅文化和通俗文化之间的壁垒，将消费主义设定为人们生活的合法性底线。现代人对物质享受的崇尚，将一切关系都物化了，外在的物质活动泯灭了人的内在情感，忽略了内在生活，造成了心灵的枯竭和精神的空虚。技术理性的胜利导致了想象力、诗性、象征性以及伦理道德的沦落。20 世纪的美国社会被大众媒体所主宰，人们的日常生活中充斥着新闻公告，缺乏诗歌、绘画和哲学，贝娄将这种文化称为“伪文化”（pseudo-culture）。

> 假装现代城市里居民大多不是平庸之辈又有何用？但我们一定不能忘记这些平庸之辈正是我们的兄弟姐妹。坦诚的庸俗要比伪装的“文化”更能适合我。[芝加哥以外的] 别的城市将自己展现为“文化中心”。[可是] 它们的绘画、诗歌和哲学在哪里呢？它们展示给我们的除新闻公告外别无他物 [……] 大部分芝加哥人都在避免受伪文化的毒害。我说“大部分”是因为电视和文化新闻业严重损害着芝加哥的天真的粗俗。①

① Matthew C. Roudané and Saul Bellow, “An Interview with Saul Bellow,” *Contemporary Literature* Vol. 25, No. 3 (Autumn, 1984), p. 266.

这段话揭示出贝娄对现代化大都市、城市居民以及城市文化的态度和观点。在贝娄看来，美国现代化大都市普遍缺乏高雅文化的氛围，粗俗的大众文化造就了不懂艺术的平庸之辈，更为糟糕的是，大众传播媒介和文化工业所传播的内容威胁着人们的纯真，使世界和人们变得枯燥乏味，导致文化工业的娱乐性，影响了人们穿着打扮的方式以及生活方式。社会机构"垄断了他们的思想，通过［人们对第二次世界大战后动荡的国际局势的］兴趣、新闻和欺骗性的政治消解了他们的灵魂"。[①] 美国社会虽然生产性，但它的主要产品是商业文化，而不是更高级精神生活。因而，美国不存在绘画、诗歌、哲学等艺术，也没有艺术家创作的理想场所。在这种伪文化（文化工业或文化市场）生产出来的思想产品和琳琅满目的商品符合极大地影响着人们的思想和灵魂，编织出一种虚假的意识形态。人们所有的需求似乎都得到了虚假的满足。[②] 由文化工业制造出来的虚假意识形态麻痹了人们的思想，把没有主体性的人说成是主体，把没有自觉意识的意识说成意识。可见，商品逻辑支配着劳动进程和物质产品，同样，也支配着整个文化、人际关系、个体的幻象和冲动，使得一切功能、需求都被具体化和戏剧化为利益的话语。现实生活中不再有先验性、合目的性和目标，思考的缺席成为社会的标志性特点。[③] 由于社会文化对个人的行为和精神领域（包括心理、意识、观念等）具有形塑作用，因此，社会文化重塑着人的道德观、价值观以及精神境界，进而，改变或重构着社会行为规范。现代人处于伪文化和商品符合的包围之中，他们对商品和无边欲望的沉迷，导致社会结构的不稳定，生活的程序化，政府的行政化和价值的虚无化。另外，由于政治、经济和科学成为现代社会中的异化力量，人们被科技、政府、商业、机构、政

---

① Saul Bellow, "Literature and Culture: An Interview with Saul Bellow," *Salmagundi* No. 30 (Summer 1975), p. 11.

② Saul Bellow, "A Matter of the Soul," *It All Adds Up*, New York: Penguin Books, 1994, p. 77-78.

③ Jean Baudrillard, *The Consumer Society: Myths and Structures*, London: Sage, 1998.

治、大众媒体等所吸引，没有多少时间去思考绘画、诗歌、柏拉图主义或悲剧了，也不可能通过阅读小说理解生活中发生的事件，从道德上理解并感觉它的微妙了。在意识形态机器中，人的行动不需要思想。这种知识与思想分离的状况，让人成了无助的奴隶，“不只是知识的奴隶，而且是我们制造出来的机器的奴隶，我们这些无法思想的生命成了一切技术上可能的玩意的摆弄，眼睁睁地看着自己消失殆尽”。[①] 人们的“无思想性”和意识形态化的语言，表征着精神生活的荒芜。

在《洪堡的礼物》中，物质主义将世界变成了一个巨大的商场，精神生活荒芜，已经不是适合人类居住的家园了。现世变成了“一个等待生命回归的精神空虚的范畴世界”（20），“生命中3/4的成分明显缺失了”（332）。在过去，诗歌因表现神圣的现实而倍受推崇，而在新世界里，艺术失去了往日的光环，被粗暴地降格为商品，在世俗的眼光中，诗人如同迂腐的傻瓜。贝娄将洪堡塑造为一个狂热的浪漫主义诗人，通过洪堡诗歌创作的起落，来隐喻高雅艺术的没落和艺术的商业化。洪堡充满了激情和想象，执着地追求充满诗意的理想生活。他喜欢阅读对于人生极有价值的经典著作，满脑子都是莎士比亚，相信“每个人周围充满着有意义的空间”（355），醉心于追求永恒而无限的事物提供给心灵的欢乐、热衷于世界历史个人（“精神的解释者”）、幻想着用柏拉图式的、“全人类渴望回归的原始的完美形态”的诗歌对付实用主义的美国（14）。洪堡相信永恒而无限的事物给心灵提供欢乐，他将想象力的神秘力量、爱、灵魂、梦、疯狂、唯心主义和自然等作为诗歌创作的工具，想向世人证明想象力和机器一样能解放人类，给人类带来福祉，让人们认识到精神世界和思想意识中的现实。洪堡认为，在这个精神的荒原上，诗人的神圣使命就是将艺术与工业化的美国结合在一起，将二者视为同等重要的力量，努

① Hannah Arendt, *The Human Condition* (2nd ed.), Chicago & London: The University of Chicago Press, 1998, p. 3.

力寻求诗与科学的共同之处，以证明想象与机械有着同等的威力，把“象征主义同俚语俗语熔于一炉”（119），通过诗歌的感染力和优美让灵魂流溢出来。“假如生命不使人陶醉，那它就不是生命。什么也不是。要么让生命燃烧，要么任其腐烂”（31）。他坚信，在这个异化世界里之外，存在着一个家园，诗歌将是多元文化融合的理想土壤，是“让外来者开始（文化）移植的仁慈的埃利斯岛”（27），而诗人的职能就是救赎大众、美化世界。洪堡希冀诗人通过想象力来改变世界，美化丑陋的现实，使不完美的事物变得完美、使黑暗变得光辉灿烂、使微观变得宏观、使平常事物变得美妙、使异化的世界变成美丽的家园。洪堡的这种浪漫主义和多元文化主义思想，赋予其想象力形而上的色彩，反映了人们在被罪恶力量主宰的世界里对精神的超验性的渴望。

然而，在现实生活中，洪堡的理想却难以实现。洪堡通过诗歌来美化鄙俗的现实生活和世界的希望，他对充满诗意和激情的美好未来的展望，以及揭示日常生活中的美的秘密的渴望，却具有异国情调，因为“美国是一种残酷、不人道的文明，不关心更高级的事物，那些对更高级的事物特别敏感的人不喜欢这种生活，［因为这种生活］令他们精疲力竭”①。洪堡生活在一个技术统治的时代，在工业资本主义如日中天，生产和消费均“靠符号而且在符号的遮蔽下存在”②。大众文化的发展，促使产业结构、需求结构、传媒和影像产业随之发生变化，社会制造了大量的即时消费品，将传统的高雅文化改造为面向大众的消费品，使高雅文化商品化、低俗化、平面化。消费文化和审美日常生活化，使得追求消费性的感性满足成为普世价值，而以纯精神性为旨归的审美活动却日益萎靡，浅层次的审美取代了更高的精神层面。消费取代启蒙和提升精神层次而成为文化导向，商品生产者

① Saul Bellow, “Literature and Culture: An Interview with Saul Bellow,” *Salmagundi* No. 30 (Summer 1975), p. 20.

② Jean Baudrillard, *The Consumer Society: Myths and Structures*, London: Sage, 1998, p. 8.

取代了知识分子为代表的社会精英，成为引导文化发展的主要力量，使公众处于一种精神涣散的状态。贝娄将这种精神涣散称为“当代的危机或我们时代的启示”[1]。在这种时代背景下，艺术沦落为装点个人主义的符号。洪堡想通过浪漫主义诗歌，唤起精神涣散的人们对美、理想的关注和对精神生活的追求，力图通过艺术把世界装饰得光彩夺，用艺术来滋养人的精神世界，但他费尽心机，“只不过才装饰到肚皮以上，而肚皮以下，还是众所周知的粗野的赤裸”（107）。洪堡在诗歌中所赞美的高尚、古朴庄严和永生，他的善良，连同他所珍视的艺术的光辉，在实用主义的美国越来越失去了真实性和吸引力。洪堡突然从偶像的宝座上堕入新泽西乡下的孤独空间，成了“荒野里的英文教授，在那里他是个了不起的文学家，可是，在别的地方，用他自己的话说，他等于零”（119）。对现实的失望和心理落差令洪堡变得疯狂、抑郁，并最终导致他流落街头、暴病而死。他的成名作《滑稽歌谣》成为他给美国文学艺术的祭坛献上的一件供品。洪堡之死隐喻了诗歌的没落与文学走向边缘的现实景观。消费社会中，商品消费气氛膨胀了人们的欲望，物品变成了符号，不再具有使用价值。人们将自己的情感投射到符号上，自我认同变成了符号认同。机械复制抹杀了艺术的灵光，消费逻辑取消了艺术传统的崇高地位，致使艺术的内在光辉不复存在，艺术不再以深刻的世界观为基础，而是被消费系统世俗化为与符号的内在秩序同质的纯消费物品。在美国这片物质上成功的乐土上，“斯文的人们是无法实现他们的理想的，他们只会郁郁不乐。斯文的美国只会落得精神贫乏，气质衰微，才学荒疏”的下场（410）。洪堡试图将世俗的收益同诗的清高结合起来，典型地体现了美国知识分子的矛盾性：既追求精神生活，又耽于物质享受；既尊崇高雅文化的神圣性，又纵情于世俗生活；既关切个人的社会价值，又沉迷于追逐个人生活目标。洪堡的疯狂和失败，皆生动地

① Saul Bellow, “The Distracted Public,” *It All Adds Up*, New York: Penguin Books, 1994, p. 155.

说明了美国人丰富的想象力都被庸俗的事物消磨殆尽了，爱默生的预言，“人类灵魂的萎靡已悄然弥漫了美国人的心灵”，早已成为不争的事实。历史赋予知识分子安排管理纷纭万状的人类事业的重任，以及知识分子该有的尊重、地位和权力已被那些政客、商业巨头、证券经纪人和法律顾问们盗去。“作家变成了与社会、金钱势力和暴力等等战斗的严阵以待的艺术家。”① 知识分子已无法适应美国社会所指定给他们的角色，他们的命运注定成为社会殉道者。像洪堡一样的作家，想利用时代赋予他们的机会，成为真理的敞开者，通过创作为人生的意义解蔽，在作品中表达他们对时代的感受，发现个体和生活的意义，或找到自然的真理，但他们却得不到他人和社会的理解和赏识，“只能怨恨、愤怒，甚至癫狂了”（464）。洪堡试图凭一己之力，稳固诗歌在商品社会的地位，挽救深陷物质的泥淖里美国民众，注定会成为一场失败的闹剧，其悲惨结局证明了精神文化在丰裕社会面临着严峻危机。

实际上，洪堡的失败反衬了西特林的成功。洪堡失败之时，正是西特林崛起之际，然而，名利双收的西特林却耽于肉欲，将精神耗费在与敲诈其钱财的情人、前妻、律师、恶棍等人周旋上，造成想象力和创造力的枯竭。西特林渴望过创造性的生活，拒绝和那些反对真、善、美，并抵制光明的知识分子为伍。他崇拜在爱丁堡大学讲授孔德（Auguste Comte）、涂尔干（Émile Durkheim）、滕尼斯（Ferdinand Tönnies）和韦伯（Max Weber）等社会思想家的狄克·邓沃德，觉得他才是唯一可以与之交流思想的人。但现实与理想之间存在一道无以逾越的鸿沟，惯于静坐思考的西特林也被卷入了一系列社会闹剧中。现代人往往通过符号的力量，抽象地重构缺席了的西方传统中的主体神话和具有绝对价值的人，总想通过购买各种商品符号，来表明自己的个性和身份。在他的情妇的引诱下，西特林违背自己的意愿，购买

---

① Saul Bellow, “The Distracted Public,” *It All Adds Up*, New York: Penguin Books, 1994, p. 164.

了一辆标致身份的梅赛德兹。后来，这辆引申虚荣的车被敲诈勒索他的恶棍坎贝尔砸坏。这种崇拜世俗成功的外部世界已经不再适合于追求美、精神、爱、理想等永恒事物了。但是，西特林天真浪漫、追求高尚的精神生活，希望通过艺术来救赎精神涣散、物质欲求旺盛的美国。西特林性情温和、乐于助人，对过去的岁月充满了缅怀之情，用自己的方式坚持着对家人和朋友的关爱之情，对生存的意义有着独特的感受。但他清楚地感到，现实生活的瑰丽面纱和虚幻境界，就像五彩玻璃的圆顶一样玷污着永恒的白光。“我好像陷进了透明的生活深处，激奋地、拼命地摸索着生存的意义。”（6）现实生活中充满了仿制品，缺乏应有的真实性，仿佛一切都是金钱和权力的交易。文化价值领域不断分化造成世界的祛魅，仿佛人们可以通过计算掌握一切。西特林非常厌恶被物质化的世界。从前，“一个人的苦难只能使他本人的心变得丰厚坚实，或者仅仅具有精神上的价值”，而现在，“只要历一次险，就可以变成一座金矿”（460）。在西特林眼中，注重现实和实利的社会是堕落的世界，每个个体都是赤裸裸的自我，工于低级计算理性的动物。在过去，这些自我都披着各自的外衣，可现在，都变成了赤裸裸的自我。“只是赤裸裸的自我伴随着赤裸裸的自我，难以忍受地燃烧着并制造惊恐。”（217）西特林沦为他人计算思维的牺牲品，为他处理离婚案的律师们视天真、注重亲情的西特林为怪物、古玩，并乘机敲诈勒索。恶棍坎特拜尔惊讶于年过半百的西特林童心未泯。在情妇莱娜达因为他已经濒临破产而投入他人的怀抱时，西特林才看清楚，在美国，金钱有何等威力，“它已经等同于宇宙力的大小。它在我们与真正的力量之间巍然屹立”（419）。西特林想摆脱这个堕落的世界，却不知该逃往哪里，也不知道何时才能超脱充满偶然性和假象的浑浑噩噩的人生，进入更高尚的境界。在小说末尾，西特林濒临破产，被困于马德里的那段日子（元月和二月），他终于过上了平静的生活，不再为金钱烦恼，远离了榨取他钱财的那些人。“我没钱比有钱时反而过得更好”（446）。困顿难捱之际，洪堡临死前留给他的爱的“礼物”——电影脚本和故事提纲——帮西特林摆脱了窘困。西特林用这份礼物拯救了自己，还实现了多年来想为洪堡做点什么的愿望——安顿好洪堡的妻子和舅舅的生活，并将洪堡与其母亲安葬在一起。洪堡用想象力和创造力的产物拯救了西特林，同时，这份表达歉意和爱意的礼物也是他自我救赎的途径。

第二节　超验的世界

柏拉图将灵魂实体化为一个独立于躯体之外的永恒不朽的东西。在柏拉图的“理想国”里，灵魂被分为理智、意志、情欲三个模块，分别对应智慧、勇敢、节制三种美德，这三种美德的和谐结合即为正义。亚里士多德则将灵魂视为在自身内具有动静本原的自然物体的形式或本质。亚氏在解释身—心问题时，将灵魂和肉体视为一个以灵魂为核心的不可分离的实体，灵魂为形式，身体为质料，灵魂主宰着身体。康德在《判断力批判》中，从美学意义上，将灵魂界定为心灵中发挥灌注生气作用的原则，也即由想象力和理解力构成、显现审美意象的能力。爱默生认为，灵魂是一种光明，是智能和意志的主宰，是人类的生存背景，是智慧和善。每个人的独特存在都包含在超灵这个永恒的“一”中，世间万物都是整体中的一个部分，而这个整体就是灵魂。爱默生相信，人可以通过想象力和情感，超越个人而看到整个人类。受唯心主义认识论的影响，贝娄也相信人有灵魂，认为人是由身体、灵魂一起构成，灵魂可以独立于肉体而存在。① 对贝娄而言，人之为人，是因为其有内在的良知或者灵魂。贝娄意义上的灵魂就是人的内在自我，或人性内核——精神——的代名词，是感情的寓所。自我不仅是赋予肉体活力的精神或重要力量，还是个整体，而灵魂则是自我的一个重要组成部分。贝娄在诺贝尔文学奖获奖词中说：“‘存在着一种精神’，但这是禁忌”，尽管人们意识到它的存在，却

① Saul Bellow and Norman Manea, “‘Before I Go’——A Conversation with Norman Manea,” *Salmagundi* 131/266 (Summer 2007), p. 193.

都对此保持缄默。[①]

20世纪的战乱和动荡，使人们习惯了残忍和野蛮，失去了同情和怜悯之心。现代社会的工业生产方式、商业运作模式、科技的发展创造了巨大的物质财富，同时，也无情地将人类生活科技化、物质化和实用化，技术理性的洪流却淹没了人的内在灵性，造成了人心灵的枯竭和价值的真空，精神涣散成为一种时代病症，作家普遍失去了吸引力。贝娄认为，为了能拥有驯服精神涣散和碎片化的力量，为了能吸引公众的注意力，小说家应该关注被忽略、被忘记的人类本质——人性，因为人性对任何人都具有吸引力，人性是一个人或灵魂特有的标记。[②] 贝娄认同爱默生在《对神学院毕业班的讲演》中所发出的呼吁，即人们应该过一种精神生活。但在一百年之后的美国社会，爱默生所倡导的精神生活被虚假繁荣的物质生活挤压得无迹可寻。美国人并没有由于爱默生的奔走呼号而具有高尚且活力四射的灵魂。无神论、理性主义、功利主义和革命是人类灵魂已经病入膏肓的迹象。[③] 现代人已经失去了作为人的意义和灵魂，生活的神圣感在20世纪已经消失殆尽了。贝娄的小说通过描写失去了灵魂的人类，来批判人们对于肉体的过度关切和对精神需求的忽略，警示世人欲望和道德的对立将会导致心灵的迷失和人性的沉沦。

因而，在创作实践中，贝娄关注人的灵魂，注重高层次的精神生活。贝娄对内在自我或灵魂的信念，使得他把文学创作视为宗教事业。贝娄通过刻画社会、他人和命运的牺牲品，描写普通人的生活现实，展现人文主义传统中最美好的东西——灵魂或精神。其笔下的人

---

① Saul Bellow, "Nobel Lecture," *It All Adds Up*, New York: Penguin Books, 1994, p. 97.

② Saul Bellow, "The Distracted Public," *It All Adds Up*, New York: Penguin Books, 1994, p. 169.

③ Saul Bellow, "Some Notes on Recent American Fiction," Marcus Klein (Ed.), *The American Novel Since World War II* (Literature and Ideas Series), Greenwich, Conn.: Fawcett, 1969, p. 166.

物对有意义的生活方式的探索，对精神生活的追求，用心灵拯救来洗刷文明的污迹的渴望，表征着作者希冀通过对人性的呼唤和道德的重建，抵制物质对精神的压抑，使物质和精神达到内在统一的美好愿望。

例如《洪堡的礼物》中保留了浪漫的、自然的诗性与神奇的力量，具有神秘主义色彩。该小说探讨人类是否能被拯救的问题，表现被困于喧嚣的世界里的人物对柏拉图式的精神家园的渴望和追求，以及非理性哲学对贝娄的影响。小说中传达的身体和灵魂可以分离的思想可以追溯到柏拉图关于灵魂的观点。柏拉图的有灵论贬低身体，高扬灵魂，认为灵魂是不朽的。在柏拉图看来，身体是灵魂的枷锁，是灵魂通向纯粹的知识、智慧和真理的障碍。贝娄也抱持肉体死亡、灵魂永存的唯心主义观点。贝娄相信：亲情和友情是一种永恒的关系。“我们都有这种感觉，我们终将和我们爱着的亡人相聚”。[①] 在《洪堡的礼物》中，洪堡在其诗歌中竭力宣扬着生命轮环的观点。当洪堡将“礼物”留给西特林时声称：我们“不是自然的存在，而是超自然的存在”（339）。西特林追求高尚的生活，爱好沉思，关注意识，相信灵魂。爱默生在《超验主义者》一文中将超验主义的实质定位为唯心主义，因为与唯心主义者一样，超验主义者注重意识，强调思想意志的力量、灵感、奇迹，以及个人文化，他们衡量事物的标准是事物在他意识中的重要程度，思想是他们惟一的真实。[②] 西特林倾心于哲学上的唯心主义者，对人的含义有着自己独到的见解，坚信生命的轮回、灵魂的不朽和人的再生。“柏拉图关于厄尔的神话使我的见解更为坚定：现在的我并不是我的初次存在。我们以前都曾到过这里，而且不久后我们还会来到这里，还存在着另外一个地方。”（90）然而他并不是一个彻底的柏拉图主义者，他相信灵魂在重返人世前是困锁

① Saul Bellow and Norman Manea, “‘Before I Go’——A Conversation with Norman Manea,” *Salmagundi* 131/266 (Summer 2007), p. 183.

② R. W. Emerson, “The Transcendentalist,” Joel Porte (Ed.), *Ralph Waldo Emerson: Essays & Lectures*, New York: The Library of America, 1983, pp. 193-195.

于忘却之中的，人对纯粹的灵魂生命有过不完全的忘却，是无法再现的无机状况。因而，人的再生不够完善。后来，在第十六章，西特林更是开门见山地用法庭宣誓式的语气，再次声称灵魂的不朽和生命的轮回。“在这个时刻，我以法庭上作证时的庄严声明：我不相信我的第一次生存是从我出生开始的，不相信洪堡是这样的，也不相信任何人是这样的。”（140）西特林不认同大多数人对于死亡所持的观点，否认人的灵魂能被永远从美学的范畴之内清除出去。

可见，西特林具有超验主义的认识论。超验主义者相信，自然界是精神的外衣。西特林也认为，肉体是精神力量的标志，是宇宙的一种表现形式。西特林将地球看作灵魂的大学校、精神的物质座位，相信人肉体可以腐烂，但灵魂却可以永存，善良的人性是人类的共通性，因为灵魂不可能仅仅凭借偶然的善的闪光在一生中有所作为的。西特林喜欢谈论灵魂，但他的好友萨克斯特对此持有异议。萨克斯特称西特林所说的“灵魂”为“精神”，他认为精神是科学，而灵魂却不是。西特林反诘道：“人们都在谈论精神，为什么就不可以谈论灵魂？”（264—265）在西特林看来，由于心理学和精神分析学说的发展，“精神”一词被现代人广为使用，已经成为现代人的口头禅，导致该词失去了它的原有意义，成为陈词滥调。而作为人性内核的灵魂则被人们视为是一种禁忌，由于灵魂的超验性和不确定性，很难运用理性思维和逻辑推理加以认识，人们将其视为非理性而加以排斥。西特林并不赞同学者们在阐释柏拉图关于灵魂不死的理论时，试图阐明柏拉图意义上的灵魂是一种比喻。他认为，柏拉图并没有将灵魂用作比喻，“实际上那就是他［柏拉图］想要表达的意思”（394）。西特林认同古老的哲学对“人为获得的知识”与“倾听灵魂所得到的知识”的区分，认为倾听灵魂可以获悉事物的本质，只有具有灵魂的非凡力量和内在的自我时，人类才能抵制精神涣散的社会对个人意识的宰制。显然，对西特林而言，虽然灵魂是超乎肉体和大脑之外的人的永恒内核，在通行的假设下，灵魂的存在是无法证明的，但人的所作所为表明确有灵魂存在。这是一股潜藏在人的心灵深处的力量的源泉，是一种内在的才智，人可以凭借它超越现实的物质世界，认识并到达精神的世界。西特林希冀人的超越机体和感官的认知方式，能使人了解“更高级世界”的存在，让灵魂摆脱肉体的羁绊，到达精神世界。

然而，西特林醉心于正义、思想、诗歌与爱情，但他的追求却令他在以消费和享受为导向的社会中举步维艰。西特林对精神生活和美的执着追求，对其他人来说，是一种精神负担。洪堡在世时抱怨，西特林只注重内在的灵感，而与现实世界毫无关系，心里总是思考着某种宇宙的命运，却将考虑金钱、地位、成功、失败、社会问题和政治等这样毫无诗意的责任压在他头上，对凡人皆有的问题听之任之。西特林努力探求生命与死亡的意义，以验证他“真实的生活流动于此岸与彼岸之间”（448）的假设，及“世俗生活并非真正的生活”（90），在某处一定存在着不为大多数忘记了自己的不朽的人所知的纯洁的精神生活的直觉。[黑体字原文为斜体] 西特林努力地将形而上的思想与行动相结合，他的直觉引导着他在整个小说中的精神追寻。但他却被世俗的女人、堕落的朋友及死亡的恐惧所困扰，精神追求和物质享受之间的矛盾与张力，导致了精神危机的出现。年轻时，他以为当一个知识分子就保证能过高尚的生活，认定最为勇敢、热烈和雄伟的生活，莫过于精神生活。但残酷的现实，日益沉重的感官世界的重压使他慢慢地成长并觉醒了。西特林曾经决定倾听从内心深处发出的声音，认为“自然界有我的肉体，也有我”，可现在，西特林认为，他“通过自己的肉体同自然界发生了联系”，但他的一切却“并不完全都包含在肉体里”（183—184）。西特林认识到，死亡只是灵魂与肉体的分离，是灵魂摆脱了肉体而独自自由地存在。精神的觉醒令西特林觉得，他自己是一个体验到生命之光的人，虽然这种东西难以确切地表达，但却是他身上的一种真正的元素，宛如生命的气息一般。可以说，西特林的内心世界所经历的跌宕起伏的情感之旅贯穿于他的精神成长，引领他从一个沉溺于现代社会中的纷纷扰扰的唯我论者，蜕变为一位理解了死亡意义而转向内在的唯灵论者。

此外，西特林还试图通过精神修炼到达更高级的精神世界。小说第36章中描写了西特林囊中羞涩，被困于马德里的膳宿公寓的生活状况。在那两个月里，西特林除了照顾情妇的儿子外，将大量的时间用于斯坦纳的人智学所提倡的精神修炼，他甚至通过给死者读书，设法跟他们接近。西特林认同尼采的观点，禁欲可以大大增强精神力量，而且是提高智力的最佳途径（426）。西特林更加渴望接近那些死去的亲人和朋友们，他再也不想忽视跟死者沟通的可能性了。西特林长时间沉溺于斯坦纳的苦思冥想，尽可能地去接近死者。他相信，在物质的世界里，没有任何东西可以说明这种更为微妙的欲望和感觉，他不相信那些外界灌输给他的经验论，如在人类共同的经验里根本就不存在真、善、美的基础的说法。西特林认为，当他学会如何去避免自己性格中的脆弱和荒唐时，就意味着他已经部分地死亡了，这令他头脑清醒。他不再担心他那盼望结识死者的灵魂在他人看来是怪癖了，因为世间不存在没有怪癖的人。西特林觉得死者生前的痛苦经历肯定会加速他的精神发展，他试着用纯净的意念、真实的感情，全神贯注于他的父母、黛米和洪堡，设法接触他们，与他们沟通，充满真情实感地向死者追求、询问、探索人类生活中的每一种可能性。当死者回答时，"其实正是你的灵魂在说话"（429）。可见，西特林渴望通过与死者交流的方式，与自己的灵魂对话，并以此使自己"同造化——整个存在的演进——恢复一种独立的、个人的联系"（430），以便借助灵魂的不朽来摆脱死亡给人造成的重负，以超然的现实主义的态度来对待死亡。自我认识是我们存在的一部分，认识自己和成为自我是分不开的。赫舍尔说："人的真正实存在内心世界继续发展，我们部分地或全部地就在我们所思考的思想之中。"[①] 对西特林来说，同与他者对话一样，与灵魂交流也是认识内在自我、从精神上提升和完善自我的途径之一。西特林从洪堡的遭遇中看到自己的未来，从而

① ［美］赫舍尔（A. J. Heschel）：《人是谁》，隗仁莲译，贵州人民出版社1994年版，第7页。

放弃与社会名流的交际，远离尘世，研究人智学，在对洪堡的怀念与交流中与洪堡的精神相融合。

第三节　精神延续

西特林对死者忠诚不渝，想继承朋友们未竟的事业，以延续他们的生命。通过对友人的怀念和对往事的回顾，西特林在精神上不断地成长和觉醒。对洪堡的思念使西特林逐渐具有了洪堡的某种特性，例如疯狂。洪堡在世时，当西特林阅读洪堡寄给他的最后一张明信片上的诗时，他觉得那些先进的医疗技术把洪堡给毁了，洪堡大胆的想象力表明洪堡真的很疯狂。洪堡死后，西特林把阅读洪堡的诗当成是与灵魂交流的一种方式。他发现洪堡的诗不仅启迪他想象力绝不会枯竭，而且再次确证了艺术在显示自然方面的内在力量。洪堡在临终前，想通过这首诗告诉他："对想象的拯救官能来说，睡就是睡，醒就是真正的醒。"（111）八九年之后，这张揉皱的明信片令西特林扪心自问，还可以替洪堡做些什么。每次回忆起最后一次看见洪堡的情景，西特林就会因他没有大胆地面对死神已经临近的洪堡而内疚和羞愧。洪堡才华枯竭的过程，令西特林认识到作为作家他所肩负的社会责任。"现在，我不得不考虑，在今天，在这个时代，怎样对待才华，怎样防止灵魂的堕落。不管怎样，这些事情看来该由我处置了。"（135）西特林认为，人们必须用精神生活来抵制和对抗世俗的物质主义，他相信，物质的肉体会在抵制和反对精神的过程中逐渐消亡，而精神则从抵抗中受到教益。出于这种信念，西特林不断地认识自我，探索精神，希望能唤醒自己麻木的精神。

首先，西特林试图通过想象力来唤醒沉睡的精神。依西特林之见，人类已失去了自己的品性，陷入了虚伪的、不必要的历史喜剧中不能自拔，普遍的危机已经成为现实。媒体上充斥着有关犯罪、丑行、凶杀、失常、恐怖的新闻，而人们还将这些誉为人性和人的特征，对自己非人化的处境毫无怨言。为了将人们从麻木的精神状态中唤醒，恢复思想和艺术的严肃性，西特林与他的朋友萨克斯特计划合伙创办一份名为《方舟》的刊物，专门用来发表一些激活人的灵性、滋养人的精神世界的杰作。近几个世纪的思想被耗尽了，包括社会思想、政治思想、哲学思想、文学思想、关于性的思想，甚至是科学思想。“当芸芸众生了解到意识的要领时，他们便把这些已经消耗殆尽的思想误认为新的思想”而不自知（244）。他想采取一切可能的办法去恢复艺术的信誉和权威，恢复思想的严肃、文化的诚实和风尚的尊严。人类生活需要浪漫艺术和诗歌所体现出来那种内在的美，但是在现代社会，这种人类精神和自然精神自由结合的产物已经隐没了。在社会危机的压力下，各种社会问题充斥着人们的生活，人们被迫放弃了私人领域，正在丧失一切属于个人的生活的东西。如果人类没有了想象力，就只剩下愚蠢的头脑和没有头脑的肉体，那么人类将面临毁灭。因此，人类必须尽快恢复它的想象力，恢复鲜活的思想和真正的生活。西特林渴望担负起全人类的使命，让人类进入高度的清醒状态，这不仅是命运赋予自己的重任，同时，也是像洪堡一样失败了的朋友的未竟之业。西特林认为，人们处在虚假的范畴中，人类的历史任务就是“同这种虚假类型一刀两断，揭示这种虚伪的外表”（394）。那些像西特林的哥哥尤利克和坏蛋坎特拜尔一类的唯利是图者之所以能摆布他人，是因为他们在清醒地追求着自己的欲望，而西特林却处于空茫的迷梦中。西特林引用惠特曼的句子，来表明他唤醒自己沉睡的心灵的努力，“现在我仅仅处于将沸未沸的状态中”，然而，“有必要在最后完全沸腾起来”。西特林认为，如果整个社会是一群道德败类，那些追求高尚的精神生活的人就有理由昏睡，可是，美国童年的美好自由已经持续睡眠了半个世纪了。因此，西特林试图通过想象力来唤醒心灵沉睡的人们。他一直在练习“如何按响想象的喇叭的键”，一旦想象力——救世主般的官能——将激发出来，人们也终将“会睁开眼睛观察这闪耀的大地了”（386）。当西特林阅读洪堡留给他的信时，他感动得哭了，他欣喜于洪堡临死前神志的清醒。洪堡认识到了自己的错误，说明洪堡死前一定是冲出了他那麻木的、病态的疯狂。洪堡的回光返照证明垂死的天才是会复活的。

爱默生将古老箴言“认识你自己”和现代格言“研究大自然”合并为一，号召学者们“作世界的眼睛”，真正地承担起研究世界、世界之价值和世界是如何重视人的灵魂的社会责任。[①] 作为知识分子，西特林自觉地承担这一社会责任。西特林认为，“思想是存在的真正要素”（354），人类的心灵放射的光芒能照亮人类黑暗的知觉。思考是人类的天赋，“有些人带着感激的心情接受了自己的天赋；有的人却将自己的天赋弃之不用，所想到的只是如何克服自己的缺陷”（277）。西特林不断地思考，利用各种机会来认识在事物表象背后的真相，通过观察他人和社会、剖析自我，来认识自我，并从具象上升到普遍性。“人存在于他的思想之中，特别是存在于他认识或理解自身的方法之中。他的思想就是他的处境。”[②] 而人的思想意识都是在他与周围环境的联系中产生的。西特林认为，外部世界是人的内在世界的象征，“人的思想也是外部世界的思想，意识在自我之中创造了客体与主体之间虚假的差异”（256）。这一观点颇具爱默生超验主义思想的色彩。爱默生在《论自然》第四章“语言”中提出，一切精神事物都是由自然象征物来代表的，每件自然事实都是某种精神事实的象征，大自然是人心灵的象征，每种自然景观都与人的某种心境相呼应。[③] 西特林有着很敏锐的洞察力和直觉，注重外部环境所引发的思考，善于从庸常鄙俗的日常生活中发现美，从外部世界的具象作形而上的思考。当他在喧闹的群体中看到平静的湖水时，他认为，这种平静是他求之不得的内心的平静，湖面上泛起的涟漪又像是他内心的困惑。在他眼中，花草树木染上了一种不可言喻的、造化之火的色

---

① R. W. Emerson, “Literary Ethics,” Joel Porte (Ed.), *Ralph Waldo Emerson: Essays & Lectures*, New York: The Library of America, 1983, p. 96.

② ［美］赫舍尔（A. J. Heschel）：《人是谁》，隗仁莲译，贵州人民出版社 1994 年版，第 7 页。

③ R. W. Emerson, “Nature,” Joel Porte (Ed.), *Ralph Waldo Emerson: Essays & Lectures*, New York: The Library of America, 1983, pp. 9–49.

彩。西特林常常感到，自然不是一个永远跟主观世界分离的外在的客观世界，所有外在事物同内在事物都是相辅相成的，主观世界和客观世界是同一的，是可以相互转换的。自然是人自己的无意识的存在，可以通过脑力劳动、科学研究和苦思冥想来认识。自然界的每样事物都是人的灵魂的标志，当人静坐沉思，排除一切内心干扰，将全部的精神力量集中在一起时，就可“以视听感知一切，每一朵花，每一个动物，每一种动作，终将显示出意想不到的秘密”（445）。西特林从微观世界上升到宏观世界，相信发生在个人身上的一切都具有世界意义，他的这种信念令他所处的世界也变得温暖了起来。对西特林来说，未被玷污的自我满怀感激之情地与它的造物主亲密交谈，可能就是他“到达真正自我的惟一途径”（251）。

与此同时，西特林也认识到所有的场合都产生思想，而思想又暴露了他。“我必将死于这种知识分子的恶习。”（453）当他和他的朋友萨克斯特被坎特拜尔强行拉进他的雷鸟车后，西特林意识到，他惯于以宇宙为参照系弄清楚自己置身何处的做法是错误的。为了不被无知压垮，他必须坚持精神修炼，以使自己拥有足够的精神能量。

西特林是个唯灵论者还表现在：他苦苦思索灵魂不死的问题，以唤醒沉睡的心灵。虽然他是个人智学的初学者，但渴望发现日常现实背后隐藏着的本质，想搞清楚不断地落在他身上的不朽的暗示后面，是否还存在着什么东西，这才是一个人应该从事的“最伟大、最革命、价值最大的事业”（347）。西特林认为灵魂可以脱离肉体而存在，而且他从不怀疑自己具备不朽的精神。“宇宙存在与我们身上，我们存在与宇宙之中”（109）。西特林决意顺着他在自己内心发现的精神线索走下去，看看它们最终通向何处。当西特林发现，人们的日常生活已经变成恶作剧，人们趣味变得如此低级，语言变得如此粗俗，连文字也变得迟钝乏味时，他渴望改变现状，弃旧图新，做些有益于人类的事情。但当他的剧本取得成功后，他便成为人们敲诈勒索的对象，认识的和不认识的人都想从他身上榨取钱财。他疲于应付前妻、律师、法官、朋友，以及恶棍给他制造的源源不断的麻烦，不断地被卷入各种社会闹剧。这种悲剧色彩使他的心灵处于沉睡的状态，他常常自言自语："醒一醒吧，醒一醒吧"，仿佛他"有几十双眼睛，却硬是闭着它们不用"，而与此同时，"许许多多的人也在喊：'醒来，醒来！'"（48）在西特林看来，人类都是些可怜的灵魂，"恍恍惚惚，惶惶不可终日，甚至连一夜好觉都睡不成"（261）。在斯坦纳学说的影响下，西特林开始精神修炼。每当他感到烦恼时，他总是努力地让自己平静下来，因为坚定、平衡和宁静是精神修炼的先决条件。"意志是联结灵魂和现实世界的关键"（186），只要凭借意志，灵魂才会把自己从烦扰与迷梦中解脱出来。为了将自己从多年的迷梦中唤醒，以便重新点燃创作热情、激发创作灵感、走出低迷的创作状态，西特林准备和莱娜达去欧洲。

实际上，西特林的唯灵论更加体现在他渴望自由之精神、爱和理想，并希望这种精神能延续下去。西特林所处的时代是一个批判的年代，科学理性让人们对人与人之间基本情感不抱任何幻想。但西特林仍然执着于亲情和友情，他对家人和朋友的爱让他对往事难念念不忘。在实利主义者眼中，西特林就像个怪物。西特林也以戏谑的口吻说："如果畸形的脚需要畸形的鞋，那么，奇特的灵魂也有奇特的需要，而爱也就会以奇特的方式应运而生。"（279）西特林有着惊人的记忆力，对经历过的人与事都历历在目，对过去怀有深深的眷恋，然而这种眷恋其实是爱的表现。西特林的父母已过世多年，他还经常想起父母的音容笑貌，时常去他们的坟头拜祭他们。他每次跟他哥哥尤利克谈起他们的父母及儿时所发生的趣事时，尤利克总说自己什么也不记得了，而西特林则继承了他们家族超常的记忆力。四十年后，当他再次见到学生时代的情人内米奥时，发现他还是在全身心地爱着她，并尽力帮助她。洪堡的舅舅与他毫无干系，但是出于他对洪堡的感情，当他见到洪堡的舅舅时，他感情的堤岸也会决口。当西特林去科尼岛去找洪堡临死前留给他的礼物（文稿）时，他见到了旧相识孟纳沙，他就请孟纳沙给他讲关于他母亲的事情，因为她死时，西特林年纪尚小。后来，在西特林眼中，她逐渐变成了圣人，可尤利克却总说他根本就不记得她了。当西特林听说他哥哥要做手术，就立即改变行程，乘飞机去看他。西特林对有关他哥哥的任何事情都永生难忘，这令尤利克既满意又难过，而尤利克自己除了生意上的事务外，没有别的记忆。西特林的家庭感情有时折磨着尤利克，尤利克是一个注重当前的、现实的人，在他看来，手足之情不过是相互利用的门路。临床专家也认为，"这种记忆的完整是一种歇斯底里的症状"（376）。当尤利克的手术成功后，西特林特别高兴，在尤利克鲜花盛开的房间里，西特林感觉到生命在延续。尤利克请求西特林替他在欧洲买一幅油画，上面除了海洋什么都不要。在西特林看来，这说明尤利克身上不全是商业气息了，大概尤利克在手术后也感到了形而上学的冲动，想用这幅画表明自然力的自由，以及从陈规积习与对紧张、快速的生活节奏的厌恶中解放出来的愿望。为了将爱传递下去，西特林经常给他的女儿玛丽讲述过去的生活，以情感方式影响她的道德思想。当他女儿问他是否爱他的母亲时，西特林不由得激动起来，像个孩子似的，将自己对家人的情感完全流露了出来。"我是那样热诚地爱着他们，我都被爱撕碎了，我从心底里爱着他们。"（75）西特林认为，他必须把这种感情留传给后代，把自己的精神灌输给孩子，好让他们继承他的事业。

虽然西特林年过半百，阅历丰富，但他还是认为，人生远比他所认识的丰富得多，人要不断地从人生的偶然性中认识人性的神秘。"它涌向我们，使得我们的感触和判断应接不暇"，而"人生也从内心里涌出"（324）。当他多年后再见到洪堡的舅舅沃尔德马时，一阵眩晕的感觉向他袭来。他将遇见儿时好友孟纳沙·克林格和洪堡的舅舅看成暂时的存在，认为他们都是"一种更为宽广的人类社会中的永久成员"（324）。这令他再次想到了死亡、爱、友谊与信念，想到一些在逻辑上无法回答的问题，也许可以用另一种方式去回答，比如借助于音乐，就可以使没有明确意义的声音越来越变得精确入微。而对于一些与感官享受或身体有关的问题，他将留待以后回顾他在20世纪的生活时加以考虑。"在我反省的炼狱里，我会从不同的透视角度来看清这一切”（325）。在小说末尾，将洪堡及其母亲重新安葬后，西特林在落叶底下发现了一朵番红花——一朵春天的花朵，西特林相信，虽然万物看似死气沉沉，但它们终究会复苏，而人的精神也会一直延续下去。

小 结

从上述分析可见，由于西特林对死者的缅怀和对洪堡的歉疚使其开始人智学实践，但实际上，西特林并不是完全相信斯坦纳的人智学。“礼物”这一贯穿小说始终的线索，将众多的人物、场景和事件连缀成杂而不乱的爱的乐章。爱的礼物成功地救赎了洪堡和西特林，表征出贝娄小说共同的主题：精神、人性、爱和道德。西特林的精神成长和觉醒，是典型的知识分子与其所处社会及自然环境之间的关系的心理表现。西特林对灵魂不死与轮回说的信念，对高尚的精神生活的追求，表征了知识分子的群体意识和世界观，体现出中产阶级在感情、愿望和思想方面的共同倾向。西特林静坐沉思的习惯和对真善美的追求与对理想的执着，体现了知识分子群体的惯习或中产阶级世界观的具象。

可以说，贝娄作为一个无家可归的移民，身心破碎，走投无路，他借着讲述赫索格、赛姆勒、洪堡的凄婉故事，试探着与古人交流，与先贤对话，试图从中摸索出一条艰难备至的救赎之路。就贝娄小说一以贯之的主题看来，后现代社会中，灵魂是现代人的必须，精神追求和对传统道德价值观的坚守，是一条现代人自我救赎之路。

结　论

美国作家索尔·贝娄的小说表现出超验主义思想主题及多元化叙事形式。其小说传达出的超验主义思想表明，贝娄在创作时受到了传统超验主义者，尤其是爱默生、梭罗和惠特曼的影响。贝娄对后现代社会的道德危机的想像与道德重构，揭示出贝娄的文学济世情怀。本书选取贝娄创作中期的五部小说，将历史背景、后现代社会理论和文本分析相结合，从不同侧面分析贝娄小说中的超验主义思想，揭示出贝娄作品兼有现实主义和浪漫主义特色，并将这一形式背后的创作动因描述为后现代语境中的超验主义思想。

贝娄笔下的主人公对独立自主之人格的追求和对精神家园的追寻，对个体生存价值的探索，对人性的吁求和对传统道德观念的执守，使贝娄小说的情节结构呈现出流浪汉叙事、神话原型和家园追寻叙事等特点，但精神追求和道德关怀却是一以贯之的主导主题。贝娄的小说在主题和叙事形式方面的明显变化表明，贝娄在创作中不断地探索更好地书写现代人生活困境、揭示精神困境、言说精神需求的创作形式，并探讨后现代社会中人的本质、个人的生存方式和个人生活的意义，思考人生的终极意义和真理。《奥吉·马奇历险记》以流浪汉叙事表现主人公通过对浪漫自我的追求，对抗外界对人的物化和异化；《雨王亨德森》中则是将成长小说模式嵌入浪漫传奇与神话叙事，表征主人公对精神真实的追寻及其精神成长的心路历程；《赫索格》以书信体的方式表现“头脑文化”对“心灵文化”压制，贝娄对“心灵文化”和个人生活的重要性的强调，以及人性的诉求，凸显文学叙事的诗性正义；《赛姆勒先生的行星》以空间叙事和高度自由的内心化叙事，展现作者对社会道德危机的想象和道德重建的乌托邦思想；《洪堡的礼物》则用平行结构、对比反衬、悖论叙事等手法，凸显主人公灵魂不死的信念和对超越于物质之上的精神的追求，表现出作者艺术救赎的思想。可见，贝娄小说所体现的超验主义并不是一成不变的文艺思想，也非一套体系化的准则，而是贝娄通过小说创作，围绕消费时代人们的寄托，展开多个主题、多种形式的文艺社会学思考。

第二次世界大战后，美国已经进入后现代社会。科学技术的迅猛发展，引起社会政治、经济和文化等领域的巨大变迁。后现代时期的来临，给当代社会生活带来的各种深刻的后果，引发了学者的广泛关注。20 世纪 60 年代，关于后现代主义的理论争鸣趋向多元化态势，理论家从各个方面对提出自己的分析、批判和构想。就文学创作而言，由于社会现实发生了巨大变化，作家们也以各自的方式表现复杂的、变化的后现代人类经验。后现代社会以享乐主义、拜金主义和物质至上为导向，人们被极其丰富的物质产品所包围，面临着被严重物化和异化的危机。贝娄非常关切后现代社会中普通大众的生存困境和精神世界，思考并探索人的本质、个体的价值、生活的意义及符合道德准则的生活方式，试图启迪普通大众如何保持自己的主体性，避免被物化和异化。他回眸美国启蒙时期的超验主义思想，将精神追求视为救世之道，希冀为后现代社会构建浪漫传奇式的田园乌托邦愿景。因而，贝娄的小说不仅兼具浪漫主义和现实主义的特色，而且具有浓厚的超验主义色彩。

但是，由于贝娄的创作时期与超验主义运动相隔近百年，历史语境的差异性导致了作为贝娄的文艺创作思想的超验主义与传统超验主义思想之间存在着殊异性。由于传统超验主义思想不能完全移植到后现代主义社会中，作为犹太人的后裔，贝娄巧妙地将犹太民族传统文化中的积极入世、爱邻如己和强调个人道德品行的思想因素，糅合进传统超验主义思想，以消除其中的避世倾向。贝娄吸收、借鉴了传统超验主义思想中对个体的独立自主的崇尚、对精神的崇仰以及道德完善和回归自然的等核心要旨，来对抗外部世界对人的物化、异化。贝娄将精神追求视为救世之道，是知识分子对消费社会造成人的物化的自然回应，用精神追求来否定和对抗物化，体现出贝娄的道德关怀及知识分子精神气质。

贝娄在小说中将具体的社会和心理现象置于 20 世纪中后期的历史连续性中，将过去和现在联系起来，探讨社会变化对人的自我观念、价值观念和行为方式的影响，对这些现象的思考和解释构成了贝娄小说的叙事框架。第二次世界大战后美国的内忧外患，引发了影响美国社会生活的方方面面的文化革命和对城市生活的再评估。多样化、纷乱的、冲突不断的社会秩序，产生了充满焦虑的、多重的、矛盾的自我。贝娄带着一种强烈的冲动，综合后现代社会生活经验，超越鄙俗的现实生活，用艺术赋予混乱的现实生活以秩序、意义和价值，令其从碎片化走向完整性。他通过描写人与自我、人与他人、人与社会、人与自然环境之间的关系，思考人的本质、生活方式、价值观念及人生的意义，批判后现代社会的物质主义和享乐主义造成的价值真空、道德沦丧、心灵迷失，以及在商品符号的包围下，日益遭到严重物化、分裂和异化的人性，为他自己和读者提供理解社会现实、救赎自我的方式。当资本主义社会高度发达，社会生活表现为碎片化、平面化、无深度和无历史感的时候，贝娄通过文艺创作寻求救世之道，思索生活在分裂、异化的世界中的现代人，如何能抵制异化、获得内在的整合，这种在小说世界构建生活整体化的“想象解决”，既有现代乌托邦的积极力量，也有现代性的反讽意义，印证了技术时代、消费时代个人生活的悲剧性。

贝娄的小说不仅展现了 20 世纪中后期个体的生存困境和物质世界对精神生活的压制，揭示现代人的精神危机及其根源，审视与批判物质主义、拜金主义等社会现象，拒斥与超越现代人的享乐主义和消费主义的价值取向，而且提供了现代人自我救赎的精神资源——返回自身的存在，听从内在声音的召唤；超越物质，追求精神；执守传统价值标准，注重个体生活的内在意义。在其小说中，“原初的人”的纯真、童年乐园的完美、想象力的创造性、田园生活的美好、人本性的善良、爱的纽带，无不具有涤荡心灵、弥合分裂的巨大力量。无论小说主人公是保持童真、回望过去或是走向内心，都体现出贝娄重构社会道德的乌托邦思想。贝娄的小说注重想象力、爱和灵魂，拒斥工具理性和计算思维，用精神和道德的光辉照亮现实生活的各个角落。道德重建和精神追求是贝娄救赎消费社会的良方，保持纯真美好人性，与他人、社会和自然和谐共处，是贝娄构建田园式乌托邦愿景的途径。贝娄对现代人的精神需求的关切，对物质主义的价值观和社会文化的否定，他对人性和个人生存价值的拷问，他的人文情怀、道德关怀和艺术救赎的思想，赋予其小说批判力度和思想深度。

然而，贝娄小说对超验性的强调，也导致其超验主义思想存在一定的矛盾性。贝娄洞识了主客体彼此异化是世界的二元性存在，在小说中展示了人物的内心世界与外部世界的敌对性与异在性，将每部小说中的主人公都塑造为某种价值的承载者，通过人物将其渴望的内容烙印在异在世界上的努力，展示了心灵的思乡病。换言之，贝娄的小说展现人与自我、人与他人、人与社会的冲突和矛盾性，反映第二次世界大战后以拜金主义和物质至上为导向西方社会里人的物化现象。因而，个人与社会的对立不仅是小说的形式，而且是小说意义的一部分。一方面，贝娄强调外部世界——社会、事业、行动、理性、对抗、日常现实——的价值；另一方面，贝娄礼赞人的内心世界——自我、个性、沉思、接受、神秘主义和信仰。虽然精神探索是贝娄小说一贯的主题，但是贝娄笔下的主人公在其所处的社会背景中努力寻找、辨识个人的价值时，都敏感地意识到，他们不可能战胜实用主义和拜金主义的社会，然而他们仍与外界进行思想斗争，捍卫自己对存在的思考和对生存意义的探究，他们的分裂自我，导致他们既要求付诸行动、与他人交往、积极入世，又要保持安静、沉思默想、孤独。他们的矛盾性源自于社会偏好的科学理性的推理分析和形而上的真理之间的矛盾以及以分析方法为证据反对精神需求的主张。

另外，在贝娄的创作时期，后现代主义正日渐成为文学创作的主流趋势，文学创作逐步变成内容空洞的文字游戏、实验探索，但贝娄以启蒙思想为指导，以现实主义和浪漫主义并用为其创作的主要原则，以特殊的精神姿态和人性思考，彰显文学"文以载道"的传统要义，将自己的创作置于美国文学主要传统——超验主义之中。一方面，主张文学要用现实主义手法描写社会现实、探索人性奥秘和人生的神秘场景，另一方面，又主张运用浪漫的想象力来认识现实，用高度自由的内心化叙事来反映内在真实，体现出其传统的审美观念和现代主义的艺术追求。贝娄颠覆了现实主义对现实与经验的高度认同，将现代主义现实化，建立了一种内心真实的叙事逻辑。贝娄对后现代社会人类生存的人文情思和道德关怀，对人与人之间的爱和人的善良本性的深情召唤，印证了美国文学在经历了形式主义实验探索之后，向新人文主义的回归的趋势。简言之，贝娄继承了爱默生思想的核心要点，同时，继承了19世纪的浪漫主义和现实主义传统，其小说呈现出想象的、浪漫的、传奇式的乌托邦色彩。因此，贝娄小说所传达出的超验主义思想不同于传统超验主义思想。这种后现代语境下的"新超验主义思想"实际上是超验主义思想转义下的新人文主义思想。由此可见，虽然贝娄继承了传统的创作手法，偏离了探索、实验创作形式和艺术技巧的文学主流，但是，我们不能否认贝娄通过小说创作对社会的批判，对乌托邦式美好愿景的构建及其文学济世的情怀。

本书探究贝娄小说中的超验主义思想主题，但是由于篇幅所限，只是集中分析了贝娄创作中期的五部小说中的超验主义思想主题及其文学展现方式。实际上，贝娄晚期小说及一些短篇小说的超验主义色彩也值得探究。由于贝娄注重在作品中表达思想观念，却不太注重小说创作形式的探索，评论界从而对贝娄小说的形式研究不够重视。鉴于贝娄小说中复杂多变的叙事手法、独特的语言风格和运用具体物象表达抽象思想观念的特点，贝娄小说的形式研究仍有待深入。另外，由于贝娄小说内容丰富，思想深邃，发人深省，贝娄小说的主题思想的解读也是历久弥新，仍有很大的研究空间。

参考文献

Alsen, Eberhard, Ed. *The New Romanticism: A Collection of Critical Essays*. New York and London: Garland Publishing, Inc., 2000.

Althusser, Louis, *On the Reproduction of Capitalism: Ideology and Ideological State Apparatuses*. Trans. G. M. Goshgarian. London: Verso, 2014.

Arendt, Hannah, *The Human Condition* (2nd ed.). Chicago & London: The University of Chicago Press, 1998.

——. *Eichmann in Jerusalem: A Report on the Banality of Evil*. New York: Penguin Books, 2006.

Arnold, Mathew, *Culture and Anarchy*. London: John Murray, 1920.

Arvin, Newton, "The House of Pain: Emerson and the Tragic Sense." *Emerson: A Collection of Critical Essays*. Eds. Milton R. Konwitz and Stephen E. Whicher. Englewood Cliffs, N. J.: Prentice, 1962: 46-59.

Atlas, James, *Bellow: A Biography*. New York: Random House Inc., 2000.

Babbitt, Irving, *Literature and the American College*. Boston & New York: Toughton, Mifflin and Company, 1908.

Bach, Gerhard. Ed. *The Critical Response to Saul Bellow*. London: Greenwood Press, 1995.

Bach, Gerhard and Gloria L. Cronin, eds. *Small Planets: Saul Bellow and the Art of Short Fiction*. Michigan: Michigan State University Press,

2000.

Baldick, Chris, *Oxford Concise Dictionary of Literary Terms*. 上海外语教育出版社 2000 年版。

Baudrillard, Jean, *The Consumer Society: Myths and Structures*. London: Sage, 1998.

Bell, Daniel, *The Cultural Contradictions of Capitalism*. New York: Basic Books, Inc., Publisher, 1978.

——. *The Coming of Post-Industrial Society*. New York: Basic Books, Inc., Publisher, 1976.

Bellow, Saul, *The Adventures of Augie March*. New York: Penguin Books, 1966.

——. *Henderson the Rain King*. New York: Penguin Books, 1976.

——. *Herzog*. New York: Penguin Books, 1976.

——. *Mr. Sammler's Planet*. New York: Penguin Books, 1971.

——. *Mosby's Memoirs*. New York: Penguin Books, 1971.

——. *Humboldt's Gift*. New York: Penguin Books, 1976.

——. "The Writer as Moralist." *Atlantic Mar*. 1963: 58-62.

——. "Skepticism and the Depth of Life." *The Arts and the Public: Essays by Saul Bellow*. Eds. James E. Miller, Jr. and Paul D. Herring. Chicago: University of Chicago Press. 1967: 13-30.

——. "Some Notes on Recent American Fiction." *The American Novel Since World War* Ⅱ (Literature and Ideas Series). Ed. Marcus Klein. Greenwich, Conn.: Fawcett, 1969: 159-174.

——. "Facts that Put Fancy to Flight." *It All Adds Up*. New York: Viking. 1994: 64-68.

——. "Literature." *The Great Ideas of Today*. Ed. Mortimer Adler and Robert M. Hutchins. Chicago: The Encyclopedia Britannica, 1963: 135-179.

——. "Culture Now." *Intellectual Digest* 3 (September, 1971):

74-80.

——. “Where do We Go from here: The Future of Fiction.” *Saul Bellow and the Critics*. Ed. Irving Malin. New York: New York University Press, 1967: 211-220.

——. “Distractions of a Fiction Writer.” *The Living Novel: A Symposium*. Ed. Granville Hicks. New York: Macmillan, 1957: 1-20.

——. “A Matter of the Soul.” *It All Adds Up*. New York: Penguin Books, 1994: 73-79.

——. “The Sealed Treasure.” *It All Adds Up*. New York: Penguin Books, 1994: 57-63.

——. “Thinking Man's Waste Land.” *SRL*. XLVIII (April 3, 1965): 20.

——. “A World Too Much With Us.” *Critical Inquiry* Vol. 2, No. 1 (Autumn 1975): 1-9.

——. “Recent American Fiction.” *American Studies International* Vol. 15, No. 3 (Spring 1977): 7-18.

——. “Literature and Culture: An Interview with Saul Bellow.” *Salmagundi* No. 30 (Summer 1975): 6-23.

——. “The Distracted Public.” *It All Adds Up*. New York: Penguin Books, 1994: 153-169.

——. “Mozart: An Overture.” *It All Adds Up*. New York: Penguin Books, 1994: 1-14.

——. “Allan Bloom.” *It All Adds Up*. New York: Penguin Books, 1994: 276-279.

Bellow, Saul & Norman Manea, “‘Before I Go’—A Conversation with Norman Manea.” *Salmagundi* 131/266 (Summer 2007): 131-211.

Bellow, Saul & Robert Robinson, “Saul Bellow at 60—talking to Robert Robinson.” *Listener* 93: 2393 (February 13, 1975): 218-219.

Benda, Julien, *The Treason of the Intellectuals*. Trans. Richard Aldington. New Brunswick, NJ: Transaction Publishers, 2007.

Birkerts, Sven and Saul Bellow, "A Conversation with Saul Bellow." *Agni* No. 46.

25th Anniversary Issue (1997): 1-10.

Blair, Saraand Jonathan Freedman, eds. *Jewish in America*. Ann Arbor: The University of Michigan Press, 2004.

Bloom, Allan, *The Closing of the American Mind*. New York: Simon and Schuster, 1987.

Bloom, Harold, Ed. *Ralph Waldo Emerson* (Modern Critical Views, Updated Edition). New York: Chelsea House, 2007.

——. "Emerson: The American Religion." *Ralph Waldo Emerson* (Modern Critical Views, Updated Edition). Ed. Harold Bloom, New York: Chelsea House, 2007: 33-61.

——. *Saul Bellow* (Modern Critical Views). New York: Chelsea House Publishers, 1986.

——. *The American Religion*. New York: Simon & Shuster Press, 1992.

——. *Literature of the Holocaust*. Philadelphia: Chelsea House Publishers, 2004.

Boller, Paul F. Jr. *American Transcendentalism*, 1930-1960: *An Intellectual Inquiry*. New York: G. P. Putnam's Sons, 1974.

Booth, Wayne C., *The Rhetoric of Fiction*. Chicago & London: The University of Chicago Press, 1961.

Bourdieu, Pierre & Jean-Clauder Passeron, *Reproduction in Education, Society and Culture*. London: Sage Publications, 1990.

——. *The Rules of Art: Genesis and Structure of the Literary Field*. Stanford, California: Stanford University Press, 1995.

——. *The Field of Cultural Production: Essays on Art and Litera-*

ture. New York: Columbia University Press, 1993.

Boyers, Robert and Robert Orrill et al., "Literature and Culture: An Interview with Saul Bellow". *Salmagundi*, No. 30, (Summer 1975): 6-23.

Bradbury, Malcolm. *Saul Bellow*, New York: Methuen, 1982.

——. "Saul Bellow and Changing History." *Saul Bellow* (Modern Critical Views). Ed. Harold Bloom. New York: Chelsea House, 1986: 129-146.

——. *The Modern American Novel*. New York: Oxford University Press, 1983.

Braiterman, Zachary, *After Auschwitz: Tradition and Change in Post-Holocaust Jewish Thought*. Princeton: Princeton University Press, 1998.

Brans, Jo & Saul Bellow, "Common Needs, Common Preoccupations." *Southwest Review* 62 (Winter 1977): 1-19.

Buell, Lawrence. *New England Literary Culture*. Cambridge: Cambridge University Press, 1986.

——. "The Transcendentalists." *Columbia Literary History of the United States*. Ed. Emory Elliott. New York: Columbia University Press, 1988: 364-378.

Carvell, Stanley, "Emerson's Constitutional Amending: Reading 'Fate'," *Ralph Waldo Emerson* (Modern Critical Views, Updated Edition). Ed. Harold Bloom. New York: Chelsea House, 2007: 205-226.

——. *Emerson's Transcendental Etudes*. Stanford: Stanford University Press, 2003.

Chase, Richard, "The Adventures of Saul Bellow: Progress of a Novelist." *Saul*

Bellow andthe Critics. Ed. Irving Malin. New York: New York University Press, 1967: 25-38.

Chavkin, Allan, "Bellow and English Romanticism." *Saul Bellow in the 1980s: A Collection of Critical Essays.* Ed. Gloria L. Cronin and L. H. Goldman, Michigan: Michigan State University Press, 1989: 67-79.

Clayton, John, "Humboldt's Gift: Transcendence and the Flight from Death." *Saul Bellow and His Work.* Ed. Edmond Schraepen. Brussels: Centrum voor taal - en literatuurwetenschap, Vrije Universiteit, 1978: 31-48.

——. *Saul Bellow: In Defense of Man*, 2nd ed. Bloomington and London: Indiana University Press, 1979.

Cohen, Sarah Blacher. *Saul Bellow's Enigmatic Laughter.* London: University of Illinois Press, 1974.

Cohn, Dorrit: *Transparent Minds: Narrative Modes for Presenting Consciousness in Fiction.* Princeton: Princeton University Press, 1978.

Coser, Lewis A. *Men of Ideas: a Sociologist's View.* New York: Free Press, 1965.

Cromie, Robert & Saul Bellow, "Saul Bellow tells (among other things) the Thinking Behind Herzog." *Chicago Tribune Books Today* 24 Jan. 1965: 8-9.

Cronin, Glaorial, *A Room of His Own: In Search of the Feminine in the Novels of Saul Bellow.* New York: Syracuse University Press, 2001.

Cronin, Gloria L. & Blaine H. Hall, *Saul Bellow: An Annotated Bibliography*, 2nd ed. New York & London: Garland Publishing, Inc., 1987.

Cronin, Gloria L. & L. H. Goldman, eds. *Saul Bellow in the 1980s: a Collection of Critical Essays.* Michigan: Michigan State University Press, 1989.

Cuddon, J. A., *A Dictionary of Literary Terms.* London: Andre Deutsch Ltd., 1977.

Dutton, Robert R., *Saul Bellow.* Boston: Twayne Publishers, 1982.

Eagleton, Terry, *Literary Theory: An Introduction*. 北京：外语教学与研究出版社，2004 年。

Eichelberger, Julia, *Prophets of Recognition: Ideology and the Individual Novels by Ralph Ellison, Toni Morrison, Saul Bellow, and Eudora Welty*. Baton Rouge: Louisiana State University Press, 1999.

Emerson, R. W., "Spiritual Laws." *Ralph Waldo Emerson: Essays & Lectures*. Ed. Joel Porte, New York: The Library of America, 1983: 305-323.

——. "The Over-Soul." *Ralph Waldo Emerson: Essays & Lectures*. Ed. Joel Porte. New York: The Library of America, 1983: 385-400.

——. "Nature." *Ralph Waldo Emerson: Essays & Lectures*. Ed. Joel Porte. New York: The Library of America, 1983: 9-49.

——. "Literary Ethics." *Ralph Waldo Emerson: Essays & Lectures*. New York: The Library of America, 1983: 93-112.

——. "The American Scholar." *Ralph Waldo Emerson: Essays & Lectures*. New York: The Library of America, 1983: 51-72.

——. "Man the Reformer." *Ralph Waldo Emerson: Essays & Lectures*. New York: The Library of America, 1983: 133-150.

——. "The Transcendentalist." *Ralph Waldo Emerson: Essays & Lectures*. New York: The Library of America, 1983: 191-210.

——. "The Young American." Ralph Waldo Emerson: Essays & Lectures. New York: The Library of America, 1983: 211-230.

——. "Circle." *Ralph Waldo Emerson: Essays & Lectures*. Ed. Joel Porte. New York: The Library of America, 1983: 403-414.

——. "History." *Ralph Waldo Emerson: Essays & Lectures*. New York: The Library of America, 1983: 235-256.

——. "Self-Reliance." *Ralph Waldo Emerson: Essays & Lectures*. New York: The Library of America, 1983: 257-282.

——. "Fate." *Ralph Waldo Emerson: Essays & Lectures*. New York: The Library of America, 1983: 941–968.

——. "The Poet." *Ralph Waldo Emerson: Essays & Lectures*. New York: The Library of America, 1983: 445–468.

——. "Representative Men." *Ralph Waldo Emerson: Essays & Lectures*. New York: The Library of America, 1983: 611–762.

——. "The Lord's Supper." *The Selected Writings of Ralph Waldo Emerson*. Ed. Brooks Atkinson. New York: Random House, 1950: 115–120.

Enck, John & Saul Bellow, "Saul Bellow: An Interview." *Winsconsin Studies in Contemporary Literature* 6 (Summer, 1965): 156–160.

Fevre, Ralph, *The Demoralization of Western Culture: Social Theory and the Dilemmas of Modern Living*. London: Continuum, 2000.

Fiedler, Leslie A., "Saul Bellow." *Saul Bellow and the Critics*. Ed. Irving Malin. New York: New York University Press, 1967: 1–9.

Fisch, Harold, *New Stories for Old: Biblical Patterns in the Novel*. London: Macmillan Press Ltd., 1998.

Foucault, Michel, *Power/Knowledge: Selected Interviews and Other Writings* 1972 – 1977. Ed. Colin Gordon. New York: Pantheon Books, 1980.

Fromm, Erich, *The Sane Society*. London & New York: Routledge, 2008.

Frye, Northrop. *Anatomy of Criticism*. Princeton, New Jersey: Princeton UP, 1957.

Fuchs, Daniel, *Saul Bellow: Vision and Revision*. Durham, N. C.: Duke University Press, 1984.

Gassett, Jose Ortegay, *The Revolt of the Masses*. New York & London: W. W. Norton & Company, 1994.

Geismar, Maxwell, "Saul Bellow: Novelist of the Intellectual." *Saul*

Bellow and the Critics. Ed. Irving Malin. New York: New York University Press, 1967: 10-20.

Gierow, K. R., "Presentation Speech." *Nobel Lectures: Literature* 1968-1980. Ed. Tore Frangsmyr & Sture Allen. Singapore: World Scientific Publishing Co., 1993: 125-127.

Glenday, Michael K., *Saul Bellow and the Decline of Humanism*. London: THE MACMILLAN PRESS LTD., 1990.

Goldman, L. H., *Saul Bellow's Moral Vision: A Critical Study of the Jewish Experience*. New York: Irvington Publishers, Inc., 1983.

Goldmann, Lucien, *The Hidden God: A Study of Tragic Vision in the Pensées of Pascal and the Tragedies of Racine*. Trans. Philip Thody. London & Henley: Routledge & Kegan Paul, 1964.

——. *Towards a Sociology of the Novel*. London: Tavistock Publications, 1975.

——. *Essays on Method in the Sociology of Literature*. St. Louis: Telos Press, 1980.

Gramsci, Antonio, *Selections from the Prison Notebooks*. London: The Camelot Press, 1971.

Gura. Philip F., *American Transcendentalism: A History*. New York: Hill and Wang, 2007.

Habermehl, Rachel Season, "Transcendental Legacies in American Modernism." Indiana University of Pennsylvania, 2003.

Hall, John. *The Sociology of Literature*. London & New York: Longman, 1979.

Halldorson, Stephanie S., *The hero in contemporary American fiction: the Works of Saul Bellow and Don DeLillo*. New York: Palgrave Macmillan, 2007.

Harper, Gordon Lloyd & Saul Bellow, "Saul Bellow: An Interview." *Saul Bellow: A Collection of Critical Essays*. Ed. Earl Rovit. New Jersey:

Prentice-Hall, Inc., 1975: 5-18.

Harper, Howard M., *Desperate Faith*. Chapel Hill: University of North Carolina Press, 1967.

Hassan, Ihab, *Radical Innocence: Studies in the Contemporary American Novel*. Princeton: Princeton University Press, 1961.

——. "Saul Bellow." *The Antioch Review* Vol. 40, No. 3 (Summer, 1982): 266-273.

Heize, Andrew R., *Jews and the American Soul: Human Nature in the 20th Century*. Princeton & Oxford: Princeton University Press, 2004.

Hill, Alison Hart, "The Modern Novel as a Frame of Orientation in Fragmented Social Worlds: The Individual in the Postwar Urban America of Saul Bellow." [MA Thesis] Houston, Texas: Rice University, 1997.

Hollahan, Eugene, ed., *Saul Bellow and the Struggle at the Center*. New York: AMS Press, 1996.

Howe, Irving, *The World of Our Fathers*. New York: Harcourt Brace Jovanovich, 1976.

Hungerford, Amy, *The Holocaust of Texts: Genocide, Literature, and Personification*. Chicago and London: the University of Chicago Press, 2003.

Hyland, Peter, *Saul Bellow*. London: Macmillan Ltd., 1992.

Jacoby, Russell, *The Last Intellectuals: American Culture in the Age of Academe*. New York: Basic Books, 2000.

Jameson, Fredric, *Postmodernism, or The Cultural Logic of Late Capitalism*. Durham: Duke University Press, 1999.

——. *The Political Unconscious*. New York: Cornell University Press, 1981.

Japtok, Martin, *Growing up Ethnic: Nationalism and the Bildungsroman in African American and Jewish American Fiction*. Iowa City: University of Iowa Press, 2005.

Jung Carl G. , *Man and His Symbols*. New York: Anchor Press, 1964.

——. *Psychology and the Occult*. London: Routledge, 1982.

——. *Modern Man in Search of a Soul*. London: Routledge, 2001.

——. *Four Archetypes: Mother, Rebirth, Spirit, Trickster*. London Routledge, 2003.

Kazin, Alfred, "Though He Slay Me...," *The Critical Response to Saul Bellow*. Ed. Gerhard Bach. Connecticut & London: Greenwood Press, 1995: 174-177.

Kirstein, Ruth Gabriela, "The Dual Vision: Reality and Transcendence in Saul Bellow's Fiction." State University of New York At Buffalo, 1980.

Kramer, Michael P. and Hana Wirth-Nesher, *The Cambridge Companion to Jewish American Literature*. Shanghai: Shanghai Foreign Language Education Press, 2003.

Kramer, Victor A. , "Prefatory Note." *Saul Bellow and the Struggle at the Center*. Ed. Eugene Hollahan. New York: AMS PRESS, 1996: ix-x.

Kulshrestha, Chirantan & Saul Bellow, "A Conversation with Saul Bellow." *Chicago Review* Vol. 23/24, no. 4 - Vol. 24, No. 1, 1972: 7-15.

Leader, Zachary, *The Life of Saul Bellow: to Fame and Fortune* (1915-1964). New York: Penguin Random House LLC, 2015.

Levenson, J. C. , "Bellow's Dangling Men." *Saul Bellow and the Critics*. Ed. Irving Malin. New York: New York University Press, 1967: 39-50.

Levinas, Emmanuel, *Alterity and Transcendence*. Trans. Michael B. Smith. New York: Columbia University Press, 1999.

——. *Humanism of the Other*. Trans. Nidra Poller, Urbana: University Illinois Press, 2003.

Lodge, David, ed. *Modern Criticism and Theory: A Reader.* New York: Longman, 2000.

Long, Elizabeth, *The American Dream and the Popular Novel.* Boston: Routledge & Kegan Paul, 1985.

Lukács, Georg, *The Theory of the Novel.* Trans. Anna Bostook. Cambridge, Mass.: The MIT Press, 1971.

Lyotard, Jean - Francois, *The Postmodern Condition: A Report on Knowledge.* Manchester: Manchester University Press, 1984.

Lysaker John T., *Emerson and Self-Culture.* Bloomington & Indianapolis: Indiana University Press, 2008.

Marcus, Mordecai, "What Is an Initiation Story?" *The Journal of Aesthetics and Art Criticism* Vol. 19, No. 2, Winter 1960: 211-228.

Marcuse, Herbert, *Towards a Critical Theory of Society.* ed. Douglas Kellner. London & New York: Routledge, 2001.

——. *One-Dimensional Man: Studies in the Ideology of Advanced Industrial Society.* London & New York: Routledge, 1964.

Marlin, Malin, ed., *Saul Bellow and the Critic.* New York: New York University Press, 1967.

——. *Saul Bellow's Fiction.* Carbondale: Southern Illinois University Press, 1969.

Marx, Leo, *The Machine in the Garden.* New York: Oxford University Press, 1981.

Maslow, Abraham, A Theory of Human Motivation. *Psychological Review*, 1943 (50): 370-396.

Matthiessen, F. O., *American Renaissance: Art and Expression in the Age of Emerson and Whitman.* Oxford: Oxford University Press, 1941.

May, Rollo, *Existential psychology.* New York: Random House, 1961.

——. *Psychology and the Human dilemma.* New York: Norton, 1967.

——. *Man's Search for Himself*. New York: Norton, 1953.

——. *Love and Will*. New York: W. W. Norton & Company, Inc., 1969.

McCadden, Joseph F., *The Flight from Women in the Fiction of Saul Bellow*. Boston: University Press of America, 1982.

McKeon, Michael, *Theory of the Novel: A Historical Approach*. Baltimore & London: The Johns Hopkins University Press, 2000.

Mead, George Herbert, *Mind Self and Society: From the Standpoint of a Social Behaviorist*. Ed. Charles W. Morris, Chicago: University of Chicago, 1934.

Miller, Perry, *The Transcendentalists: An Anthology*. Cambridge, Mass: Harvard University Press, 1978.

Miller, Ruth, *Saul Bellow: A Biography of the Imagination*. New York: St. Martin's Press, 1991.

Myerson, Joel, *Transcendentalism: A Reader*. Oxford, New York: Oxford University Press, 2000.

Myerson, Joel et al. eds., *The Oxford Handbook of Transcendentalism*. Oxford: Oxford University Press, 2010.

Newman, Judie, *Saul Bellow and History*. London: MacMillan Press, 1984.

Opdahl, Keith, "'True Impressions': Saul Bellow's Realistic Style." *Saul Bellow and His Work*. Ed. Edmond Schraepen. Brussels: Centrum voor taal-en literatuurwetenschap, Vrije Universiteit, 1978: 61-72.

——. *The Novels of Saul Bellow: An Introduction*. London: Pennsylvania State University Press, 1967.

Phillips, Jerry & Andrew Ladd, eds. *Romanticism and Transcendentalism* (1800-1860). New York: Facts on File, Inc., 2006.

Pifer, Ellen, *Saul Bellow Against the Grain*. Philadelphia: University of Pennsylvania Press, 1990.

Pinsker, Sanford, "Saul Bellow in the Classroom." *College English* Vol. 34, No. 7 (Apr., 1973), pp. 975-982.

Porte, Joel, *In Retrospect to Egotism: Studies in American Romantic Writing*. Cambridge: Cambridge University Press, 1991.

Porte, Joel and Saundra Morris ed., *The Cambridge Companion to Ralph Waldo Emerson*. New York: Cambridge University Press, 1999.

Porter, M. Gilbert, *Whence the Power? The Artistry and Humanity of Saul Bellow*. Missouri: University of Missouri Press, 1974.

——. "Hitch Your Agony to a Star: Bellow's Transcendental Vision." *Saul Bellow and His Work*. Ed. Edmond Schraepen. Brussels: Centrum voor taal - en literatuurwetenschap, Vrije Universiteit, 1978: 73-88.

Quayum, M. A., *Saul Bellow and American Transcendentalism*. New York: Peter Lang Publishing, Inc., 2004.

Riesman, David, *The Lonely Crowd*. London: Yale University Press, 1989.

Ritzer, George, *Postmodern Social Theory*. Beijing: Peking University Press, 2004.

Roszak, Theodore, *The Making of a Counter Culture: Reflections on the Technocratic Society and Its Youthful Opposition*. New York: Anchor Books, 1969.

Rottenberg, Catherine, *Performing Americanness: Race, Class, and Gender in Modern African - American and Jewish - American Literature*. Hanover and London: University Press of New England, 2008.

Roudané, Matthew C. & Saul Bellow, "An Interview with Saul Bellow." *Contemporary Literature* Vol. 25, No. 3 (Autumn, 1984): 265-280.

Said, Edward W., *Representations of the Intellectual: The 1993 Reith Lectures*. New York: Vintage Books, 1996.

Samuels, Charles T. ,"Bellow on Modernism." *The Critical Response to Saul Bellow*. Ed. Gerhard Bach. Connecticut & London: Greenwood Press, 1995: 177-181.

Schilder, Paul Ferdinand, *The Image and Appearance of the Human Body: Studies in the Constructive Energies of the Psyche*. New York: International Universities Press, 1950.

Scott, Nathan, *Three American Moralists*. Notre Dame, Ind.: University of Notre Dame Press, 1973.

Simmel, Georg, *The Philosophy of Money*. Trans. Tom Bottomore and David Frisby. London & New York: Routledge, 2004.

Simon, Myron and Thorton H. Parsons, *Transcendentalism and Its Legacy*. Ann Arbor: University of Michigan Press, 1966.

Solomon, Robert, *Continental Philosophy Since 1750: The Rise and Fall of the Self*. Oxford: University Press, 1988.

Steiner, Rudolf. *Cosmology, Religion and Philosophy*. London: The Rudolf Steiner Publishing Co., 1943.

——. *The Outline of Occult Science*. Trans. Maud and Henry B. Monges. Spring Valley, N. Y.: The Anthroposophic Press, 1972.

——. *Anthroposophical Leading Thoughts: Anthroposophy as a Path of Knowledge*. London: The Rudolf Steiner Publishing Co. 1973.

Sundquist, Eric J., *Strangers in the Land: Blacks, Jews, Post-Holocaust America*. London: The Belknap Press of Harvard University Press, 2005.

Tanner, Tony, *City of Words: American Fiction 1950 - 1970*. London: The Trinity Press, 1971.

——. *Saul Bellow*. Edinburgh: Liver and Boyd, 1965.

Taylor, Benjamin, ed., *Saul Bellow Letters*. New York: Viking, 2010.

——. *There Is Simply too Much to Think About: Collected Nonfic-*

tion. New York: Viking, 2015.

Taylor, Dianna, ed. *Michel Foucault: Key Concepts*. Durham: Acumen, 2011.

Trilling, Lionel, *The Liberal Imagination: Essays on Literature and Society*. New York: Harcourt Brace Jovanovich, 1978.

Tyeranishi, Masyuki, *Polyphony in Fiction: A Stylistic Analysis of Middlemarch, Nostromo, and Herzog*. Bern: Peter Lang AG, International Academic Publishers, 2008.

Wasserman, Harriet, *Handsome Is Adventures with Saul Bellow*. New York: Fromm International Publishing Corporation, 1997.

Weber, Donald, *Haunted in the New World: Jewish American Culture from Cahan to The Goldbergs*. Bloomingston and Indianapolis: Indiana University Press, 2005.

Weber, Max, *The Protestant Ethic and the Spirit of Capitalism*. New York: Scribner, 1958.

Wieting, Molly Stark, "The Symbolic Function of the Pastoral in Saul Bellow's Novels." *Saul Bellow in the* 1980*s*. ed. Gloria L. Cronin and L. H. Goldman, Michigan: Michigan State University Press, 1989: 81-94.

Williams, Raymond, *The Country and the City*. New York: Oxford University Press, 1973.

——. *Culture and Society, 1780-1950*. New York: Columbia UP, 1958.

Wilson, Jonathan. *Herzog: the Limits of Ideas*. Boston: Twayne Publishers, 1990.

Wilson, Leslie Perrin, *CliffsNotes: Thoreau, Emerson, and Transcendentalism*. Foster City: IDG Books Worldwide, Inc. 2000.

Yadav, C. S. *Saul Bellow*. Jaipur: Printwell, 1991.

[美] 艾略特:《哈姆莱特》,载黄晋凯、张秉真、杨恒达主编

《象征主义·意象派》，中国人民大学出版社 1989 年版。

［古希腊］柏拉图：《裴多篇》，杨绛译，辽宁人民出版社 2000 年版。

［意］卡尔维诺：《未来千年文学备忘录》，杨德友译，辽宁教育出版社 1997 年版。

陈焜：《西方现代派文学研究》，北京大学出版社 1981 年版。

陈世丹：《关注现实与历史之真实的美国后现代主义小说》，厦门大学出版社 2012 年版。

［美］戴维·R. 肯迪斯、安德烈亚·方坦纳编：《后现代主义与社会研究》，周晓亮等译，重庆出版社 2006 年版。

［美］丹尼尔·贝尔：《资本主义文化矛盾》，赵一凡、蒲隆、任晓晋译，生活·读书·新知三联书店 1989 年版。

［美］菲利普·罗斯：《重读索尔·贝娄》，武月明译，《外国文艺》2001 年第 5 期。

［美］福克纳：《诺贝尔文学奖受奖辞》，《美国作家论文学》，刘保端等译，生活·读书·新知三联书店 1984 年版。

［德］海德格尔：《人，诗意地安居：海德格尔语要》，郜元宝译，广西师范大学出版社 2000 年版。

［美］汉娜·阿伦特：《精神生活》，姜志辉译，江苏教育出版社 2006 年版。

［德］汉斯-格奥尔格·加达默尔：《真理与方法》，洪汉鼎译，上海译文出版社 1999 年版。

［美］赫舍尔（A. J. Heschel）：《人是谁》，隗仁莲译，贵州人民出版社 1994 年版。

［德］霍克海默、阿道尔诺：《启蒙辩证法》，渠敬东、曹卫东译，上海人民出版社 2006 年版。

［德］康德：《判断力批判》，宗白华译，商务印书馆 2000 年版。

——：《纯粹理性批判》（第 2 版），李秋零主编，中国人民大学出版社 2003 年版。

[美] 利昂·塞米利安：《现代小说美学》，宋协立译，陕西人民出版社 1987 年版。

[美] 理查德·利罕（Richard Lehan）：《文学中的城市：知识与文化的历史》，吴子枫译，上海人民出版社 2009 年版。

刘洪一：《走向文化诗学：美国犹太小说研究》，北京大学出版社 2002 年版。

——：《犹太文化要义》，商务印书馆 2004 年版。

刘宽红：《从超验主义走向个人主义——爱默生对美国文化的影响》，《江淮论坛》2006 年第 3 期。

鲁枢元：《生态文艺学》，陕西人民教育出版社 2001 年版。

陆扬、王毅：《文化研究导论》，复旦大学出版社 2006 年版。

[美] 马尔库塞：《现代文明与人的困境——马尔库塞文集》，李小兵等译，上海三联书店 1989 年版。

[美] 玛莎·努斯鲍姆：《诗性正义：文学想象与公共生活》，丁晓东译，北京大学出版社 2010 年版。

蒲隆：《附录：贝娄访问》，贝娄：《洪堡的礼物》，蒲隆译，上海译文出版社 2007 年版。

钱满素：《爱默生与中国——对个人主义的反思》，生活·读书·新知三联书店 1996 年版。

乔国强：《美国犹太文学》，商务印书馆 2008 年版。

芮渝萍：《美国成长小说研究》，中国社会科学出版社 2004 年版。

[瑞士] 荣格：《荣格文集》，冯川、苏克译，生活·读书·新知三联书店 1987 年版。

[英] 莎士比亚：《莎士比亚全集（卷 3）》，朱生豪译，人民文学出版社 1978 年版。

申丹、王丽亚：《西方叙事学：经典与后经典》，北京大学出版社 2010 年版。

[美] 索尔·贝娄：《作家应追求自由的风格》，王宁、顾明栋编《诺贝尔文学奖获奖作家谈创作》，北京大学出版社 1987 年版。

——：《思想者的荒原——谈谈小说家的职责》，王宁、顾明栋编：《诺贝尔文学奖获奖作家谈创作》，北京大学出版社 1987 年版。

[英] 特里·伊格尔顿：《现象学，阐释学，接受理论——当代西方文艺理论》，王逢振译，江苏教育出版社 2006 年版。

万俊人主编：《20 世纪西方伦理学经典——伦理学前沿：道德与社会》，中国人民大学出版社 2004 年版。

王岚：《反英雄》，赵一凡等主编《西方文论关键词》，外语教学与研究出版社 2011 年版。

王诺：《生态批评与生态思想》，人民出版社 2013 年版。

[美] 沃农·路易·帕灵顿：《美国思想史》，陈永国译，吉林人民出版社 2002 年版。

[德] 西美尔：《金钱 性别 现代生活风格》，顾仁明译，学林出版社 2000 年版。

许德金：《成长小说与自传——成长叙事研究》，高等教育出版社 2008 年版。

徐新：《犹太文化史（第二版）》，北京大学出版社 2011 年版。

杨韶刚：《寻找存在的真谛：罗洛·梅的存在主义心理学》，湖北教育出版社 1999 年版。

[古希腊] 亚里士多德：《灵魂论及其他》，吴寿彭译，商务印书馆 2007 年版。

赵梅：《美国反文化运动探源》，《美国研究》2000 年第 1 期。

赵一凡：《从胡塞尔到德里达——西方文论讲稿》，生活·读书·新知三联书店 2007 年版。

后　　记

本书是在笔者博士学位论文基础上修改而成的。

在读博期间，恩师王丽亚教授深厚的学养、严谨的治学态度、不倦的工作精神、宽广的胸怀和积极的生活态度，令我折服。我的博士学位论文从开题到写作都凝聚着老师的汗水。王老师不仅对我论文的构架和观点提出修改意见和建议，还耐心细致地为我修改其中的语言表述、格式、错别字以及标点符号，令我既感动又汗颜。

我的博士学位论文在选题、确定提纲和撰写初稿时，得到了中国社会科学院外国文学研究所研究员赵一凡先生的指导。先生对我选题的肯定，给了我很大的鼓励，对论文构架及观点的点拨，令我茅塞顿开。

在我撰写论文的过程中，蒋虹、章燕、陈世丹、陈永国和马海良等教授就我论文的框架建构、研究思路和行文规范提出的意见和建议，拓展了我的写作思路，引导我进一步思考论文的核心观点，增加了论文的深度和广度，令我终身受益。陈世丹老师对论文提出了许多高屋建瓴的见解，还鼓励我将论文研究聚焦于后现代主义，提升了论文的理论高度，令我感佩之至。陈永国老师对论文框架、行文和运思方面的建议，令我受益良多。老师们严谨的学术态度是我学习的榜样。

感谢在我读博期间以及本书出版过程中西北师范大学外国语学院各位领导对我的关心和支持！感谢西北师范大学外国语学院资助出版

本书！

最后我要感谢我的家人。感谢你们一直以来对我的关心和扶持，你们对我的包容、理解和安慰让我能顺利完成学业。

赵秀兰

2018 年 5 月 16 日